RICHARD YATES

理查德·耶茨作品

DISTURBING THE PEACE

庸人自扰

[美] 理查德·耶茨 著
姜向明 译

上海译文出版社

图字：09－2019－603（3－1）号

图书在版编目（CIP）数据

庸人自扰 /（美）理查德·耶茨（Richard Yates）著；姜向明译．-- 上海：上海译文出版社，2025．6．（理查德·耶茨作品）．-- ISBN 978－7－5327－9884－1
Ⅰ．I712.45
中国国家版本馆 CIP 数据核字第 202523CD34 号

庸人自扰
［美］理查德·耶茨 / 著　姜向明 / 译
总策划 / 冯涛　责任编辑 / 杨懿晶　秦继华　装帧设计 / 张志全工作室

上海译文出版社有限公司出版、发行
网址：www.yiwen.com.cn
201101　上海市闵行区号景路 159 弄 B 座
苏州市越洋印刷有限公司印刷

开本 889 × 1194　1/32　印张 9.75　插页 6　字数 156,000
2025 年 6 月第 1 版　2025 年 6 月第 1 次印刷
印数：0,001—6,000 册

ISBN 978－7－5327－9884－1
定价：78.00 元

献给莫妮卡·麦考尔

第一章

一九六〇年的夏末，詹妮丝·怀尔德的生活开始变得一团糟。其中最糟糕的部分，之后她常常这么说，最恶劣的部分，就是在它发生前几乎没有任何预兆。

她当时三十四岁，有一个十岁大的儿子。她对青春的消逝并不在意——反正她的青春也不算无忧无虑的或精彩刺激的——即便她的婚姻与其说是出于浪漫，还不如说是出于人为的安排，那也没什么关系。完美的人生根本不存在。她享受着有规律的生活；她喜欢看书，也有很多藏书；她喜欢她那套明亮的高层公寓，那里可以俯瞰曼哈顿中城的高楼大厦。这套公寓既不奢华也不优雅，但是舒适——而“舒适”恰恰是詹妮丝·怀尔德偏爱的词语之一。她喜欢的词还有“文明”、“合理”、“调节”及“关系”。几乎没有什么会使她烦恼，会教她恐惧：唯一能达到该种效果的——有时甚至会达到令她毛骨悚然的地步——就是那些她不理解的事物。

“我不明白。”她在电话里对老公说，“你说‘不能’回家，你什么意思?”她一边打电话一边不安地看着儿子，他坐在地毯上啃苹果，同时全神贯注地看着 CBS 晚间新闻。

"什么？"她说，"我听不清楚。你说啥？……等一下，我到卧室里去接。"

现在她一个人对着子机，在两道关闭的门后。她说："可以了，约翰。我们从头说起。你在哪儿？在拉瓜迪亚吗？"

"不是，感谢上帝，我终于离开了那个狗娘养的地方。我在那边兜兜转转了至少两个小时，才终于搞明白如何叫出租。然后呢，我碰到了一个该死的啰嗦鬼司机，他——"

"你喝醉了，对吗？"

"你听我讲完好吗？不，我没喝醉。我刚才是在喝酒，但我没喝醉。听我说，你知道我在芝加哥有多少睡眠时间吗？整整一个礼拜，几乎没有睡过觉。每晚睡一到两个小时，昨晚我根本没睡。你不相信，对吧？我对你说的是实话，可你从不相信。"

"你快告诉我你在哪里打电话。"

"我也不知道，好像是个竖起来的电话亭，我正打算去——中央车站。我在比尔莫饭店。不对，等等，是科莫多尔饭店。我在科莫多尔饭店里喝酒。"

"噢，亲爱的，那不就在家门口吗？你只要——"

"见鬼，你没听见我说的吗？我刚告诉你我**不能**回家。"

她在双人床的床沿上拱身向前，双肘搁在宽松裤上，两只手紧紧地握住电话机。"为什么？"她问。

"天哪。有上千条理由。比我可以……比我可以一一列举的理由还要多。比如，我忘记给汤米买礼物了。"

"哦，约翰，别说疯话了。他已经十岁了，不会你每次出门他都期待礼物的——"

"好吧，还有别的理由呢。我在芝加哥认识了一个姑娘，她是一家酒厂的公关小姐。我在帕尔默旅馆里干了她五次。你觉得这条理由怎么样？"

她不是第一次听见这种新闻——他有过不少风流韵事——但他这样当面对她甩出这句话还是第一次，就像一个青春期的少年为了使母亲感到震惊而大吹牛皮。她想说"你想让我怎么想呢？"但她对自己的语气没有信心：听上去也许会有点伤心，那会造成误解；抑或会显得干巴巴的，似乎在竭力克制自己，那样的话就更糟了。好在他没有长时间等待她的回答。

"在回来的飞机上我一直盯着我那张小小的、可爱的航空信用卡看。对此你做何感想？你知道只要我想，我就能随时用这张卡做什么吗？我可以说句让这一切都见鬼去吧，然后就骑上一只银色的大鸟，飞到某个像里约那样的地方；躺在海滩上，晒晒太阳，喝喝老酒，啥也不干，彻底地啥也不干，直到——"

"约翰，我不要再听你这种疯话。告诉我你为什么不能回家。"

"你真的想知道吗，甜心？因为我担心我也许会杀了你，这就是理由。杀了你们两个。"

保尔·博格在看 CBS 新闻，就像怀尔德家的小子。电话铃响时他骂了句"该死"，因为埃里克·塞瓦赖德正在总结肯尼迪议员击败尼克松副总统的概率有多大。

“我来接，”他老婆在热气腾腾的厨房里喊道。

“不用，不用，没事。我来接好了。”有时，他的法律事务委托人会把电话打到他家里来，他们想立即听到他的声音，不想被人忽悠。但这通电话并不是他的客户打来的。“哦，”他说，“嗨，詹妮丝。”

“保尔，我很抱歉在晚饭时间打搅你，但我真的为约翰担心死了……”

他听着，不时用一些问题打断她，他的问题令他老婆慢吞吞地从厨房里走了出来，关掉了电视，尽可能挨近在电话机旁的他，她好奇地瞪大了眼睛。当他说“……担心他会杀了你吗？”，她脸红了，一只手哆嗦了起来，手指在不经意间溜进了她的嘴巴。

“……好吧，我当然会竭尽所能地帮你，詹妮丝。我现在就去那里——你知道——和他谈一谈，看看问题出在哪儿。你别急，别担心，好吗？我一完事就回你电话……好的，詹妮丝。”

“我的天！”他挂掉电话时，他老婆惊叹道。

“我的领带在哪里？”

她找到了他的领带，又急匆匆地把他的大衣从客厅壁橱里抽出来，结果把金属衣架都摔在了地上。“他真的威胁说要杀了她吗？”她看上去容光焕发。

“哦，看在老天的分上，娜塔莉。没有，他当然没有‘威胁’她；他这么说显然是出于紧张或激动——我回来后会告诉你是怎么回事的。”

他反手甩上了门，但她又把门打开，跟在他后面，向电梯间走去。“保尔，晚饭怎么办呢？”

“你一个人吃好了，我会在上城随便吃点的。还有，你不要给詹妮丝打电话。我希望她的电话保持畅通，这样我随时都能给她电话。好吗？”

他们住在西北村里一幢新建的高楼里。博格估摸着顶多十分钟他就可以赶到科莫多尔，他轻轻松松地把车开出了停车场，开在哈德逊路上，向着上城而去。他为有车带来的便捷及自己熟练的驾驶技术感到高兴。他也为詹妮丝的声音从开始的绝望变成恢复了勇气和信心而感到高兴，还为她首先给自己打电话而感到高兴。在等一个闹市区的红绿灯时，他俯身向前，匆匆看了一眼后视镜里的自己，确认一下自己的头发和领带是否整齐，同时也欣赏一下自己那张清醒的、男子汉的脸。直到后面的一辆车朝他按喇叭，他才发现已经转绿灯了。

他一走进底层的酒吧，就看见了那个他要找的人。约翰·怀尔德独自坐在远处靠墙边的一张桌子前，凝视着面前的一杯酒，一只手撑住前额。不过，要让这次会面看上去像是一场偶遇，这一点很重要，而且做起来也不难：因为他们俩都在附近的写字楼里上班；他们下班回家的路上会到这里来喝一杯，常在这里见面。为了不引起任何不必要的怀疑，他的半瓣屁股坐到了吧台凳上，点了一杯威士忌加苏打——“酒调得淡一点”——在心里默默地数到一百，然后再次把目光扫向了怀尔德。没有任何变化。

因为紧张，他的头发被撩得乱蓬蓬的（就这一点显得不同寻常，因为他平时对头发的在意甚至都达到了爱慕虚荣的地步），他的脸藏在暗处，看不出他是喝醉了酒还是疲惫不堪，或者是——算了，不说也罢。不过，从头到脚，他还是和平时一样：一个矮小的、冷静的、身材匀称的人，穿着一套剪裁得体的商务西服，里面是一件新衬衫，打着黑色的领带，在他腿边的地上放着一只高级的手提箱。

博格转头看着吧台，希望怀尔德能先看见他；他再次数到一百，然后拿起酒杯向着酒吧那头走去，他希望自己的步态显得轻松自然。他说道："嘿，约翰。我还以为你在芝加哥呢。"

怀尔德抬起头来，他看上去惨不忍睹：脸色苍白，满头大汗，眼神显得有些涣散。

"刚回来吗？"博格问道，一边拉出一把椅子坐在他旁边。

"刚到不久。你这么晚出来干吗呀？"看来他至少知道现在的时间。

"一直忙到七点钟才离开办公室的。七荤八素的一天。开会，接电话；有时候各种事情会集中一起来。你知道的。"

但怀尔德没有在听。他大口喝完了杯中酒，说道："你今年几岁了，保尔？四十？"

"马上就四十一了。"

"狗娘养的。我还不到三十六，感觉却像上帝一样老了。服务员！那个该死的服务员跑哪儿去了？"他的眼睛转了回来，目光清澈而热切。"说点别的吧。我们俩都娶了一个相貌平平的老婆，你觉得为什么会这样呢？”

博格感觉到一股怒气从头颈涌上了头皮。“得了，”他说，“你知道自己在说蠢话。”

“但这是实话。见鬼，我这边的情况还可以理解，因为我本来就是个侏儒。小时候，人人都说我长得像米基·鲁尼①，我的意思是像我这样先天不足的人要找个漂亮老婆可不是桩容易的事。我估计，我看上了詹妮丝是因为她年轻时有一对又大又好看的奶子；我觉得为此可以忽略掉其余的一切，短腿，粗脖子，丑脸：我想让自己一辈子都埋在那对奶子里，把其余的一切都抛在脑后。上帝啊。不过，那是我的情况；你的情况呢？我的意思是说你是个高大的男人。你怎么会把自己的一辈子都拴在一个像娜塔莉这样的鳄鱼身上呢？”

“得了，你住嘴吧，约翰。你喝高了。”

“放屁。你咋知道我喝了多少老酒？我需要睡觉，仅此而已。我这一个礼拜在芝加哥，几乎没睡过什么觉。在帕尔默旅馆的床上辗转反侧，头痛得想要喊救命，脑子里不停地打转，像个发疯的——我不知道怎么说。有几天我还找了个漂亮的小妞陪我一起辗转反侧，但即便如此我还是睡不着。不过，你知道吗，我对自己有了不少认识。有时候，在你睡不着的时候，你会想明白一些事；我不知道别人会怎样，反正我是这样的。我他妈的想明白了很多事。然后在机场回来的路上，我碰到了一个该死的废话连篇

---

① Mickey Rooney（1920—2014），美国著名喜剧演员，身高只有一百五十七厘米，常在电影里扮演侏儒的角色。

的出租车司机，你知道他说什么吗？他说——哦，天哪，你在生我的气，对吗，保尔？你在生气，因为我管娜塔莉叫鳄鱼。”

“我没生气，我在为你担心。你看上去脸色很差，话也说得语无伦次的。老实说，我觉得你今晚无论如何还是不要回家为好。”

怀尔德用力地舒了一口气。“我也这么觉得，老朋友。你说得太对了。我想把这个意思告诉詹妮丝，但她就是不理解。听我说，你给她打个电话，好吗？你向她解释一下。”

“没问题，约翰。我过会给她打。”

“因为我觉得，只要是你对她解释的她都会理解。她觉得你就是他妈的亚伯拉罕·林肯。”

“行了，约翰。”

“你是个幸运的混蛋，你知道吗，保尔？我的意思是律师是专业人士，就像医生和神甫：不管你们说什么，大家都会听。不像我，是一块被人人踩在脚下的烂泥。出租车司机，服务员，我这一辈子都是这些混账东西的牺牲品。这些王八蛋都欺负我。”

“出租车司机说什么了，约翰？”

“哼，那个自以为是的家伙。他开车像疯子，我一直在叫他开慢点，你知道，我坐在后座上前仰后颠的，而他说‘老兄，你最好去看看心理医生，你太神经过敏了’。

“还有一点你也很幸运：你没有小孩。我对天发誓，如果不是为了汤米，我就会带上那张小小的、可爱的航空信用卡，骑上一只银色的大鸟，飞到某个像里约那样的地方；躺在海滩上，晒着大太阳，直到把钱全部用光，然后就开枪打碎自己的脑壳。我是说真的。”

“不，你不是认真的。我们理智一点好吗，约翰。一个礼拜不睡觉，任谁都受不了。我觉得你需要去看医生；你需要镇静剂，然后好好休息。我开车送你去圣文森特医院吧。”

“听着，博格。你是个好人，你在办公室里辛苦了一天，我很抱歉我管你老婆叫鳄鱼，因为她也是个好人，她多半已经煮好了一大锅美味的鸡汤面在家里等着你呢，但是如果你打算把我关进某家医院的话，我会翻脸不认人的。”

“没人要把你关起来。你疲劳过度了，应该去圣文森特医院检查一下。他们会设法让你入睡，等到你明天或者后天从那里出来的时候，你会觉得焕然一新的。或者说是回到了以前的你。这是现在唯一该做的事。”

短暂的停顿。“让我考虑一下。”这个考虑一下意味着再点一杯酒，然后他一口吞下了半杯。“我想到了一个更好的主意。”接着他说，“送我去瓦里克街吧。”

博格做了个苦脸，因为他一开始就担心怀尔德会提出这个建议。几年前，他们俩在瓦里克街合租了一间又脏又便宜的地下室公寓（真的是一间地下室公寓，就是市政府主张取缔的那种），目的是为了有一个可以从婚姻生活中解脱出来的藏身之地。他们把那间公寓打扫干净，刷上白漆，放置了一张双人床和一个酒柜，柜子里摆满了老酒，一台二手的电炉和冰箱，以及别的零零碎碎，这些东西足以使这间公寓变得“舒适”，再加一台未登记在册的电话：在他们俩碰到怀尔德所谓的“飞来横财”时——一个单身的风骚姑娘——他们可以躲在那里享受一个下午或者甚至是几个晚上，对家里人就说是去外地出差，然后做回一个快乐的、即便还有点紧张的单身汉。不过，这个主意实际上并不像听上去那么美好：因为他们俩从来没有截获多少真正的“飞来横财”。

“你不是真的想去瓦里克街，约翰。”

“谁说我不想的？怎么回事，你想一个人去那里吗？”

“不是，我已经有好几个月没去那里了。而且，如果芝加哥的那个姑娘不能帮助你入睡，那你凭什么觉得别的姑娘能帮到你呢？”

“也许值得一试。你认识丽塔吗？在《时间与生命》杂志做市场调查的那位？当然，现在给她打电话可能太晚了点。或者找那个人高马大的？她叫什么名字来着？嫁给了医生的那位？不，等等，她搬去了波士顿。”

“得了，约翰，现实一点吧。”

怀尔德终于认输了。“现实一点，是啊，那就是我的问题。我这一辈子都活在不切实际中。我以前跟你说过我多么想拍电影吗？老天爷啊。”他喝掉了杯中酒。“好吧，博格，我听你的。再让我喝一杯，我就会变得无比现实。服务员！”他尽量伸长手臂，把酒杯举到了过道里，要不是他用另一只手抓住台子，他可能会从椅子上摔下来。

“你不需要这么大喊大叫，先生。”服务员说。

“你也不需要这么摆架子。”

“听着，先生，我不是必须为你服务的。”

“是吗？那好，你愿意舔我的屁股吗，老油条？”

“好了，”博格说着把几张钞票放在了桌子上。“好了，我们这就走。来吧，约翰，我帮你提手提箱。”

“你啥意思，我自己的箱子我不能拿吗？你以为我是个瘸子吗？”

但那只箱子确实给他造成了麻烦：它夹在了一扇玻璃门中间，他骂了句“狗娘养的”，人们纷纷扭头看着他；他们走在通往列克星敦大街的路上时，他好几次停下脚步，把箱子放下来，有一次还险些撞倒一位女士，因为他说他提得手疼死了，他的腿都他妈的要断了。

博格在穿越市区的车流中闪转腾挪，怀尔德默默地坐在车上。但是，当他们开上了第七大道那条长长的车道时，他开始在后座的门边扭来扭去，一只手在空中乱舞，像是要遮住自己的脸。“看在上帝的分上，保尔，你开车小心一点好吗？你开得慢一点好吗？”

“你放松一点，约翰。我开得足够慢了。”

这是个繁忙的夜晚，在圣文森特医院急诊入口处——一副副担架抬进来，值班护士或见习医生蹲下身围在担架旁，一个脸上流血的中年妇女在检查台上呻吟——不过，博格看见了一个用屏风隔开的隔间，里面有一个穿白大褂的青年坐在桌子前，显然这是个管事的。

"医生，我们的情况并不是很紧急，但我这个朋友真的疲劳过度了。他已经整整一个礼拜没睡觉了，他需要镇静剂。老实说，我觉得他也许是得了某种神经衰弱或——"

事后，博格想不起来他是怎么把这句话说完的：他只记得医生的眼睛在厚厚的眼镜片后面忽闪忽闪的，一会看看怀尔德，一会又瞅瞅博格。怀尔德早就把他的衣领和领带都松开了，可他此时仍在把领子拽得更开，他的动作非常狂暴，把一粒衬衫纽扣都扯掉了，在地上打转。医生让他坐下来，他把箱子重重地往地上一放，坐进了这里唯一空着的一把椅子——一把老式的大轮椅，用上了清漆的黄桑木做的。坐进了轮椅的怀尔德显得十分矮小、可怜兮兮的，尤其是在它向后倒去的时候，不知从哪里冒出来的一位护工赶紧撑住了轮椅。

"您出去一下好吗，先生？"医生说，博格立即服从了。他的两条腿隐隐作痛。他饥肠辘辘，疲惫不堪，只想快点回家。这一切马上就能结束了。"哦，我不知道该怎么感谢你才好，保尔。"詹妮丝会这么说。"我无法想象要是没有你我们该怎么办。"

屏风很薄。他听不见医生的问话和怀尔德的回答，但他估计肯定是常规的登记手续——姓名，年龄，职业，家属，病史，以前的失眠情况——然后，突然间一切都乱了套。

"……你他妈的说对了，我经常喝酒。睡不着觉的时候你他妈的会做什么呢，小崽子？嚼奶糖？看'午夜剧场'？打飞机？听着！听着，你这个受教育过度的自大狂，你这个娘娘腔的小——听着：这个礼拜我弄明白了自己身上的许多事。这些事再过一百年你也理解不了……”

在博格回到隔间那里时，只听见一声木头断裂的声音，那是怀尔德用一只脚猛踩轮椅前面的搁脚，把它给踩断了。护工急忙说道：“别激动，先生，别激动。”

医生从他那杂乱的文件堆里站起身来，怀尔德还在说着：“我这辈子一直是一块被人人踩在脚下的烂泥，但我现在琢磨出来了，在我身上也有伟大之处。我身上也有伟大之处。还有，如果你不马上停止用那种眼神看我，如果你不让我住进这家该死的医院，我就要摘掉你的眼镜，把它塞到你那该死的喉咙里去。你听懂了吗？”

接着，那位护工把他的轮椅转了个方向，推着他沿着大厅走了出去，而医生则在向博格解释他们这里没有治疗怀尔德的设施，因此他建议唯一可行的方法就是立即把他转送贝尔维尤医院，而且可以立即为他叫一辆救护车。“我现在先给那边打个电话，”他说，“他们会为他做好准备的。”

紧接着，博格就挤坐在一辆救护车的狭窄长凳上，那只手提箱就夹在他的两腿间。博格一直以为躺在担架上的病人都是脸朝上的，但怀尔德却是俯卧的，车上的三四个随车人员还七手八脚地按住了他，而他仍在自说自话地嚷嚷，他喊得语无伦次，只能听出“他妈的”、“畜生”和“伟大”这么几个词。在昏暗的粉灰色灯光下，博格看见怀尔德的大衣和衬衫在肩膀那里都起皱了，他把衣服拉拉整齐，然后揉了揉怀尔德汗涔涔的、哆嗦的后背，他希望这样能够让怀尔德定下心来。“约翰，”他说道，不管怀尔德是否能听见他的话。“你需要好好休息，接下来你就能好好休息了。现在你只要放松下来，你会没事的。”正说着，救护车突然提速，警笛也拉响了，开始是低沉的哼哼，在车子拐出市区的时候变成了刺耳的嘶鸣。

“嗷！”怀尔德不停地叫唤，就好像平稳的行驶途中满是让人浑身淤青的颠簸和坑洞。“嗷！……嗷！……嗷！……”

贝尔维尤医院——或者说他们来到的贝尔维尤医院里那个像迷宫一般的部分——让人完全找不到北，就连博格的脑子也在一时间糊涂起来。他站在一边，像个傻瓜一般张着嘴，提着怀尔德的手提箱，直到某人塞给他一张打印表格，抬头是**纽约市卫生局**，告诉他把名字签在哪里，把家庭电话和办公电话填在哪里，告诉他在“关系”一栏里填上“朋友”二字。他飞快地填好了表格，因为在他填完前他们不让他看怀尔德。然后，他发现自己其实已经看不见怀尔德了，因为他的两条胳膊被牢牢地吊在两个高大的护工的脖子上，他们拽着他往前走，他仍在对着一个关上的电梯间大喊大叫，第三个护工在电梯口推着一辆轮椅等着他。他们不仅硬生生地把他按进了轮椅，而且把他绑在了轮椅上。电梯门开了，他们把他推进去，博格看见轮椅背后刻着钢印的字样“**精神病**”。

“喂，”博格对着一个离他最近的穿白大褂的男子说道，“请问你们这儿的流程是怎样的？”

那男子笑着耸了耸肩，然后用不知是西班牙语还是意大利语飞快地说了起来。

“你是医生吗？”

“我？不是。医生在那边。”

“这是您的箱子吗，先生？”另一个人问道。

“不是，我的意思是是的——在这里——等一下，我这就拿走。”

然后他说：“医生，不好意思，但我有点——您能告诉我这里确切的流程是怎样的吗？”

这人也很年轻，就像圣文森特的那位，不过非常英俊，要在一部描写大都市医院的电影里扮演个风流倜傥的男主角也绰绰有余。“您说流程？谢谢你，亲爱的。”一个护士或助理护士把一个汉堡包和一杯咖啡递给了他，他说道。

“不用谢。”

“我的意思是，”博格说，“您能告诉我他们会对怀尔德先生做些什么吗？”

“怀尔德。”他放下咖啡，拿起了一个纸板夹，眯起眼睛看着。“哦，有了。你就是那个把他送进来的人，对吗？贝格先生？”

“博格。我是一名律师。”他整了整大衣，以此进一步证明自己是个上等人。汉堡包温热的香味让他更加觉得饥肠辘辘。

“嗯，他会像所有的病人一样得到治疗，博格先生。”医生嘴巴里塞满食物说道，“首先，他们会让他睡上一觉。”

“你估计他要过多久才能出院呢？”

“难说。现在是礼拜五晚上，而且是劳动节的周末。心理医生要到下周二才会回来上班。多数要等到礼拜三或礼拜四，他们才会来评估他的病情。评估好后，就完全由他们说了算了。”

“我的天。我忘记劳动节这茬儿了。这真是——如果我没忘，我就说什么也不会签那张纸了——我的意思是这实在是——太倒霉了。”

“我觉得这没什么好担心的，”医生边嚼边说，肉屑和面包屑不断从他的嘴角飞出来。“我认为您做的没错。您瞧，您是位律师，就是说您是个和警察打交道的人啰？”

“不是，我的客户是——不是，我不和警察打交道。”

“哦，好吧；就算这样，您也看到了他的那副样子。”他用白色的袖管擦了擦嘴，袖管上留下了一抹番茄酱。“您觉得哪样更好呢？是让他安安全全地在这里住一阵子好呢，还是让他在大街上瞎晃悠，然后警察把他抓起来，以扰乱治安罪把他关起来好呢？”

第二章

他在大汗淋漓中醒来，鼻子里闻到一股腐烂、恶浊的气味。一只光秃秃的电灯泡在他的眼前闪耀，他发现自己睡在一张钢架床上，床用铁链绑定在墙壁上，就像战船或监狱里的床铺一样。

“……全部出去，”一个声音嚷道。还有别的声音：嘟囔、谩骂，难听的咳嗽和吐痰声，响亮的放屁声，床被折起来推向墙壁时发出的嘎吱嘎吱和丁零当啷。“动起来，动起来。全部出去。”

他坐起来，有一只手抓住了他的肩膀，把他从床上拽了下来。他穿着一套灰色的棉布睡衣，睡衣于他太大了：睡裤绊住了他那双哆哆嗦嗦的光脚，衣袖完全遮住他的双手。他站在灯光下，眯缝着眼睛，摇晃着身体。他先是卷起了衣袖，发现手上戴着一个松垮垮的塑料手环，上面写着“**怀尔德·约翰.C.**”，然后弯下腰去卷裤脚管，但有人从后面踢了他一脚，他摔倒在地上。他抬起头来，惊恐地看见了一个黑人的愤怒的脸，那个黑人和他穿着一模一样的睡衣。

“当心屁股，伙计。这里是走道。你不可以趴在那里搞你自己。站起来，走起来。”

他服从了。一张张的金属网板被拉出来罩住了折叠床，这样就没人能用它们了：这里确实是走道，供人走路的地方。走道上涂着黄色、绿色，棕色和黑色；这条道既不很长也不很宽，却挤满了各种年龄的人，从少年到老人，有白人、黑人，还有波多黎各人，这些人分成两组，以相反方向在这条走道上散步。他们脸上的表情也各色各样。他们一会走到灯光下，一会又走进阴暗里，然后再次走到灯光下。有些人在互相交谈，有些人在自言自语，但大多数都沉默无语。他感到脚底下有温热的沙砾，接着踩上了什么黏糊糊的东西；然后他看见前面黑色的地上散落着一摊又一摊的痰液。有些人穿着脏兮兮的纸质拖鞋在散步，他很羡慕他们；有些人在抽烟，他们的睡衣口袋里放着香烟盒，看见这个他噘起了嘴唇。接着，他看见有些人穿的不是睡衣，而是拘束衣，他想要像个小孩子一般大哭一场。

走道两端的窗户都关着，外面罩着金属网：室外的光线暗淡——不是一个灰暗的早晨，就是一个灰暗的黄昏——这里没有任何风景可看，只有通风井和不设窗户的墙壁。

在走道中间的地方，站着一个穿着绿色工作服的黑人护工，怀尔德赶紧朝他跑过去，他有一肚子的问题要问——比如：我的衣服在哪里？我的钱在哪里？哪里可以打电话？我们在这里干吗？——可是，当他走到那人面前时，他又胆怯了，他觉得不好意思开口，此时他唯一知道的事就是他的膀胱快要爆炸了。

“对不起，”他说，“卫生间在哪里？”

“就在那儿。”

他按照那人手指的方向走进了一间亮堂堂、臭烘烘的厕所，有人蹲在马桶上，有人站在长长的小便池前，琢磨着朝哪儿撒尿比较好。

“摆在这里的，”另一名护工对他解释说，“是你的牙刷。上面写着你的名字，所以不会搞错的。看见这条胶带了吗？上面写着怀尔德。完事后把它放回到这块搁板上。别人不可以用你这把牙刷，你也不可以用别人的牙刷，懂了吗？这样就没人会染上牙龈炎之类的。懂了吗？”

但是没人有自己专用的剃刀。在医务人员监督的目光下，男人在一面白花花的镜子前排成四到五排，等着刮胡子。

“……你刮好胡子后，用水冲一下剃须刀，然后把它放在架子上。别对剃须刀动歪脑筋，里面的刀刃是拿不出来的。这种剃须刀是锁死的……”

“……只有新来的才可以洗淋浴。只有新来的才可以洗淋浴。不是你，冈萨雷茨，你给我从那里滚出来……”

公用淋浴房里没有肥皂，水量也无法调节：新来的病人站在滑溜溜的铺板上，尽力把自己洗干净，直到护工给他一只手一条毛巾，另一只手一套他专用的棉睡衣。

“可以给我一双拖鞋吗？”

“没有多余的拖鞋，全发掉了。”

然后就是回到走道上，除了散散步没别的事可干。他经过一扇锁着的门，门上有一扇小小的网格玻璃窗，透过窗户他看见里面是一间软壁病房。墙壁上铺着摔跤运动员或体操运动员用的那种帆布垫，地上也铺着垫子。里面没有人，但隔壁一间有人：一个穿着拘束衣的男子脸朝下躺在垫子上，一动不动，像个死人，大腿上有一条黑乎乎的尿渍。

“……我不在乎！我不在乎！”

两排散步者都退到了一边，给一个年轻的白人男子让路，那人挥舞着双拳冲到了大厅中央。他赤裸着上半身，睡裤已被他整齐地撕到了拳击手短裤的长度。他在一团淡黄的尘埃里左扑右突、闪转腾挪，左一记勾拳右一记直拳，忙得不亦乐乎。

“……你们这些白痴理解不了吗？我不在乎！我想让爸爸看见我的这副样子！”

“好了，亨利；现在，放松。”一名护工说着从后面跑上来，一只手按住了他的肩膀，但那个处在幻想中的拳击手转过身来，双手捏拳对着他。

“别叫我亨利，你这头愚蠢的黑驴……叫我医生，不然我就打断你身上的他妈的每一根骨头……”

“你不会打断任何人的骨头，医生，”另一个护工说。他们俩抓住了他的胳膊。这两个护工都比他高大，他们轻而易举地就迫使他转了个向，押着他走过了过道。在他们的控制下，他没有抵抗，但他的叫声却越来越尖，最后听上去竟像要哭出来似的。

“……去你妈的，如果我想让我爸爸看见我这副样子，这关你这个又傻又黑又蠢的狗杂种屁事——”

“你爸爸不会看见你这副样子的，医生；现在你安静下来，除非你想让罗斯科来给你打一针。”

“对，对，给我打一针，你们就知道这个。多了不起啊！哼，你们这些可怜的、愚蠢的——你们会怎么做呢？回家去告诉你们的老婆，‘嘿，宝贝，我今天摆平了一个医生’？‘我今天真的操了一个白人医生的屁眼’？还有，别忘了我说的就是你们两个，还有你们的小兄弟罗斯科，想把我送到温代尔[①]去。我要去告这家医院，说你们滥用——滥用——滥用职权。等到真相——等到真相大白，你们全都要……”

现在看不见他了，也听不见他的声音了，因为他一走身后就爆发出一阵哄堂大笑和嘘声。另一个穿绿制服的黑人匆匆穿过走道，手里拿着一支皮下注射针筒；他停下脚步，在灯光下眯着眼看着针筒，把它举得高高的，用拇指推动针管，使针尖上刚好冒出一滴药水，然后又向着那个大呼小叫的家伙奔去。

“抓住他，罗斯科，”某人喊道，“好好修理他。”又是一阵哄堂大笑，然后两排队伍又走了起来。

怀尔德觉得自己的手肘被人轻轻地捅了一下，然后隐约听见有个声音在说：“你想吻我吗？”

“什么？”

一个分外英俊的黑人小伙子站在那儿朝他微笑，头上缠着用睡衣做成的头巾，轻轻地摇晃着肩膀，展示着他的裸体美，一只手里还握着微微勃起的阳具。“你想吻我吗？”

“不想。”

---

① 应该是指位于纽约温代尔的哈伦谷精神卫生中心。

“噢，没关系，没关系。如果你想，你可以吻我，但你必须先说‘我爱你’。”

到了吃早饭的时间。走道一端的双开门打开了，两排队伍迅速汇成一股你推我搡的人流。

“……听着，别挤，立定。两个两个往里进。两个两个往里进。要不然就谁都没有饭吃……”

饭堂里的逼仄感甚至比外面更严重：一旦你被别人挤得弯下了腰，侧着身体走在一张长桌和固定死的高背的长木凳之间的狭窄空间里，你就无路可退了。怀尔德被挤在一个满嘴没有一颗牙的老头和满身都是赘肉的男孩之间坐了下来，男孩的嘴巴大张着，淌着口水，就好像桌子把他那凸出的大肚子给顶疼了。每人一塑料碗麦片粥、一听牛奶、一大杯温咖啡。直到他用一把军用的铁皮大调羹舀起了麦片粥，怀尔德才发觉自己是真饿了。如果他吃得下这碗粥，如果他喝得下这杯咖啡，如果他能抽一支烟，如果他能打一通电话，那他就还有机会回到一个正常人的世界。但是，那个老头颤颤巍巍地勺起粥来，在送入嘴里前总要洒掉一些，而那个胖小子则干脆双手捧起碗来，直接把脑袋埋了进去，像一条狗似的口水长流，漏下来的粥淌到了他的胸口。接着，另一张桌上传来一声惊恐的尖叫：“放我出去，放我出去，放我出去……”

终于可以从饭堂里解放出来了，怀尔德发现那些看上去还比较正常的人开始在走道口聚拢来，那里有个小拐角，面对着上了锁的前门。门旁边有一张财务用的高凳子，上面坐着一个警察——不是穿制服的医院警卫，是真正的纽约市警察，有全套行头，警徽、警棍、装在皮套子里的手枪。他悠闲地嚼着口香糖，不和别人说话，甚至也不和护工说话，他戴着一副墨镜，镜片外侧是亮银色的：如果你想看他的眼睛，你能看见的就只是自己伸长脖子注视着他的镜像。即使如此，这里看上去仍然是最佳之地：在这里发生的事最有可能是合理的。

“嘿，你好呀，小矮子。小矮子今天过得好吗？”说这句话的男人并不比怀尔德高多少，而且长得很丑——菜色的脸，两只眼睛挨得太近，笑起来一本正经，还露出里面的满口烂牙——但他的睡衣口袋鼓鼓囊囊的，放着一包香烟。“他们昨晚把你送进来时我就看见你了。好小子，你可真够轰轰烈烈的。”

“是吗？”他只记得昨晚自己躺进了救护车，保尔·博格抚摸着他的后背，之后发生的事情就什么都不记得了。

“你大喊大叫，一分钟里说出来的话有一英里长；他们给你打了一针，可你还是不闭嘴。我就想，天哪，这次来的客人可是个厉害的角色；他肯定是个高大的狗杂种。然后我看见你甚至比我还矮，这不是搞笑吗？我差一点就笑晕过去了。”

“是吗，好吧。我说，能给我一支烟吗？”

“我会救你的，”那人说着转身走开了。

“救我？”

“他不会救你的，”另一个人说，“他从来没救过任何人。他是个混蛋。”

接着，门开了，一股冷空气涌进来——不是新鲜空气，但凉爽、好闻，那只是因为它来自一条更宽敞也更干净的过道——传来一阵响亮的、欢乐的大合唱：“查理！……嘿，查理！……你好吗，查理？”

他的身高有六英尺多[1]，体格像个重量级拳击手。他是个黑人，像别人一样穿着绿色的制服，但他是所有绿制服的头头，这里的每个人都归他管。他把钥匙圈放进口袋，推着一辆送药车，慢吞吞地走进了病房。“早上好……早上好。”他的声音低沉、浑厚。就连那个警察在确保门锁好了后，也和他打了声招呼：“早，查理。”

“嘿，查理，你能过来一会吗？”

“查理，听我说，你还记得我昨天问你要的东西吗？”

他们从四面八方聚拢来，围在他周围。他推着小车，在走道的正中央停了下来。他抬起头来，对大家讲话。

“营养品，先生们！”他朝走道的一头喊。接着，又朝另一头喊：“营养品，先生们！”送药车上的托盘里摆着许多小酒杯，里面的东西看上去像波旁威士忌或枫叶糖浆：当然都不是的，但味道确实和这两者有点相似。

“你给我带报纸了吗，查理？”一个腋下夹着一捆脏兮兮的报纸的人说。

“哦，得了，舒尔茨先生，你的报纸够多了。等你用光手头上的报纸，或许我会给你带一份新的进来。”他转向一名护工。

---

① 六英尺约合一百八十三厘米。

“昨晚收了几个？”

“八个。现在病房里总共有一百一十七个人。”

查理眉头一皱，摇了摇他的大头。“人满为患了。今天还有更多人要进来，明天也有，还有下个礼拜一。这么多人，我们没有那么多设施啊。”钥匙圈叮当一响，他打开了一扇上面写着“**非请莫入**”的门，里面瞄上去像是一个舒适的小房间，一张桌子，几把椅子，放着杯子的架子，一只电炉子，一套咖啡壶。他出来的时候手里拿着两包波迈牌香烟。

“好了，一个一个来，先生们。”他对着挤在他四周的一双双渴望的眼睛说道，“请你们往右排成一列。一个一个上来，每人只有一根。你没有，杰弗逊先生，你的口袋里有一包了。你知道规矩：这是**病房**香烟……”

随着查理的到来，一切都略微好转起来，他带来了“营养品”和病房香烟。室内的光线没那么刺眼了，阴暗处也没那么黑暗了。怀尔德又有了许多新的发现：靠在墙边的一张长木凳，在折叠床之间可以坐下来休息一下的地方，甚至还有一个可以躺下来的地方——在走道尽头的一个角落里，地上铺着四块脏垫子，那里离散步的人流比较远。不过，软壁病房还在那儿，总共六间，其中一间里关着一个形象扭曲的人，就是在早饭前对着空气挥舞拳头、大喊大叫的那位。他躺在那儿，嘴巴依旧张得很大，一副气愤填膺的样子，好像吃完药睡着了也会随时叫嚷起来。他的黑发因出汗而显得亮晶晶的。

“是谁给斯皮瓦克医生打针的？”查理用浑厚的声音问道。

“是罗斯科，查理。他表现得相当糟糕。”

“他的裤子是怎么回事？”

“是他自己撕掉的，他想把自己打扮成拳击手。然后他又开始大吵大闹，嚷嚷着要控告这里滥用职权什么的。没有别的处理办法了。”

“我搞不懂。我以为他康复得相当好呢。”

“他时好时坏的，查理。”

“嗯。”查理再次掏出钥匙。“好吧，至少我们可以把门打开。我不希望他醒来时发现门是锁着的。另外，再给他一套新的睡衣。”

“好的，查理。”

“啊，查理，你是一个王子，”一个虚弱的、颤抖的七十多岁的老头说。“一个凡人中的王子。我对天发誓——我对天发誓你是一个圣人，查理。”

“呃，弗雷先生，我谢谢你的夸奖，但我的香烟已经全部发完了。而且，我恰恰知道你已经领过一根了，因为你想再赚一根。”

“啊，圣母马利亚，你知道香烟是什么吗？它是我需要的精神支柱，查理，我的精神支柱啊。”

“这种事情不归我管。你干吗不去坐一会？我还有其他人要照料。你，先生，你是新来的吗？你叫什么名字？”

“怀尔德，约翰·怀尔德。”

“你吃过营养品了吗，怀尔德先生？”

“是啊，‘营养品’，”那老头说，“你知道那是什么吗？是甲醛。”

“你说够了，弗雷先生；忙你的去吧。”然后，他说：“是乙醛，怀尔德先生。你每天服用三次，它对你有很大的好处。可以镇定你的神经。”

“知道了。你是护理主管吗，还是……还是别的什么？”

“我是一名男护士。这里每天都有护士值班的。我的上班时间是八点到五点。”

“噢。那好，你听我说，我需要立即打一个电话，这很重——”

“哦，不，怀尔德先生。你在我们这儿不能打任何电话。”

“呃，要过多久——我的意思是我什么时候才能看医生呢？”

直到此时他才知道要等到下周二心理医生才会回来，最快下周四他们才会给他做检查，而接下来他在这里还要待多久就取决于他们的诊断。“所以说呢，”查理说，“我建议你尽量让自己在这里过得舒服一些。”

他慢慢地走开了，屁股后面跟着一帮乞求者，怀尔德站在那儿，看着他慢慢走远，耗时之长简直令人难以忍受。“舒服？”他说。突然间，他起步走起来，然后飞奔起来，两脚又踩进了黏液里。他惊呼起来，连他自己都被这个声音吓了一跳：“舒服？在这个他妈的地方？你他妈的脑子进水了吗？”

查理转过身来，居高临下地对着这帮叽叽喳喳的男人竖起一根长长的食指，以示警告。“怀尔德先生，我要你现在马上放低音量，控制好自己的情绪。我不希望对你说第二遍。”

黄色，绿色，棕色，黑色；黑色，棕色，绿色，黄色。想要对这里的声音听而不闻，想要对这里的气味闻而不觉，唯一的方法就是专注于色彩，除此之外就是散步。走过厕所间，来到那个警察坐着的地方；转弯，走过食堂，来到另一端；再转回来。一个个子矮小的人可以这样走在人流里而不被别人发觉，只要他嘴巴闭紧，目视前方，胳膊紧贴身体，不去触碰任何人。他可以在每次呼吸之间默数，也可以在心里打自己的小算盘，甚至可以掉眼泪，只要不发出声音来即可，没人会注意到他。

他没有掉眼泪，而是在走道上唯一空着的一张长凳上坐了下来。接着，一只蜡黄的手就摸上了他的大腿。

“没事的。”

“呃?”

“没事的。如果你想，你可以吻我。不过要先说一句‘我爱你’。”

他站起来，重新迈步走。他在病房里来回走了三趟，才发现在过道尽头的角落里有一张空垫子。坐着总比走路好，而躺下则比坐着更好，尽管他闻到了一股浓烈的汗臭和脚臭的混合气味。他彻底崩溃了，脸朝下趴在垫子上，身体蠕动着——让一切都见鬼去吧——他甚至还小睡了一会，或者说他以为自己睡着了。他再次睁开眼睛，却发现有两个人紧挨在他的左右两侧，他们正在打飞机呢。

午饭后，又是新一轮的“营养品，先生们!”，以及新一轮的病房香烟，他不知怎么搞的和斯皮瓦克先生走到了一起。一开始，怀尔德没有认出他来，因为他穿着一身崭新的睡衣，头发也梳整齐了，脸上也没有了歇斯底里的表情，取而代之的是一副忍辱负重、冷嘲热讽的表情。

“你是昨晚进来的?”

“是的。”

“这里有一半的可怜虫甚至都不知道自己在哪里。你知道自己在哪里吗?”

“贝尔维尤。”

“你应该说得更具体一些，老兄。贝尔维尤医院是一座很大的公立医疗机构。这里是——”

“好吧，精神病病房。”

“你真的以为这里只有一间吗？我的天，伙计，贝尔维尤有一整幢精神病大楼。总共七层，楼层越高病情越重，而这里就是最高层。病情最重的。这里是有暴力倾向的男性患者病房。你瞎眼了吗？你没看见那些穿着拘束衣的小丑吗？你没看见那个警察吗？这里每天都有警察值班，因为有些住院病人牵涉刑事案件。是罪犯。没人知道哪些人是罪犯，我觉得就连护工也不知道。恐怕甚至连查理都不知道。”他一直走得很快，怀尔德不得不跌跌撞撞、急急忙忙地跟在他后面。但此时他突然停了下来，一把抓住怀尔德的胳膊，把他扳过身来，用一根僵硬的食指戳到他眼前。“你是吗？嗯？你是不是罪犯?”

“不是。你放开我的胳膊好吗?”

斯皮瓦克笑着在他的肩头打了一拳。这一拳的意思应该是表示友好，但怀尔德觉得很疼。“见鬼，我只是开玩笑。我一看你的脸就知道你没事。你知道你看上去像什么吗？就像在百货公司里走丢了妈妈的小孩。你叫什么名字？”

斯皮瓦克先生至少说了一个小时的话，他领着怀尔德走过通道两侧的人群，偶尔停下来也不过是为了给他一些小小的忠告——“不到迫不得已，千万别和那边的可怜虫讲话。”他指的是铺着垫子的墙角那边；“那里是手淫之都。”——他说的大部分内容都关于他自己。

他出身于一个他所谓的医学世家。他所有的男性祖先都曾是德国的名医，直到他父亲在三十年代带着家人逃到了这个国家。他的大哥是个“顶尖人物，康奈尔医疗中心里一流的心脏病专家”，二哥也活得不错，他有自知之明，知道自己永远都不可能是这世上最聪明的人，他是西奈山医院里的放射科医生——“你知道，他很笨，但他的笨是别人看不出来的那种。而且，他还娶了一个你这辈子都没见过的大美女，一个金发的威斯康星大美女，两条腿像——两条腿像——两条腿美得无法形容。”然后就说到了他姐姐，她嫁给了一个心理医生——这算不算是一件糟得不能再糟的事呢？他的亲姐姐，看在上帝的分上，真的嫁给了一个弗洛伊德式的怪胎了吗？最后说到最小也是最受宠爱的那个，就是他自己。

“……啊，我们刚来的时候我也受了不少罪；我妈妈去世了；在初中时人家管我叫‘讨厌的犹太佬’，我的鼻子常常被同学们打出血来，不过别担心，我并不是在告诉你我的伤心往事。我向来知道我会成功的，而我也确实做到了。在性方面我也没有任何问题，你不用为我担心。我不可能变成同性恋什么的。我十五岁时，在法洛克威的海滩上失去了我的童子身。打那以后，我就沉迷于女阴了。沉迷于此哦。你结婚了吗，怀尔德？”

“结了。”

“好吧，也许对有些男人来说结婚就解决问题了，但是如果哪个金发女郎在我还没准备好时就把我钓上钩了的话，我会发飙的。你是干什么的？”

“销售。”

“是吗？太搞笑了。你看上去挺聪明的，怎么会去干那一行？我一直认为推销员都是黄鱼脑袋。你推销什么？”

“位置。”

医生惊讶得打了一个趔趄。“天哪，现在已经没有免费的东西了吗？你推销位置？什么位置？室内的还是室外的？嗯？”

“我想你懂我的意思，”怀尔德说，“广告位。在一份杂志上。”

“哦，是吗，我明白了。广告位。哪个杂志？”

“《美国科学家》。”

“没开玩笑吧？哦，那可真了不起。那本杂志上登的都是些很深奥很复杂的东西啊。如果你看得懂那些东西，那你一定相当——”

“我看不懂，我只是做推销。”

“你怎么能推销掉你自己都不明白的东西呢？”

"那些心理医生不也是这么干的吗?"

这句话又让他赚到了斯皮瓦克的一记重拳以及一阵大笑。"你真行,怀尔德。"他说。"总之,我一直知道我会成功的,而且我也做到了。在大学和医学院里的成绩全部都是A,在约翰·霍普金斯医院做实习医生,两年前来这里做了住院医师。分在内科。考虑到能在贝尔维尤医院工作是一种荣誉,我家里人也为我骄傲。我干得很出色,这可不是吹牛,我就是一个优秀的内科医生,事实如此。然后呢,**嘭!**这颗老脑袋出卖了我,看看我最后掉到了什么样的地狱里。够讽刺吧,嗯?"

怀尔德想多听一点关于那颗老脑袋出卖了他的事,不过想想最好还是别问了。斯皮瓦克又说了起来,但这次他换了话题。

"说到同性恋,"他说,"你注意到这间病房里挤着多少这样的人吗?同性恋,瘾君子,潦倒的酒鬼。还有一件事:你注意到'救救我'这句说辞了吗?'救救我,伙计',诸如此类。这些话应该都是和香烟有关的——他们想让你抽完烟后把香烟屁股留给他们——不过,这真是个十三点的要求:你会听到那些甚至不抽烟的家伙也对你说这句话。他们想要被救赎。这里有许多信教的疯子。有一个家伙认为自己就是基督再临。也许不止一个——这种幻想是一种很常见的精神病症状——不过,这家伙是个危险分子。大多数时间他都默不作声,但每隔一段时间都会来一次华丽的爆发。在这里多转转,你会遇见他的。嘿,还有一件事:你注意到他们在这里只雇用黑皮吗?你知道为什么吗?"

"不知道。为什么?"

“你觉得是为什么呢？因为他们很‘绅士’，很‘好说话’吗？是啊，是啊，他们还有一种天生的节奏感。他们害怕鬼魂，他们都很喜欢吃西瓜。你他妈的是怎么回事，昨天刚出生吗？因为没有一个白人会为了这点钱而愿意在这里干活的。你知道他们的收入有多少吗？就说那里的查理好了？嗯？”

“对不起，怀尔德先生，”查理说着挡住了他们的去路。“你穿的这套睡衣不太合身，对吧？”

“是，我——是，是不合身。”

“有时候，那些值夜班的很粗心。我们这里有小号、中号和大号。像你这种体型的人应该穿小号。我会处理的。”

“是啊，你处理吧，查理。”斯皮瓦克说。“在你处理的时候，你为什么不顺便也处理一下你的兄弟罗斯科呢？我希望这个小杂种被记过处分，听明白了吗？如果他再给我打麻醉针，我就要吊销他的护士执照。听明白了吗？”

“好的，尽量把声音放低一点吧，医生。”

“查理是他们雇来的人中唯一一个还算讲道理的人。”他们又走了起来，斯皮瓦克边走边说，“你知道吗？这个该死的地方建造于十九世纪，后来就一点也没改动过。你看那个。”他指着一张长凳说。“你也见过饭堂里的长凳吧？都是古董！古董！如果去找一个娘娘腔的古董商到这里来，他会每件付一千美元的。听着，我给你一个小小的忠告。当心罗斯科。我到这里的头一天早晨，他让我在自己的尿里坐了一个半小时。一个半小时！而且我告诉你，在此之前，我跟他说了七遍我要一只便壶。那混蛋一直对我说去厕所，去厕所，去厕所。”

“那你干吗不去呢？”

斯皮瓦克用自己的手掌根敲打了一下脑袋以示愤怒。“你没有看见问题的关键，怀尔德！问题的关键是，当病人问护士要便壶时，他就应该得到一只便壶。老天爷啊，我觉得你看上去挺有知识的样子，但你他妈的就像其他所有他妈的傻瓜一样——听着，你走开一会，好吗？我爸爸和姐姐明天要来探望我，而我刚巧想起了一些事。”

于是，他又独自一个了。不过，没过多长时间他就拿到了一套小号睡衣，这真是件令人振奋的事。接着，他加入了聚集在一间开着门的软壁病房里的人群。拿着报纸的那个人也在，他把几张报纸铺在地上做研究。在这些人中有两个少年，一白一黑，他们靠在后墙上热切地交谈着。

“……于是，我们都在布雷耶冰淇淋广告牌后面的空地上瞎晃悠，你知道。”白人少年说，“你瞧，别的小孩回家的时候我也应该回家的，我就错在这里。总之，天色暗了下来，我和这个科瓦斯基，我们就坐在那块广告牌后面抽烟、聊天，然后他——”

“等一下，拉尔夫，你讲得太快了。这个科瓦斯基是谁呀？”

“我刚刚告诉你了。他是我们那一片的孩子王，所有的小孩都怕他。我的意思是，你知道，他很高大，说话很凶，而且有前科。私闯民宅。他十九岁。总之，他让我在别的孩子回家后留下来，我说好的。我的意思是我知道那样答应他很傻，但我想当时我有点——我也不知道怎么说好，我有点——”

“受宠若惊，对吧？”黑人少年说。“当然啰，我可以理解。后来又发生什么了呢？”

“后来他就给我香烟抽，还对我说关于女孩子的下流话，告诉了我所有和他发生过关系的高年级女生的名字，全是这类话题。你知道。”

“是啊，真该死。我知道那种人。你多大了，拉尔夫？”

“十五，我的意思是我现在十五岁，当时我十四。反正，他突然挨近我身边，拉开裤子，叫我为他——你知道。叫我俯身下去。为他口交。”

“天哪。”

“我说不，我快速站起来，围着广告牌跑了起来，他一把抓住我，说他要扭断我的胳膊。他的话吓不到我——我知道他不会那么做，因为他有前科——可他说：‘好吧，小子，你可以做一个选择：乖乖听话，我就什么也不对别人说。要是你逃回家，我就对天发誓你永远也摆脱不了这件事。’”

“哦，天哪。”黑人少年说。

“于是我回了家。第二天在学校里，同学们都开始欺负我。你知道。‘嘿，拉尔夫，干那事感觉怎样？’都是那种话。下流话。或者，他们抓住裤子的前门襟，对我说，‘想到那块布雷耶冰淇淋广告牌的后面去吗，拉尔夫？’后来，在糖果店那里，他们开始叫我‘香唇沃尔普’①。沃尔普是我的姓。就连那些高年级的，

① 香唇，原文为Hot Lips，一个巧克力品牌。

高二和高三的，也都嘲笑我。就连女孩子都嘲笑我。因为，你知道，这是他干的好事，这个科瓦斯基，这是他干的好事，他对所有人说是**我自己**想要给他口交的。”

黑人少年一脸不可思议的表情。“那你为什么不把真相告诉他们呢？”

“我说了！我说了！我跟他们说了一遍又一遍，可他们只是笑我。‘因为那只是我的一面之辞，明白吗？而这个科瓦斯基是个孩子王，谁会相信我呀？”

“嗯，伙计，这确实很棘手。”

“然后，我爸爸也听说了这件事。”

“你爸爸？你爸爸也不相信你吗？”

“嗯，你知道，他是从别的孩子的父亲嘴里听到这事的。他对我说，‘拉尔夫，我希望你老老实实地告诉我在那块广告牌后面究竟发生了什么事。’于是我告诉了他，可他说‘我听到的完全不是那回事’。我就说‘我发誓！我发誓！’他坐在那儿看着我，好像我是某种——某种——我不知道该怎么说。自打那以后，自打那以后——”拉尔夫说不下去了。他把脸转向墙垫，面无表情，抚摸着脸上的痘痘。他的指甲全被他自己给咬秃了。

“伙计，”黑人少年说，“我说，这可真是一个作孽的故事。嘿，听着，不管怎么说，我有个好主意。我们来玩一个游戏吧。我们来玩猜电影。你知道猜电影怎么玩吗，拉尔夫？”拉尔夫一声不吭。“那你怎么样，伙计？你叫啥名字？”

“约翰。”

“我叫弗朗西斯，约翰。这位叫拉尔夫。你想玩猜电影吗？很简单的，我说一句话，你们就猜它出自哪部电影。我们来练习一下。我说：‘老实说，亲爱的，我一点都不在乎。’它出自哪部电影？”

“嗯，我猜不出——”

“你不知道？见鬼，伙计，那是《乱世佳人》里克拉克·盖博对费雯丽说的。要不要再试一个？”

“好的。”

“我再说一个。等一下。”弗朗西斯皱紧眉头苦苦思索。“你来说一个好吗，拉尔夫？”

“不好。”

“那你来说一个，约翰？”

“我也想不出。”

“好吧，等一下。我们会想出来的。好电影多的是。”可他低头思考的那张脸却透露出好电影其实并不多。“有些电影我不喜欢，”他说，“我不喜欢《惊魂记》，你知道吗？安东尼·珀金斯演的那个？我觉得那是一部糟糕的电影。你懂我的意思吗？”

“嗯。”

“是啊。”

“好吧，我们再想想。”他又想了一会儿，接着说道：“见鬼，我不想再玩猜电影了。你喜欢听音乐吗，约翰？”

“当然。哪种音乐？”

“随便哪种。你喜欢这个吗？”他做了一个运动员式的下蹲动作，然后拍打起弯曲的大腿，就像在敲鼓。等到节奏确立起来，他往后甩动脑袋，闭起眼睛，唱了起来，更确切地说是嚎叫、嘶吼起来，听上去像一首快速进行曲风格的爵士乐或非洲部落的土风歌。拉尔夫似乎挺喜欢这首歌：他的目光迷离，显得颇为陶醉，脑袋也随着节奏摇晃起来。

“嘿，”那个拿着报纸的男子说道，“看看这个。”那是他从《纽约邮报》的体育栏整齐地撕下来的一条标题：**马里斯能超过贝伯吗？**[①]“明白了吗？”他说，“嗯，看着。等一下。”他从乱糟糟的一沓报纸里抽出了五六张，他遮住它们，不让别人看见。“等一下。”他嘟囔道，一边小心翼翼地撕开、摊平、调整着，然后他说：“现在可以了，你们看。”

他摊出了一张玛莉莲·梦露的大幅照片。上面的标题是：**巴黎能留住这个宝贝吗？**底下用各种不同的字体写着这样的标题：热血已然冷却？**说说盛夏的价值！如万千城市的热浪一般咆哮着的声音“焦虑”**；联邦调查局联合声明，当地警察正全力以赴**开动法航飞机**。

“哦，这个——真了不起。”

“呃，这还不算最好的。我来做一个更好的。等一等。”

弗朗西斯的歌声越来越响亮，似乎把他带入了一种精神恍惚的状态。奋力高歌使他的喉咙里涌起了两口浓痰，但他在不唱错

---

① 纽约扬基队棒球手罗杰·马里斯（Roger Maris，1934—1985）在一九六一年打破了由贝伯·鲁思（Babe Ruth，1895—1948）在一九二七年创下的本垒打纪录。

一个节拍的情况下居然接住了这两口痰，分别接在在空中挥舞的左右手的手背上。

“怀尔德先生？”查理在走廊上叫着。他紧紧地拽着斯皮瓦克的上臂，不是出于控制就是出于关怀。斯皮瓦克眯着眼睛瞪着他，用鼻子重重地呼吸着，脑袋伴随着呼吸轻轻地晃动。“怀尔德先生，斯皮瓦克医生希望你今天晚上能陪他一起吃晚饭。”

“……好的，你可以和我一起吃，怀尔德。”在他们依次走进令人窒息的饭堂时，斯皮瓦克对他如是说，“但是不要再问问题，不要再他妈的说话，听清楚了吗？”

礼拜天早晨，怀尔德被打了镇静剂。

这事是在突然之间发生的，事后他无论如何都无法在脑子里想明白它的来龙去脉：记忆里缺乏从无助、怨恨、生气发展到愤怒的前后连贯的模式。那天早晨，他吃过了早饭，吃过了营养品，抽完了病房香烟，孤零零地站在一扇灰色的窗户旁，眼睛没在看任何东西。然后，他听见了叫喊声：“该死！……该死！”随之，他才意识到那是自己的声音。他从窗口往后退，抬起一只脏兮兮的脚，猛踢它的铁丝网格，把它踢瘪了。窗格瘪塌塌的样子看上去实在太爽了，于是他再次退后，再次抬脚猛踢，连着踢了好几次，使它瘪得越来越厉害。同时，他那火烧火燎的喉咙里爆发出一声声嚎叫：“该死！该死！该死！……”他只能隐隐约约听到围绕着他的别的声音——“当心，老兄”；“别激动，别激动”——直到两名护工抓住了他的胳膊，他才意识到自己陷入了麻烦。“嘿，查理！”某个人在喊。“查理！”

他来了，慢吞吞地从走廊那边过来了，脸上是一团愁云惨雾。他在一盏灯下停住脚步，眯着眼看高高举起的一支针筒，直到针尖上冒出药水的闪光。然后，护工们把怀尔德的裤子扯了下来，查理把药水推入他的半瓣屁股。“我警告过你的，怀尔德先生，”他说。“我告诉过你要控制好自己的脾气。”一间软壁病房的门开了，就开到可以把怀尔德扔进去的程度。门又砰的一声关上了，他听见了上锁的咔嚓声。他透不过气来，四肢趴在柔软的地上胡乱摸索，好不容易才把裤子拉了上来。然后，药物在他身上起效了——睡眠如沉重的巨浪一般将他淹没——在他扭动、挣扎、沉溺之时，他脑子里最后的意识是在他的生命里从未发生过比这个还惨的事情。这是最惨的事。

“……怀尔德？嘿，起来，伙计。”

他在十分钟后，也或许是在十小时后，听见了这个声音。

“怀尔德？”

“嗯？……什么？……”

“站起来，出来，伙计。有人来探望你。”

探望。

他像个醉汉一般蹒跚在走廊上，撞上了好几个人。他一只手一会儿撑住一面墙踉跄地走，一会儿撑住另一面墙。即便在他找到了平衡后，他还是不得不停下来，偷偷地伸手摸到裤子的前门襟，确认裤裆是否已经拉好，另一只手则摸到头上，把遮住眼睛的头发撩开。

饭堂已经改造为探视室——桌子都被移调了，凳子围拢来，摆成可供谈话的桌凳组合——他在门口站了一会，眯着眼睛往里瞧，这才看见了他老婆和保尔·博格。他一边竭力控制住颤抖，一边在他们身边坐下来，和他们打招呼。

“哦，你在这里日子一定不好过，约翰。”詹妮丝说，一边把手放在了他的膝盖上。“在这种地方。”她看上去忧虑不安、情意绵绵——她甚至穿了那套她所谓“他最喜欢的连衣裙”，上面有蓝色和棕色的印花，更凸显出了她的大胸脯——在一瞬间他看见了很久以前的那个使其他姑娘都相形见绌的姑娘。

“是啊。呃，你过得好吗？汤米好吗？”

“我们很好。我们都很想你。”

“你对他怎么说的？”

“我说你在芝加哥有事情耽搁了。”

“噢，可问题是你现在无法告诉他我什么时候能回去。我要到下周四才能看医生，看完后会怎样就只有天晓得了。也许还要两个礼拜，四个礼拜，六个礼拜，我的意思是你准备怎么跟他说呢？”

“嘘——嘘。”她揉搓着他的膝盖。“汤米这边就留给我一个人担心好了。他没事的，我保证。你只要照顾好你自己，好好休息，尽快好起来。”

“我甚至没办法给他打电话，因为这里没有电话机。听我说，你最好礼拜二给我的办公室打个电话，告诉乔治我得了流感什么的。”

“哦，当然，亲爱的。没有问题。”

保尔·博格一直在观察别的病人，好像在估量他们每个人的疯狂程度。接着，他把那种冷静、审视的目光转向了怀尔德，他们对视了一眼，随即都低下头去。就这样，怀尔德看见了在博格的大腿上放着一条香烟。

“天哪，这是为我准备的吗？给我好吗？”

“……有件事我始终理解不了，”博格说，“这套劳动节周末的说辞是不是太荒唐了？”

“是的。”

“这种规模的医院，一家公立医院，在节假日至少应该有一个兼职心理医生值班，这么说不算过分吧？”

“是的，就是说呀。”嘴里叼了一支烟，口袋里装着一包烟，胳肢窝里夹着一条烟，在这种情况下他可以原谅任何人任何事。

探视时间结束了，他们一起走出饭堂，走到了聚集在大门旁边的拥挤的、过分激动的人群中。博格和他握手道别，詹妮丝和他拥抱、吻别。“约翰，”她说，“你知道我是怎么打算的吗？等你回来的时候？我打算带上汤米，我们全家一起开车去乡下——他少上几天学没关系的——我们一起去散散心，度个小小的假期。也许去一整个礼拜。你觉得怎么样？”

“听上去不错。我——是啊，听上去不错。”

他们出去后，大门又锁好了。

“嘿，救救我，老兄，行行好吧？”

“救救我，伙计。”

“救救我……”

他分发着香烟，成了万众瞩目的中心，直到查理对他说："怀尔德先生，你跟我来一下好吗？"查理把他领入了那间写着"**非请莫入**"的房间。"像你这么发的话，一条烟维持不了多久的。"他说。"我们这里的一般做法是，你拿到一条香烟后，我们就为你保管在这里。我会把你的名字写在上面。"他边写边说，"那位女士是你太太吗，怀尔德先生？"

"是的。"

"非常漂亮的女士，衣服也很好看。你们有孩子吗？……噢，好极了，有一个儿子。我有三个小姑娘，"他们回到走廊时他说，"分别是七岁、八岁和九岁。她们是我生活中的快乐之源。"

"好吧，你有多喜欢那个呢，查理？"斯皮瓦克问道。"如果你真他妈的那么聪明的话，你就把那个解释给我听吧。"

"你要我解释什么，医生？"

"你他妈的觉得是什么呢？我父亲和我姐姐。我对他们满怀期待。我在那扇该死的门前足足等了一个小时，可他们一个都没来。你知道我是怎么想的吗？"他的眼神和因对着空气练拳击而被注射镇静剂时的一样狂乱。查理一只手按在他的肩头，好像是要引开他去做一次单独的谈话，但他站在原地不动。"你知道我是怎么想的？她那个不要脸的死人老公把他们两个都捏在手心里。他使他们俩都相信了我是一个危险的疯子，他们就这么把我一笔勾销了！他们就这么让我烂在这里！"

"哦，行了，医生，我觉得他们今天不能来的理由多了去了。首先，你必须记住你父亲已经上了年纪，对他来说，从怀特普莱恩斯过来看你是很长一段路程。你姐姐也有自己的家庭要照顾，而且，她也许——”

“查理，你是个大大的巧克力甜心，但你他妈的对人性一窍不通。就连怀尔德那样的小傻瓜也比你懂得多。把你的笔给我。”

“我想我不会给你任何东西的，医生，除非你对怀尔德先生和我道歉。为了你说的脏话。”

“啊，他妈的耶稣基督。脏话。道歉。好吧，好吧，我道歉。那我就换一种说法试试。护士，您能不能行行好，把您那支价值连城的两毛九分钱的圆珠笔借给我用大约十二秒钟时间？”他从睡衣口袋里掏出一张脏兮兮的纸，把它按在墙上，写下了一串数字。“好了。现在你仔细听好了。这是我姐姐的电话号码。我希望你今晚下班后给她打个电话，告诉她以下这些消息。告诉她——”

但查理摇了摇头。“你知道，我不可以做这样的事。”

斯皮瓦克退后三步，站在那儿——两腿分开，紧握双拳，瞪大了眼睛。“那你到底可以做什么呢？微笑？说教？让每个人的屁眼都感觉良好？你到底可以做什么呢，你这个又高又蠢的狗娘养的——”

“医生！”

“是啊，‘医生’，该死。你干吗不给我打上一针，那样不就万事大吉了吗？”

“我确实这么想来着，”查理说，“但我相信你只是在和我开玩笑。你知道我不开玩笑。再说了，你占用了我太多的时间。在这间病房里，除了你还有很多别的病人呢。”他转身走开了，走进了正在来回散步的一排队伍里，很快就被另一些喋喋不休、想捞些好处的病人给包围了。斯皮瓦克孤零零慢吞吞地走到了墙边，这给了怀尔德一个摆脱掉他的机会。

他迅速地躲进了厕所。现在，他口袋里有了一把木梳——保尔·博格给他的又一件礼物——于是，他把头发蘸湿了，用梳子小心翼翼地将它恢复成了平时那种休闲的发型：整齐地梳向左边，前面的短头发梳向前额的两侧，后面的长头发往后往下梳。这种发型是他跟演员艾伦·拉德[①]学来的，而且在经过了多年的尝试后，现在看上去挺适合他的。站在那面模模糊糊、有着红白斑点的镜子前，他从多个不同的角度打量自己，相信自己看见了一张健康的、富有男子气的、值得别人信任的脸。也许看上去有些烦恼，但并非明显的神经质，更别说有什么精神疾病了。他怎么会在这里，在这个有暴力倾向的精神病患者病房，简直荒诞透顶。想到这份荒诞，他带着一种嘲弄的微笑甩了甩头。

“嘿，你在搞什么名堂，伙计？”一个声音从他后面传来。“你想把自己打扮得漂漂亮亮的吗？”

“……我的意思是我姐姐那边的情况也许还能理解，”在排队吃晚饭时，斯皮瓦克边说边走到了怀尔德的旁边。“她每晚都让那个狡猾的混蛋干她。他把他那条老鸡巴插进去，这里戳戳，那里捣捣，直到她发出浪叫。所以她会相信他在白天灌输给她的那

① Alan Ladd（1913—1964），美国演员和电影电视制片人。

套西格蒙德·弗洛伊德的臭狗屎，我想你不能为此责怪她。但我父亲那边的情形，则是另一码事了。还有我的哥哥们。他们都是知识分子！他们都是医务人员！他们知道我之所以被关在这里是因为某种不要脸的、捏造出来的指控——算了，不说了。我们去吃美味的通心粉和奶酪吧。”

星期一——或者是星期二？——进来的一批病人中有一个白头发的黑人，头部和脸部受伤严重，眼睛上缠着血迹斑斑的绷带。总不能让一个瞎子走路吧，所以他们把他的床铺放下来，让他整天躺着，病人们在走道的这一侧时总是绕开他的床行走。怀尔德从他的床边走过两次，这才注意到他的手腕和脚踝都被沉重的约束带绑在了床柱上。他不停地挣扎、呻吟、嘟囔；有几次他奋力抬起身体，半坐起来，还哇哇乱叫。

“DT症[1]，”斯皮瓦克解释说。

“你怎么知道？”

“很明显。只要受过医疗培训的人都看得出来。这里的许多酒鬼都有这病。你听见他刚才在叫什么吗？在查理走到他旁边的时候？”

“没有。”

“‘啊！啊！啊！我有了感觉！我有了感觉！’你没听见吗？他的意思是有了幻觉。这个混蛋二十五年来每天都浸淫在一夸脱[2]酒精里，现在他的脑子已经彻底烧坏了。你喝酒吗，怀

① Delirium Tremens（震颤性谵妄症）的缩略。
② 约合一点一升。

尔德？”

“喝一点。”

“多少？每天四杯，五杯，六杯？”

“我不知道。”

“八杯？十杯？十五杯？更多？嗯？”

“你瞧，斯皮瓦克，归根结蒂我觉得这事不关你他妈的——”

“哇哦！好小子！我触到了你的**痛处**——你的问题原来在这里。是啊，这合情合理：你看上去确实像酒鬼。我之前怎么没注意到，真是搞笑。”

“是啊，搞笑，”怀尔德说，“你去死吧。”

斯皮瓦克的答复是得意洋洋地竖起一根中指，同时骂了句“操你的”，然后转身消失在了漫步的人流中。

在那天余下的时间里——是星期二吗？——他们互相回避。怀尔德尽力想和拉尔夫和弗朗西斯再套近乎，但拉尔夫似乎不认识他了，而弗朗西斯也没兴趣再玩猜电影游戏，即便怀尔德想出了一句绝好的电影台词——“嘿，你猜猜这是哪部电影里的：‘再玩一局吗，桑姆？’”

他帮助那个报纸人摆出了一幅字样，但那也没有奏效。之后，他就独自一人在走道上溜达，窥视着在那个警察的墨镜里呈现出的自己的形象，抽抽香烟，给别人发发香烟，琢磨着在这种怪异的宁静里他是否会真的疯掉。

但在第二天下午，他听见那个瞎子在叫着“哦！哦！哦！”然后看见斯皮瓦克在他的床边蹲下身去。

“你怎么啦，黑皮？”斯皮瓦克柔声问道。“你又有了那个感觉？你想来一杯吗？呃，我恐怕你在这里的日子不会好过，黑皮，因为这里不供应老酒。”

“……哦！哦！哦！……”

“唉，我们这里啥也没有，除了乙醛、约束衣、屁股针……”

“你干吗不闭上你的臭嘴？”怀尔德说。

斯皮瓦克站起来，满脸惊讶地转过身来。“哇，我真见鬼了。”他看着怀尔德的眼睛，然后把目光转向他的赤脚，然后再次看向他的眼睛。“看看现在是谁在说教呢。我以为自己已经从各色各样的傻瓜嘴里听过了各色各样的狗屁说教。但现在有个小矮子，有个醉醺醺的推销员，又跑来告诉我做人要‘厚道’，做人要‘有同情心’，做人要——”

“你是个傲慢的、无礼的、自以为是的狗娘养的，斯皮瓦克。你是个乌龟王八蛋……”怀尔德往后退，让斯皮瓦克步步逼前，但这不是撤退。他退到走道上一个更为宽敞的角落，那里人不多，适合打架。

“你以为自己是谁？童子军？变态的社工？圣人？再临的基督？嗯？”

他们都停住了脚步，互相间距离三英尺[①]，恶狠狠地瞪着对方，准备好好地干上一架。他们俩都没有摆出打架的架势——他们的手松垮垮地垂在身体两侧——但怀尔德揉了揉肩头，说道：

① 约为一米。

“你喜欢嘴上挨一拳吗，斯皮瓦克？”

“就你？你这个酒精中毒、脑子进水的小侏儒？去你的，我只要五秒钟就能把你打得满地找牙，你知道的。”

“你别他妈的太自信了，斯皮瓦克。”

“你想试试？看看结果如何？”

接着，那扇“非请莫入”的门开了，查理微笑着站在门口，高高兴兴地邀请他们进去。“先生们，”他说，“你们愿意陪我喝一杯咖啡吗？”

查理专心致志地为他们摆椅子，配速溶咖啡，把水壶放到加热板上去烧开水，似乎没有注意到他们那涨红的脸、沉重的喘气声、发抖的手脚。“每天这个时间我总喜欢喝一点咖啡，”他说，“而且，要是有人隔三差五地陪我喝就更好了。如果你们不介意，我觉得最好还是把门关了。里面确实有点闷，但我不想被别人误解为我在这里开派对。要糖和奶吗，怀尔德先生？”

“好的，谢谢。”

“当然，这里没有牛奶，只能用咖啡伴侣代替，不过味道蛮好的。你呢，医生？”

“不用，谢谢。就清咖好了。”

一开始，只有查理一个人在说话，他们则坐在那里，喝着咖啡，抽着香烟，享受着这份不习惯的奢侈。怀尔德一直在等着他将这种自言自语转变为一场说教——“……我说，我再也不要看见你们两个给我制造更多的麻烦……”——但这并没有发生，很快，他们俩都放松了下来。偶尔，他们甚至会忸怩地对视一眼，露出一个尴尬的微笑，就像两个坏孩子在密谋着要干一件坏事，还要想法子不让人逮着。

“……嗯，我很高兴这个假期终于结束了，”查理说，“漫长的周末总是困难重重。病人实在太多太挤了，我们人手又不够，现在医生们终于要回来了，这太好了。哦，得了，你不用说，医生，我知道你对那些心理医生的看法。这个我们不用讨论。我的意思是，从我的立场来看，医生们回来是件好事，因为他们会做决定。你们中的有些人将不得不回归家庭，对吧？有些人必须被送往戒酒或戒毒中心，有些人必须被送往温代尔或罗克兰[①]或别的什么地方，还有些人——好吧，这也不算什么秘密了——还有些人必须被送往刑事法庭。我的意思是，必须有人做出这样的决定，对吧？”

斯皮瓦克皱着眉头小心翼翼地掐灭了香烟。“查理，”他说，“你把真相告诉我好吗？”

“我尽力吧。”

“是谁——是你们这些做决定的大人物里面的哪一个——对你说我是一个妄想型精神分裂症患者的人到底是谁？”

查理把身体往后靠，发出一串开心的笑声，同时把一只又白又大的鞋子跷到了桌上的一角。“啊，医生，你在逗我玩呢。不是他们中的**任何**一个人，是你自己！你在做完一次心理咨询之后——那是在什么时候，两三个礼拜之前？——你说‘最好对我

① 指罗克兰精神治疗中心。

提防着点，查理，我是一个妄想型的精神分裂症患者’。是你自己亲口告诉我的！”

但斯皮瓦克并没觉得这句话好笑。

查理的笑声停止后，他又把两只脚放到了地上，热切地往前凑身。“不过，我确实知道一件事，医生。事先声明，我没有批评你的意思，但我觉得你每次去看心理医生，都会采取一种不合作的态度。我估计你会对他们说你要告他们滥用职权什么的，你这么说当然我也能理解。你也是医生，你在这里的位置是有点艰难的。我想给你如下建议：你下次干吗不给他们一个惊喜呢？你走进诊疗室，回答他们的问题，表现得好一点，再带点幽默感，让他们明白你在绝大多数时候是一个讲道理的、温和的好人，就表现出你和我在一起，或者和怀尔德先生在一起时的样子就好了。”

“是啊，是啊，好的，”斯皮瓦克说，“我会施展出我以前的魅力来。嘿，你瞧，我忘记把笔还给你了。”他把笔从睡衣口袋上解下来，递给了桌子那头的查理。“估计你没有信封吧，对吗，查理？”

“信封？没有。”

“没关系。就算我有一只信封，我还需要邮票呢。关键是，我给我姐写了一封信。你想看吗？”

“哦，我想最好还是别看了，医生，如果你不介意的话。我真的不太喜欢看别人的私人——”

外面传来急促的敲门声，有个声音在嚷着：“查理！地上有一摊大粪！哪个狗娘养的在地上拉屁屁……”

“对不起，先生们，”他说着和他们一起快速地回到了走廊里。“我得把这儿锁起来了。刚才过得真愉快。”

他们会继续之前的剑拔弩张吗？显然不会。斯皮瓦克往前走，表情落寞，但并不愤怒，没过多久他就小心翼翼地、羞答答地尝试着和怀尔德说话。“走过去的这人是属于温代尔的，”他说道。一个体格健壮、目光呆滞、穿工作服的波多黎各人从他们身边走过，只见他穿着一双高帮皮鞋，牛仔衬衫，绿色的哔叽裤，上面有老式的阔背带。“只要他们把一个人打扮成这个样子，那这个人就肯定是要去温代尔的。哦，天哪，你看那个。”

一个年纪很大的白人站在那里，像个孩子一般嚎啕大哭——“呜！呜！呜！”——一名护工拿着约束衣向他走过去。他扭头要跑，但没有多少抵抗力。在拉拉扯扯中，他的睡裤掉了下来，暴露出了又小又萎的生殖器，看上去也像一个小孩子的。他用手遮住生殖器，不是出于羞耻，就是出于恐惧。

“喂，你好呀，性感炸弹，”斯皮瓦克从他身边走过时说道。

“救救我，伙计，”走来走去的人们在恳求着香烟。“救救我……”

“好的，好的，我们会救你的。嘿，你瞧，怀尔德，在那座手淫之都里一个鬼也没有哦。你想坐下来吗？”他们在污迹斑斑的垫子上坐下来。“你想看我写的信吗？我的意思是我写这封信可费了九牛二虎之力，所以我觉得应该有人看一看这封该死的信。”

“好吧，当然。”他收下了一张脏兮兮的、叠了又叠的纸头，打开了它。

亲爱的老姐、亲爱的普利斯小姐：

当你收到这封信时，如果你正在百无聊赖地浏览着《纽约客》，喝着超干的马提尼，或者为了过夜生活而把那条异常甜美的礼服换成一件漂亮性感的衣服，或者为了延长你和丈夫在夜里浪漫的调情时间而往脖子上喷着优雅迷人的巴黎香水，那就不用麻烦读这封信了。就把它扔在凋谢了的栀子花和喝光了的莱茵白葡萄酒瓶以及你不打算去参加的蒂凡尼宴会邀请函之间好了。

不过呢，如果收到信时你正穿着工装裤跪在地上擦洗着厨房地砖，或者正在拼命要擦掉沾在煎锅上的上周末的勃艮第牛肉末，以至于手指出血都淌到了钢丝球上，或者还坐在我相信你丈夫会称之为“茅房”的地方哼哼唧唧，释放出臭气，那你他妈的就把这封信读了吧，宝贝。这是一封重要的信。这是一封现实的信。

1. ——给老爸打电话。

2. ——给艾瑞克和马克打电话。

3. ——告诉你丈夫他是个假惺惺的、自命不凡的小傻瓜。

4. ——把我从这里弄出去。

亨利

"你觉得怎么样?"他问。

"嗯,写得很有趣,但是总的调子显得有些——"

"咄咄逼人,是这个意思吗?这是心理医生们最喜欢的一个词了。"

"我不会这样说的。我的意思是你这种写法可能对你自己不利。就是说这样写不太可能达到目的。"

斯皮瓦克叹了口气,然后把它塞回到睡衣里。"啊,我想你说的没错。毕竟,这是个纯粹的学术问题。没有信封,也没有邮票。"

礼拜四早晨,怀尔德被叫去看医生了。他站在门口,站在那个警察旁边,反复梳着头发,而斯皮瓦克则在给他最后的忠告。

"这是一场审讯。他们问你问题——没完没了的问题,是那种在法庭上永远都站不住脚的问题——而在你回答的时候,他们根本不听你的回答。他们会研究你的回答。他们会让你说的每一句话都悬在空中,以便于他们仔细琢磨。因为他们在乎的并非是你回答的内容,而是你的语言风格。他们在想些什么你几乎可以一目了然:'嗯,有趣。他为什么会犯那个口误?他为什么要选择这个特别的字眼?'哦,他们还会像老鹰一般观察你。不仅看你的脸——你必须面无表情,看着他们的眼睛,这一点非常重要——还看你的浑身上下。如果你在椅子里扭来扭去,如果你叉起双腿,如果你双手抱头,只要你摆出诸如此类的姿势,你就死定了。"

“好了，怀尔德，”一个护工说，“我们走吧。”

在诊疗室里穿着白大褂的医生也许还不到十二个，但却显得两倍于这个数字。他们在有写字板的扶手椅上排排坐，就像一群学生，而怀尔德则孤零零地坐在一把普通的椅子上面向着他们，汗津津的双手搁在大腿上，仿佛是他们的授课老师。没有人面带笑容。坐在前排的一个谢顶的肥胖男人清了清喉咙开口说道：“开始吧，你觉得你的问题出在哪里？”

这场诊断大约持续了一刻钟时间。首先，他竭尽全力向他们说明了那次去芝加哥出差的情形，整整一周的睡眠障碍以及过度饮酒，然后是关于保尔·博格和圣文森特医院，还有使他来到这里的他已记不清楚的种种事情。

接着，医生们的问题就来了。你之前曾经住过精神病院吗？曾经接受过心理治疗吗？曾经接受过酒精中毒的治疗吗？酗酒曾经给你带来过麻烦吗？给你的老板？你的家人？警察？

没有，他不停地说着，没有，没有，没有——在整个过程中，他始终保持严肃的表情、端正的坐姿，说话不打任何手势。但是，在所有的提问都结束后，他们默默地注视着他，似乎在期待他做一个为自己辩护的总结陈词。就在这个时候，他翻车了。一只手跃上了湿漉漉的额头，还一直搁在那里。“你们瞧，”他说，“听我说：我知道如果我说‘我没疯’，这可能只会使你们更加确信我疯了。可即便如此，那依旧是我的——是我的看法。”那只手又回到了大腿上，但他知道自己的身体在扭动，因为他听见椅子在嘎吱作响。“我不认为自己疯了，或者患有精神疾病，或者情绪焦虑症，或者其他随便什么该死的毛病。我的意思是不管你们这些人怎么称呼那些毛病。”他的嘴巴干死了，他能感觉到为了说出话来他的舌头、牙齿、嘴唇做出的每一个动作，付出的每一份艰辛的努力。“我知道上周五自己失态了，或者用你们的话怎么说来着，不理智行为，但那是上周五。经过了几个晚上的睡眠，还有打了几针甲醛，你们知道，我是指乙醛，我觉得我又是一个正常人了，我现在正常了，所以说关键是——老天爷啊，到底有人在听我说吗？”那只抽搐的手再次跃上了额头，把他的头发揉成了一团糟，他的眼睛也闭上了，他不想再看见他们的脸。

“你为什么觉得没人在听呢？”

“因为我被关在一个该死的——因为这个地方简直能把人给逼——我不知道。”他睁开眼，但对自己的手还是无能为力。“你们瞧。听我说：我觉得我不再属于这里了，我觉得我可以出院了。我要说的就是这些。”

他再次感觉自己置身于一间教室——在这个教室里，老师在大出洋相，学生们看得目瞪口呆——于是，他的脸微微一抽，显露出一种惭愧的神情。然后，他说出了一个老师在这种情况下通常会说的那句话：“你们还有别的——问题吗？”

“好了，怀尔德，”护工说。他被带回去，重新关进病房。他又想用拳头砸墙，或者尖叫，或者用脏兮兮的脚踢窗户。但他克制住了冲动，在病房里走来走去，抽烟，对别人保证一定送香烟给他们抽。

“情况怎么样？”斯皮瓦克问。

“该死，我不知道。”

“他们是一群黏糊糊的混蛋，对吗？让你浑身起鸡皮疙瘩。当你想到那些用怀疑的目光看着你的混蛋们有权掌控你的生活——我的意思是指那些联邦调查局的，那些中央情报局的，那些纳粹的秘密警察……”

但一小时后，查理把他叫到一边，在“非请莫入”的门旁和他进行了一次低声的、个别的谈话。“你在那里的表现很出色，怀尔德先生。”

“我什么？真的吗？你怎么知道？”

“是的，我怎么知道你就别管了，反正我碰巧知道了你的表现不错。实际上，我还知道午饭后他们会把你转往康复中心。那边比这里舒适多了，非常干净；他们一般不会让你在那里停留超过二十四小时。给你一个小小的提示，办完出院手续，领好你自己的衣服，你就自由了。不过你瞧，我今天很忙，也许没机会再见到你，所以我现在就和你道别，祝你好运”——他伸出一只大手和他握手——“还有一件事，我觉得你是个好人，你待斯皮瓦克医生很友好，和他聊天，陪他一起吃饭，在你来之前，斯皮瓦克医生在这里真的没朋友。他也是个好人，你知道，唯一的问题是他有点——烦躁。好了，祝你好运。”

“谢谢，谢谢，查理。”

他看着查理走开，朝着那个戴头巾的俊俏小伙子冲过去。“盖尔！听着，盖尔，我对你说过多少次了，把那件睡衣从你的头顶上拿下来。把你的老二放回裤子里去，它应该老老实实地待在那里。没人想看你那破玩意。”

午饭后，他们让六个或八个人去前门旁边等着，怀尔德也在其中。

“哦，看看你，”斯皮瓦克走到他跟前说，“你在那里究竟要了什么把戏？贿赂他们了？威胁他们了？跪下来舔他们的屁股了？嘿，等一下，我有东西给你。”他在睡衣口袋里掏着，口袋上面夹着一支查理的笔。

“啥东西？你又写了一封信？”

“不是，讨厌鬼。是我的住址和电话号码。如果我啥时候真的能出院了，我也许会请你喝老酒的。”

“哦，这真太——好的，谢谢。”

“我这儿有笔，你不打算把你的地址电话告诉我吗？”

怀尔德依言而行。“我期待着和你一起喝老酒，斯皮瓦克，”他说。

“是啊，好的，但别抱太大希望。也许过了个把小时，我就会忘记你这个该死的存在。不说废话了，你多多保重，怀尔德。”

“我尽量，你也多保重。”

门开了，但不是让他们出去的，而是让一个中年的女护士领着十来个穿着蓝白条纹的新罩衫和白色长筒袜的年轻姑娘进来了。

“我的上帝，”斯皮瓦克说，“见习护士。漂亮的小护士来这里实习呢。”他退回到走廊，张开双手站在那里，像个司仪。“姑娘们，我很愉快能在这里迎接你们。他们把你们派来这里简直是多此一举，因为你们护校毕业后就再也不会到这个地方来了。不过，话虽这么说，你们还是能够在这里学到一些东西的——哦，没关系的，护士。”他对那位领队护士说，她似乎被他的行为吓傻了。“我是个护理医生，我能应付的。姑娘们，我们这里的东西都是十九世纪的古董。这里也不叫‘精神病院’，明白吗，应该叫‘疯人院’……”

有些姑娘一脸困惑，还有些看上去吓坏了，但大多数都已经在偷笑了，这表明她们觉得斯皮瓦克“挺逗的”。

“警官，”护士对那个警察说，“谁是这里的护士长呀？”

“护士长叫查理，女士。我不能离开这扇门，但我会让别人去把他叫来——您稍等。喂，你——”

“……我们这里有精神病罪犯，姑娘们，也有因性病或酒精或毒品引发的精神病晚期患者，我们还有不止一个的再临耶稣。然后，我们还有根本不属于这个地方的人。比方说我吧，你们也许会把我这样的人称为政治犯。医院政治，就是，医疗政治。我估计你们的护校老师不会教什么医疗政治吧，但我真的认为他们应该教，相信我，这是一门非常现实、非常深奥的——”

“医生！”查理在一群嘻嘻哈哈的人中兴冲冲地从走廊那头走来。“医生，你不要骚扰这些姑娘……”

前门再次打开，让怀尔德一组人出去，然后再次关上锁好。

康复中心确实很舒适很干净：真正的床，锃亮的人造革扶手椅，漂亮的淋浴房，里面放着香皂和具有除虱效果的洗发露。这里的人说话都细声细气，大多数人都彬彬有礼，没有人想制造麻烦。

第二天的“咨询服务”，意味着被带到一间凌乱地放着许多打字机台的房间里——有点像政府办的失业援助办公室——在一个脸色苍白的男人旁边坐下。这男人看上去像一个报酬过低的办事员，但他自称是心理咨询方面的社工。

“……你出院后会继续接受心理治疗的，对吗？”

“嗯，我不知道。我还没有认真考虑过。”

咨询师停止了打字，闭上眼睛，苍白的手指划过脸颊。“你知道吗？我不理解你们这样的人。你是一个成熟的、有份好工作、有家庭责任的男人。你在这座城市里看管最严的一家医院里强制住院一周，而你还对我说什么‘还没有认真考虑过’。”

“好吧，我会考虑的。”

“你最好好好考虑一下，先生。你付得起私人医生的费用吗？还是要在这儿申请门诊治疗？”

“私人医生。”

“你的酗酒问题怎么办？你准备戒了吗？”

“老实说，我觉得这是我自己的——呃，那样吧，如果你是在填一张表格，你就写‘是的’好了。那样比较省事。”

“哦，你是个有点小聪明的家伙，是不是？我搞不懂，我搞不懂，你们这样的人。”他打完了字，把表格从打字机上抽出来，撕去表面的复写纸，然后用订书机订起来，怒气冲冲地在表格上的几个地方敲橡皮图章，所有的手续似乎都完成了。

“现在我能拿自己的衣服了吗？”

"你开玩笑，你一定在开玩笑。你以为纽约市会让以你那样的方式进来的人就这么出去吗？你可以出院，"他说，"但必须是在保尔·R. 博格先生的监护下，必须是在他亲自来和我谈过并同意在这些文件上签字之后。"他伸手去拿电话机。"现在你回到里面去等着吧，我不想再看见你。"

没过多久，保尔·博格就来到了康复中心，他一脸僵硬的微笑，手里拿着一张油印纸条。他在出院证明上签了字，他说。手里的这张纸是为了去领他的衣服。"上面写着 3-F 室。你知道在哪里吗？"

他们走错了走廊，搭错了电梯，问错了人（那人不会说英语），最后终于找到了地方。怀尔德穿上了自己的衣服、鞋子，戴上了自己的手表，拿到了自己的装满了钱的皮夹子，感觉到一种难以置信的舒畅。他说道："听我说，保尔，我有件事要做。我必须去一下小卖部，或者礼品店，或者随便他们怎么叫的这种地方。"

"为什么？"

"你别管了，跟我来吧，应该在底楼。"确实在底楼，怀尔德在那里买了一条波迈牌香烟。他用自己的笔在上面写下"万分感谢查理"，然后签上了自己的名字。"行了，"他说，"精神病房电梯在哪里？"

"约翰，你什么意思？"

"你别管，这很重要。"

"男性暴力倾向病房？"开电梯的困惑地问道。"这里没有叫那个名字的病房。”

“嗯，那也许不是正式名字，”怀尔德说，“就是在七楼的男病房。”

“我不能把电梯开到那里。今天不是探病日。”

“我也不是探病人，我是——算了，你替我把这个送到病房去吧，就交给门口的警察，告诉他这是给查理的。你能为我做这个吗？”

“哦，当然，可以的。”电梯门关上了。

“这个狗娘养的会把它私吞了，”怀尔德说，“或者那人把它交给了警察，但警察把它私吞了。我应该坚持上去的，我应该要求他把电梯开上去。”

“约翰，这没关系的。你不明白吗？这没关系的。”

“这有关系的。有些事情是有关系的，就是有关系的。”

但最后，他们走过了许多走廊、候诊室，穿过了好几道门，呼吸到了第一大道上突如其来的新鲜空气。怀尔德说：“哇哦。”接着又说：“我的上帝。”

这是一个晴朗的九月天，时间在下午三点左右，空气里有一股他从未闻到过的香甜气味。在深邃、湛蓝的天空下，林立着一幢幢高楼，鸽群围绕着它们盘旋、飞翔。一辆辆洁净的汽车和出租车在市区的街道上行驶着，把正常的、自由的人们送往正常的、自由的世界的事务里去。

“我的车就停在街角，”博格边走边说，“不一会就可以把你送回家了。约翰？你又怎么了？”

他停下了脚步，看着从口袋里掏出来的一张破破烂烂的纸条。**亨利 · J. 斯皮瓦克，医学博士**，下面写着地址和电话号码。“没什么，”他说着，让手里的纸条飘落到了肮脏的街道上。“没什么，没关系的。”

第三章

怀尔德一家所谓的“乡下”，是指在哈得孙河西岸五十英里以北的一块半英亩的土地上盖起来的一座简易的平板房。房子三面有茂密的灌木和树林围绕着，第四面有一道高高的土篱笆，要不是这样它就会暴露在其他许多平板房之间了。那道篱笆给了它一种私密感，而怀尔德一家对这种私密感极为珍视。附近有一片小湖，可以在那里游泳。

不过，乡下最美、最令人陶醉的地方，还在于去那里的路上：经过华盛顿大桥，开上如蛛网一般的高速路，长长的道路两侧一派田园风光。除了阖家享受天伦之乐以外，对旅行的期待超越了其他任何乐趣。

“……我最喜欢一年里的这个时间了，”詹妮丝在说，“秋高气爽的时节才刚刚开始。嗯，再过几个礼拜可能会更美的，到时候树叶都变成——可爱的金黄色、橘色、红色和棕色——不过就像现在这样，也已经够美了。”

“嗯，”他说。自从他昨天从贝尔维尤回家后，她已经说了无数的话——大多数话除了打破沉默以外没有任何作用——而且他知道她之所以说那么多话全是因为他的沉默寡言。在这段时间里，他基本上都是喝着波旁威士忌，看着窗外，或是坐在那里，一脸茫然地瞪着一排排书架上堆得满满的书籍。“是啊，”眼下，他在努力开口说话，“把毯子铺在草地上，躺上去感觉肯定棒极了。”

汤米坐在后座，从家里出来后就一直保持着沉默。他头戴一顶纽约扬基队的棒球帽，有条不紊地把一只没用过的标准棒球抛入一只油腻腻、脏兮兮的外场手手套里。扬基队在全美棒球锦标联赛中遥遥领先，而汤米就喜欢赢家。

“你想怎么玩，冠军？”怀尔德问他。“先游泳，再玩接球，还是先接球，再游泳？”但他随即就后悔管儿子叫“冠军”了。只有在家庭氛围紧张，有必要立刻表现出亲密感的时候（比如说，在早晨，在他知道儿子前一晚听见了父母之间的争吵时），他才会使用“冠军”、“小子”或“能手”之类的称呼，而且他知道汤米也知道这一点。

“我不知道，”汤米说，“我无所谓。”完美无瑕的路面在他们的轮胎底下急速后退。

结果他们先玩了接球，在他们玩的时候，詹妮丝戴着一顶软塌塌的大帽子，在阳光下的菜园子里蹲着、跪着除草。

接球游戏玩得并不尽兴——每一局都没有那种肌肉一张一弛的、引起出汗的剧烈运动，没有干净利落的抛球，没有一气呵成的接球，没有轻松的欢笑，没有欢呼（“嘿！……”；“好球！……”）。汤米的抛球超过半数以上都是胡乱扔的，让他爹在草地上跑得上气不接下气，有时甚至会让他爹趴手趴脚地在灌木丛里找球，于是树枝擦疼了他的脸，烂泥弄脏了他那条干净的斜纹布长裤。有一次，一根松针还刺入了他的眼睛。

接着轮到他抛球，他自己的抛球也很没水准，让汤米满场狂奔，一定要说有什么好处的话，那就是让他自己得到了喘息的机会。“我们来试试——试试玩几局地滚球吧。”他喊道，希望这能使他们俩都轻松一些，但在这片坑坑洼洼的地面上玩地滚球却一点也不轻松：只见圆球蹦蹦跳跳地飞向四面八方，他们奔跑、摔跤，汤米的扬基帽也跑飞了。

“你们俩还没玩够吗？”詹妮丝在菜园里微笑着问道。“你们不想去游泳吗？”

“你觉得呢——你觉得怎样，汤姆？你想结束——结束比赛吗？”

“我不知道，我无所谓。”

在湖里游泳的事进展得也不顺利，但他对此早有预料。詹妮丝是个游泳健将，汤米就他的年龄来说，也算是游得好的，可是怀尔德却一辈子都怕水，还害怕承认这点。整个少年和青年时代，他都竭力回避游泳，实在无法逃避的时候，他就只好表现得像个水里的小丑，拼命折腾的狗爬式泳姿，无助地大喘气、吃水，害怕把头闷在水里，除了在跳水时，尽管他从跳板上跳下去的姿势别提有多难看，凡是看见他跳水的人都会哈哈大笑，但他自己是永远都不会听见的，因为他正在水下像个瞎子一般垂死挣扎，害怕这辈子再也看不见蓝天了。这是詹妮丝刚开始对他有所了解的几件事之一，在他们结婚前，而且这还导致了他们间最初的一场争吵。（“可是这太傻了，约翰。任何人都能学会游泳的。”“好吧，好吧，那就算我很傻好了。我们别再说这个了。”）在汤米还是个婴儿，甚至到他长到五六岁的时候，这事没有引起任何麻烦：他可以在深水里蹚行，而小汤米则骑在他的肩头扭来扭去，而且他也很享受那双小脚紧紧地钩住他的脖子、小手牢牢地抓住他的头发的那种感觉——尤其是在海边戏水时，因为没人会在那种地方真正地游泳，人们去那里只是为了能在海浪里蹦蹦跳跳，能大喊大叫地发发疯——但在几年前，就在这片湖水里，詹妮丝教会了汤米游泳。她做得很有策略：如果小汤米问她为什么爸爸不教我呀，她就说爸爸太忙了，或者说太累了，或者说爸爸对游泳不像对别的游戏，比如说，嗯，像接球什么的那么感兴趣。

今天，湖里挤满了人——住在附近平房里的人们纷纷出来享受这最后的夏日时光——这使他显得不那么惹眼，他正待在湖岸上小心翼翼地摆弄着毯子、毛巾、鞋子和手表，他的妻子和儿子则在奋力向着一座白色的浮台游去，他和浮台之间的距离总显得难以逾越。人流那么密集，应该不会有人注意到他一直在涉水，直到湖水淹上了他的鼻孔，他才开始踩水，然后开始了死命地扑腾，一边还紧紧地屏气，这终于使他能够伸出手去抓住了一条湿漉漉的铁链子，这条链子是将浮台和底下的铁桶固定在一起的。一旦他抓住了那条链子，他就平安无事了，他就可以休息了；找到一个支点，他就可以把自己的身体抬起来了，可以抖落身上的水，可以甩掉头发上的水，可以发出一声轻松的叹息，就像一个夺冠的游泳运动员。

“嗨，”詹妮丝说道，一边和汤米给他腾出地方。看不出他们俩刚才是否看见了他这一路过来的艰难历程。

“有点凉，你觉得吗？”她说。“看呀，我浑身起鸡皮疙瘩了。”他看她，确实看见了鸡皮疙瘩。她压低了声音。“今天人实在太多了。我以前从没在这里看见过这么多人，你看见过吗？”

不，他没看见过。

他也从没看见过那么苗条、那么可爱的年轻姑娘，此时她正独自穿梭于拥挤在浮台上的人流中，嘴里嘟哝着“对不起，借过一下”，人们纷纷给她让路。她穿着一套比基尼，完美地融合了羞怯和骄傲，当她笔挺地站在跳水台上时，她似乎没有意识到有人在注视着她。她优雅、谨慎地往前迈了三步，然后抬起双臂和一条好看的腿，那条腿落下来，在她用力的弹跳下，跳水板颤抖不已。她飞向空中，落水时几乎没有溅起任何水花。

他估计会有一双肌肉健壮的臂膀迎上去，帮她游回到浮台那里，但是没有。她是一个人来的。她独自游回去，坐在浮台上，甩动着乌黑的长发，不和任何人说话。浮台上除了一对只专注于彼此的小情侣外，余下都是小孩子或中年人或中老年人：秃顶，肌肉松弛，静脉曲张。

“我们回屋里去吧，”詹妮丝说，“我想穿点衣服，暖和一下，你们觉得呢？”

“好的。你们俩先去吧，我一会就来。”

他看着他们以精准的、四拍的自由泳姿势游回到湖岸上，看着他们收拾起各种物品，然后消失在了灌木丛中。接着，他就全神贯注于那个姑娘，她已经站了起来，准备第二次跳水。这次等她游回来，他要和她说话。他不会去帮助她爬上浮台——这样也许会坏事的——不过，在她擦干身体的时候，他过去坐在她旁边应该不会是件难事（如果他们坐在一起，她就不会看出他是个小矮子。之后，当他们站起来的时候，他也许会发现其实她也并不怎么高），此刻，她在慢慢地走向跳板，而他则在脑子里练习着接下来要上演的一场愉快的交谈。

“你知道，你真的非常擅长跳水。”

“是吗？”（她甩着头发，并没有看他的眼睛）“嗯，谢谢你。”

“你住在附近吗？”

“不是，我是来看父母的。他们有点……”

“你是学生吗？”

“不是，我是去年六月在霍利约克[①]毕业的。现在我在市里面的一家广告公司工作。”

“哪一家？其实，你知道，我和你是同行。”

“真的吗？呃，是……”

此刻，她像一个舞者般迈出了三步，然后是漂亮的曲腿、腾跃，而他则在心里继续那场对话。

“……也许我们哪天可以一起吃顿午饭。”

---

① Holyoke，美国马萨诸塞州西部一城市。

“嗯，老实说，我——好的，我很乐意。”

之后：“哦，太有劲了，约翰。我的意思是说我以前也听说过公费午餐，但我从来也没有真正地……”

再后，他们在市区的出租车里第一次接了个白兰地味道的吻之后：“哪条街？瓦里克街？你住在那儿吗？”

“嗯，确切地说不是的，只是个小地方，我想你也许会喜欢……”

她跳下去时溅起的水花早已消失了，他等待着湖面再起波澜，等待着她从水里冒出头来，但是没有。他站起来（谁会在乎他是个小矮子？），像个警觉的、负责的救生员一般看向浮台的四侧，寻找着她的身影。过了似乎特别漫长的一分钟后，他看见她游向了远处，她那细长的胳膊在流畅地划水，就像詹妮丝一样，她往岸上游去，然后是树林，最后是回家。接着，他佝偻着坐在那里，直到心跳渐渐地慢下来，因失望而绷疼了的下巴也渐渐松弛下来，接下来就没什么事好做了，除了独自溜下冰冷的湖水，奋力挣扎着游回家。

有一件好事：在厨房的架子上摆着好几瓶波旁威士忌。他一穿好衣服，就把冰块拿出来，给自己配了一杯双份的波旁威士忌，尽管更确切地说应该是三份。

“想来一杯吗？”他问詹妮丝。

“不，谢谢。”她穿着宽松裤坐在高高的厨房凳上，腿上放着一只淘箩，剥着晚饭要用的青豆，没有抬头看他。“是不是太早了一点？”

“对我来说已经够晚了。”

直到他贪馋地出门去寻找些小吃来充饥，他才琢磨出为什么自己会这么愤怒。不是因为浮台上的那个姑娘（让那个姑娘见鬼去吧），也不是因为詹妮丝问他喝酒是否太早了，也不是因为她噼里啪啦清脆的剥豆声总能勾起他的食欲，而是因为她坐在上面的那张高凳（她穿着网球鞋的脚搁在了凳子下面的横档上），看上去和贝尔维尤门口警察坐的那张凳子一模一样。

“狗娘养的，”他大声骂道。他在院子里晃悠，空闲的一只手捏成拳头在口袋里哆嗦。“狗娘养的。”这是个有趣的问题，这是个神经的问题，这是个疯狂的问题：他依然感到愤怒。如果你能把无名之火的原因给找出来，你就不会再感到愤怒，这难道不应该是真的吗？不是每个人都知道这个吗？那为什么它没有效果呢？他现在只想回到厨房里，对她说：“詹妮丝，从那张凳子上下来。”

“什么，亲爱的？”

“你听见我说的。把你的屁股从那张该死的凳子上挪下来。”

她会显出一脸的惊讶，好像被他扇了一记耳光；那只淘箩也许会从她的大腿上掉下来，如果没有，他会把它一把抓过来，呼哨一声往墙壁上飞去，让豆子撒满一地。

“我对天发誓，如果你不立刻从那上面下来，我就把你抡下来！你听清楚了吗？”

“约翰，”她会说着站起来，恐惧地往后退。“约翰，怎么啦——约翰，你怎么——？”

他会抓起凳子，高举到空中，再把它重重地砸下去，断裂的凳腿和横档在地上飞散，她缩在墙角里簌簌发抖，看到她这副样子，他会发出一声雷鸣般的怒吼："你以为自己是谁呢，警察吗？疯人院里的警察吗？啊？你以为自己是在疯人院里维持秩序的大屁股、男人婆警察吗？嗯？嗯？"

到这个时候，汤米会在厨房门口哭鼻子，一边无助地抓住自己的裤裆（就像贝尔维尤的那个老人抓住他那萎缩的生殖器，引得斯皮瓦克对他说"你好呀，性感炸弹"），在冲动的怒火中，他会把矛头转向汤米。"是的，是的，是的，你最好看仔细了，小子，别忘记了。长点脑子。我是你老子，她是你老娘。我是一个公认的疯子，她是一个警察，你明白了吗？一个警察！一个警察！"

以上这一切均没有发生，不过那只是因为他站在宁静的院子里，喘着粗气，一只手臂紧紧地搂住一棵沙沙作响的大树树干，将以上这些说辞一股脑地对着自己窃窃私语了出来。

第二天早晨天气晴朗，但在湖里游泳还是太冷了，于是他做了他在高速公路上说过的感觉一定超棒的那件事：他躺在草地里的一张毯子上。

临近中午时，他每隔二十分钟左右都会站起来活动活动身体，为了詹妮丝摆出一副惬意的笑容，以防她刚巧从院子那儿抬头看他，然后进屋去匆匆地喝一杯纯威士忌，他就站在厨房的水槽前，像喝药水一般把酒一口喝掉。有几次，另一个房间里传来汤米的晶体管收音机发出的嗡嗡声，这似乎是在向他保证没人会看见他的，他就喝了两到三杯。

午饭后，他睡午觉了，醒来时已是傍晚时分。他挣扎地撑起沉重的身体，坐在了床边上，叫着詹妮丝，她走进去坐在他旁边。

“听我说，”他说，“我知道你想在这儿再多待两天，但我明天就想回去。因为我必须回去上班了。”

“嗯，这谈不上‘必须’二字，亲爱的，”她说。“乔治·泰勒可以等的。”

“他当然可以等。但问题不在他，而在我。我只是觉得我越早回归正常的工作，就会好得越快，就这么回事。”

他知道自己不能指望她会说“你自己的事情你自己最清楚”之类的话，但至少她没有和他争。她注视了一会落在地板上呈方形的的斑驳的夕阳，然后拍拍他的膝盖，说道：“行啊。”

他在厨房里，喝着他之前发誓在晚饭前只喝两杯酒的第一杯，听见他妻子在对汤米宣布计划有变。“亲爱的，爸爸和我决定明天回家。你不会非常介意的，对吧？”

汤米说他不知道，他无所谓。

“哦，嘿，陌生人。”乔治·泰勒说着，吃力地绕过那张大写字台把手伸向他。“詹妮丝说你可能还要再休息一个礼拜。”

“是啊，嗯，你知道流感是怎么回事的。有时候反反复复，有时候突然就好了。”既然乔治对他回来工作表示欢迎，怀尔德就只好忍受一下指关节被他握疼的痛苦了。

“你在芝加哥干得很出色，我收到了一些这方面的很好的报告。”

“呃，那就——好啊。”不过，这也很奇怪，他几乎不记得在芝加哥发生的任何事了。

“今天你就先整理一下以前的工作，然后再开始准备几件新事情吧。你午饭没约人吧？”此时，他已回到写字台后面，敲击着他那台复杂的电话机上的按键。“亲爱的，”他说，“怀尔德先生和我想订一张拉塔兹饭店的双人座位，十二点半。对的。”

于是，他们俩在十二点半来到了饭店楼上的房间，饭店的领班接待了他们，像贝尔维尤的查理一样称他们为“先生”。这里的马提尼是盛在高脚杯里的，尽管所谓的高脚只有一英寸高，而杯身却深得像个平底玻璃杯。乔治·泰勒还没有喝完第一杯酒，他已经明显对回顾芝加哥的工作和准备新事情感到厌倦了：他的声音带着拖腔，说出来的话都支离破碎；他的眼睛百无聊赖地在一张张挤满了人的桌子间转来转去，他似乎对在《美国科学家》杂志上打广告已不再感兴趣，对做生意、赚钱什么的都没了兴趣——这能怪他吗？

他五十六岁了，身体结实，一头健康的红发正开始变白。作为负责广告营销的副总经理，他在这家公司的组织机构里已经爬到了他所能达到的最高位置。他那丰厚的薪水和股票的红利在他的总收入中占比还不到一半，其余的都来自精明的投资。他住在罗克兰郡的高档小区，孩子们都已长大成人，他已是三个小孩的爷爷。要是换作别人，可能会热衷于高尔夫、游艇或收藏老式猎枪，但乔治·泰勒的嗜好是年轻姑娘。以前他和怀尔德一起吃午饭时，常常会说起那些姑娘的事情，她们对他怎么恋恋不舍啦，她们怎么缠着他怎么求他怎么为他争风吃醋啦，不止一个姑娘怎么整晚躺在他怀里痛哭流涕，就因为她和某个刚从哈佛法学院毕业的小伙子正式订婚了。

“天哪，我准备再来一杯了，你怎么样，约翰？”他举起空酒杯，说道。

“好呀，我也再来一杯。”

第二杯酒令他开启了忏悔的独白模式。“……上帝，你不知道我和桑迪之间发生了什么事。我的意思是指那一系列的甜蜜的小麻烦，仿佛是踏进了响尾蛇的甜蜜的小巢。”桑迪是个爱笑的、大胸脯的姑娘，曾经给他做过六个月的秘书。“在她为我工作期间事情已经够糟了，但在我将她从这里弄出去后事情变得更糟了。我告诉过你我为她在德雷克与康菲尔德商行找到了一份工作，对吧？就是那家在五十九街上新开的代理行。你知道，就是那种人人都称赞其‘有创意’的时尚小店，他们让姑娘们光着脚在办公室里走来走去，还有许多光鲜亮丽的英俊少年在一旁大献殷勤。我估计她在那种地方如鱼得水。可是狗娘养的，约翰，她不愿结束我们之间的关系。最糟糕的是，我也欲罢不能。每周三到四个晚上，假期的一半时间——天哪，她真是只疯狂的野猫。二十二岁的年龄，追求的只是性爱。只要性爱。说她受不了和她同龄的小伙。说我能满足她的欲望。上周我老婆问我：‘睡衣？你干吗要穿睡衣？’你知道我为什么要穿睡衣吗？因为我的后背上全是被桑迪抓出来的一道道疤痕。疯狂、疯狂的野猫。不喜欢自己的公寓。是和另一个姑娘合租的，她说那里没有足够的私人空间和我在一起，于是我又给她借了一间独用的公寓——哦，房租什么的都是她自己付的——对此她很有原则——不过，要是我每个该死的下午不到那里去露露脸，她就会给我打电话。之后，大约在一个月前，她对我说：'你开车送我去费城吧？'我说：'我干吗要开车送你去费城？'她说：'因为我想为你吹箫，在你以八十英里的时速行驶在泽西高速公路上时。'"

"她吹了吗？"

"她真他妈的吹了，老兄。时速八十英里，我的天。"

三杯酒下肚，这才终于开饭了。在他们开吃前，饭菜就已经冷掉了。然后是一杯杯的咖啡和一个注定漫长且无聊的下午。泰勒抱怨着他不得不安排的该死的十二月份销售会议。怀尔德的办公桌上放了一堆乱哄哄的芝加哥报销凭证，他必须想法把它们整理清楚，然后是拼命地打电话，尽量把这一个礼拜未打的电话全部打掉。

办公室比贝尔维尤好多了。墙壁雪白，灯光柔和，这里不光有男人，还有女人。人人都穿着衣服，没人对别人喊救命，没人尖叫，没人手淫，没人对着窗户拳打脚踢——尽管如此，面对日复一日的工作，每个人脸上的绝望也与日俱增，五点钟的下班铃声就像警察打开前门的信号。

"嗨，"他打开自己家的大门，说道。回家不仅意味着摆脱了无聊的办公室，还意味着摆脱了拥挤、喧闹的地铁。

“嗨，你好，”詹妮丝说。汤米的嘴里塞满苹果，眼睛从电视机那边移过来，对他点点头。

他脱掉大衣解下领带，径直去了摆冰块和波旁酒的地方。詹妮丝紧随其后。“帮你也调一杯吗？”他问她。

“只要一小杯，大约是你喝的三分之一。”

晚饭吃到一半，电话铃响了。詹妮丝接完电话后说，保尔过会儿要顺便过来喝一杯。“你不介意吧？”

“当然不。”他想他不介意，但要不是为了在桌子对面一本正经地切一块猪排的汤米，他也许会回答说他介意的。他知道博格今晚想干什么：他想向他推荐一位有名的心理医生，而詹妮丝会坐在旁边不住地点头，明智地表示赞成，甚至还可能握住她丈夫的手。

博格怎么知道他们已经从乡下回来了呢？不过，这是个愚蠢的、容易回答的问题：詹妮丝今天给他打过电话了，告诉他约翰整个周末都表现得“怪怪的”，而且大部分时间都是醉醺醺的状态。不管怎么说，在这件事上，他们俩是从一开始就串通好了的。（在贝尔维尤的走廊散步的时候，他没有花多长时间就琢磨出了那天晚上博格出现在科莫多尔酒吧绝非偶然。）

汤米上床后过了好久，他才到。他敞开着衬衫，外面是一条宽松的卫衣，仿佛在证明他并非是为了什么正事而来的。他来这里只为了喝一点威士忌，谢谢——要很淡的。

他们刚开始的话题，是那个他们已经聊了一年多的老话题，是关于政治的。见鬼，上帝知道随便哪个人都比尼克松要好，怀尔德说，但话说回来他也并不特别信任肯尼迪。一个富家子弟，一个相貌堂堂的小伙子，一个从来也没有发表过反对麦卡锡主义言论的参议员，甚至是在谁都可以公开反对的时候，一个操纵国会、用金钱买下总统竞选资格的候选人——最后，就像他以前常说的那样，他声称自己是一个彻头彻尾的史蒂文森支持派。

“不过，约翰，”保尔·博格说，“我想我们也不得不承认史蒂文森是个希腊人。而肯尼迪是个罗马人。现在，我们这个国家需要的是罗马人。”这句话也是博格以前就说过的，他说得那么干净利落，以至于怀尔德怀疑他是从哪里看来的。

要是在别的晚上，詹妮丝会说一句“哦，太对了”，就好像她第一次听到这句话，接着就会解释说她总能从史蒂文森身上感觉到一种软弱无力、优柔寡断的气质。但今晚，她一言不发，去厨房里泡咖啡了。今晚有更重要的事情，必须和保尔·博格保持步调一致。

即便在她走掉后，博格仍花了很长时间才进入正题。“约翰，”他开口说道，一边用食指小心翼翼地把烟斗里的烟丝压实了（他一般都抽卷烟，但在像今晚这样的特殊时刻会选择烟斗；在对付一些特别难缠的客户时，他多半也会选择烟斗）。“约翰，你有考虑过接受心理治疗吗？”这个字眼足以使詹妮丝蹑手蹑脚地走回房间，她在咖啡桌上哆哆嗦嗦地摆下了一托盘的杯子和碟子，同时尽量不朝他们俩看。

问题悬而未决，他迟迟不做回答，但在心里想好了要尽量压低声音。汤米的卧室在走道尽头的两扇关着的房门之间，但即便如此他还是觉得必须确保不让他听见他们之间的谈话。

有想过这个问题吗？是的，想过。确切地说是想过一次，就是在贝尔维尤的最后一天，是那个狡猾的小办事员逼他说出了他会考虑的这句话，作为允许他出院交给博格监护的条件。“如果你是作为我的监护人提出这个问题，或者不管人们怎么称呼你这种身份，别来问我。你去问他，带上詹妮丝一起去。我担保你们三个会想出办法来的，哪怕你们首先不得不再次把我关起来。”

詹妮丝明显在克制自己冲动地说出“约翰，你这么说不公平”这句话，她只是慢悠悠地呷着咖啡，以此表示无论如何这都将是一场有礼貌的谈话。

博格皱起了眉头，从他紧紧咬住的烟斗里升起了一团浓烟，这表示他的这句回答有悖常识。这样纠结在贝尔维尤这件事上，他说，是不会有任何结果的。无论是他还是詹妮丝，都从来没有希望过要把他“关起来”，对此他们俩都曾经反复澄清过。而此刻约翰指责他们俩要联起手来对付他，那仅仅是一种——

“‘敌视的态度’，对吗？‘偏执的想象’？”

“这是你说的，我可没有这么说。你瞧：假使我们来考虑一下为什么会把你送去贝尔维尤。你在芝加哥遭遇了精神崩溃，回来后的表现完全丧失了理智。还有，老实说——”他低下头去“——嗯，我这么说也许是马后炮，但老实说在过去的几个月里我已经看出了种种迹象，表明事态最终会发展到这一步。”

“迹象，呃？什么迹象？”

“饮酒过度，比如说；强迫性的嗜酒。缺乏理智，有些鸡毛蒜皮的事——甚至根本没有什么事——都会让你火冒三丈。还有喜怒无常，情绪低落。娜塔莉和我到你们家来做客时，或者你们俩到我们家去做客时，有时候你整个晚上不说一句话。”

怀尔德差一点脱口说出也许是因为我觉得无聊，但他没有说，而是重新倒了一杯酒，安静地坐在那里，听博格对他解释一个好的心理医生也许会对他有莫大的帮助。哦，不是那种老派的、教条的弗洛伊德主义者——当然也不是那种新潮的、不够格的“时尚”医生——而是一个有理智的、有良好声誉的心理医生，他会每周为你看两次病，和你一起与病魔“做斗争”。

博格从屁股口袋里掏出一本全新的小笔记本，撕下一页放在咖啡桌上：朱尔斯·布隆伯格医生，办公地址在东六十大街。此人曾帮助过博格的一名客户从几乎导致自杀的崩溃边缘恢复过来，还帮助过那名客户的一个患有肥胖症的朋友成功减肥一百磅①。而且，他在该领域享有很高的声誉：他的论文发表在最顶级的心理学期刊上，他还在多所大学授课……

“你当然已经把我的情况全告诉他了，对吧？还和他约好了时间？”

“我把你的情况对他说了一点，是的。但约时间完全是你自己的事情。”

完全是他自己的事情。一时间没有了任何声音，除了他酒杯里的冰块发出的咔嗒声。他陷入了沉思：管它呢，也许能管用，

---

① 约合四十五点四千克。

也许能见效，如果不见效，他可以随时退出。

“好吧，”他说，“我去看那个医生。”他把两只脚都跷到了咖啡桌上，以此来给他的妥协增加一点喜剧色彩。

但詹妮丝依然紧张，而保尔·博格在第三次或第四次尝试点燃烟斗时弄出了老大一团火。他其实并不清楚怎么抽烟斗，也许再过一会他就不会再试了。“只有一件麻烦事，约翰，”他最后说道。“布隆伯格医生对我强调说，除非你先把酒戒了，否则他是不会为你看病的。”

“噢，”他站起来说，“球又踢回来了。布隆伯格医生出局了。布隆伯格医生是没指望的倒霉蛋。你也是，老兄”——他先指向博格，然后指向他老婆——“你也是。我也许有精神病，也许需要‘帮助’，但我不是，以前从来都不是，今后也永远不会是一个酒鬼。”为了证明这一点，他直接去拿了一瓶波旁酒，给自己倒了一大杯。这是整个晚上他最接近于火冒三丈的一次，但他没有发火，不仅因为担心把汤米吵醒，还因为他在心里看见了这样的匆匆一幕：查理在走廊上高举着针筒向他冲过来（“好吧，怀尔德先生，我事先警告过你的……”）。

“……我们已经交往了好多年，约翰，”博格说道，“我一直觉得你对酒精的耐受度很低。我们经常在一起喝酒，一杯接一杯地比试谁的酒量好。当我刚开始觉得喝到兴奋了的时候，你往往已经——怎么说呢，喝醉了。”

“这是观点问题。带有偏见的观点。你也每天都喝酒的，对吧？就和我一样？”

“每天都喝，是的。我中午不喝，但下班后总要喝点，晚饭后一般也会喝点。”

“这就意味着，”怀尔德说，“意味着每天大约三点半或四点你就开始渴望喝酒。一到那个点你就真的非常非常想喝，对吧？”

“不对，完全不是那么回事。每天到了那个时间，我总是觉得很疲劳，有时候是在五点，我会觉得又疲劳又紧张。然后我就喝上一点，这样就不会再感觉疲劳和紧张了。就那么简单。我当然也需要喝酒，约翰。区别是，我的身体应付得来。我估计这纯粹是一个身体里的化学平衡问题。”

“你的身体多棒啊，”怀尔德说，“你太走运了。”

接着，他们听见汤米的房间里传来一声尖细的、害羞的呼喊。詹妮丝赶忙奔过去，而怀尔德一口喝掉了杯中酒。她跑回来对他说：“他要你过去，约翰。”

“我的天。他**不可能**听见的。我一次都没有提高过声音，在整个这场见鬼的——”

“不，不是这回事。他刚醒过来，他说他想见你。”

他向过道尽头走去，发觉自己的脚步踉踉跄跄的：他摇摇晃晃，一侧的肩膀撞上了墙壁。

汤米坐在床上，灯亮着，墙上挂满了扬基队的锦旗和肯尼迪的海报。他的睡衣皱巴巴的，一头直发冲向四面八方，看上去还不满十岁。大约六七岁的样子。

“嗨，你好，”怀尔德说着，在床上坐下来。他坐得离汤米很近，如果汤米想要拥抱的话，他们就能拥抱了，而汤米确实想。

儿子身上热乎乎的体温，那种酸唧唧的小男孩味道，都令他感动得想哭。“你怎么啦，汤姆？你只想让我抱抱你吗，还是想和我说什么事？”

过了短短的几秒，他以为汤米大概只想要一个拥抱。然后，汤米说：“爸爸？”

“什么？”

“你到芝加哥去了一个礼拜，对吗？”

“是的。”

“然后，你的工作让你在那里又待了一个礼拜。”

“对的。”

“可是，你的手提箱怎么在一个礼拜前的上周六就摆在妈妈的衣橱里了呢？”

“那么，你是怎么对他说的呢？”几天后，朱尔斯·布隆伯格医生问他。

“我**能**怎么说呢？”

“嗯。”布隆伯格跟他差不多年纪，也许更年轻一点，圆滚滚的身材，头上没有几根头发。他戴一副粉红色调的眼镜，这使得他的眼睛看上去很大。他的办公室布置得很好：挂着看上去很值钱的画，地毯四周放着一只只矮柜，上面立着看上去很值钱的抽象雕塑。有一张供心理治疗用的长沙发，怀尔德曾拒绝躺在上面；有两把皮革的高扶手椅，此时他们正面对面地、大眼瞪小眼地坐在上面。这就是到目前为止他对布隆伯格医生的全部了解，除了他诊疗时不记笔记和喜欢说“嗯”这个习惯以外。

“哦，现在回头想想我估计可以找到一种回答他的方法，但当时我根本没办法回答。当时我喝了很多酒，脑子里一片——我不知道。总之我就是紧紧地抱住他，对他说——我说这是一个很难回答的问题，但我向他保证我以后会回答他的，我想我是在用我那高明的推销术让他相信我从来不会违背诺言。我知道我必须在冲他大喊大叫之前快点离开他的房间，于是我为他掖好了被子，关掉灯，我想他很快就睡着了。但关键是，医生，我就是在那时决定来找你看病的。”

“嗯，还有决定戒酒。”

“是的，也包括那个。”

接着，布隆伯格医生就戒酒的问题谈了二十五分钟，也就是赚了二十五美元。首先，他给出了专家的意见，他担保匿名戒酒者协会是处理这个问题最权威、最值得信赖、最有办法的一个组织。然后，他拨通了那台暗黄绿色的电话机，与科斯特洛先生通话。

“……我很好，谢谢，你好吗，先生？好的。科斯特洛先生，我这里有一个新来的病人，他想要加入你们的组织。我不知道你是否愿意做他的辅导员……那好，我不想给你添麻烦，但我希望越快越好。明天，或者就今晚，如果你有空的话……不，实际上，我觉得最好还是不要上他家去辅导——他家里有一个小孩子——我想你也许可以和他单独见面，一起喝杯咖啡什么的……”

这间办公室旁边的街角就有一家冷清、明亮的咖啡馆（旁边是一家灯光昏暗的酒吧，之前怀尔德为了鼓足勇气面对布隆伯格，曾在这里匆匆喝了两杯，而且想好了只要布隆伯格一放掉他，他就要再到那里去喝几杯）；他们讲定了这里的治疗一结束，科斯特洛先生就会去那里；然后，布隆伯格先生表示歉意和感谢，这样他就又多赚了几块钱："……我很抱歉没有事先打招呼就这么叫你出来，先生；我非常感谢……"他闭上了嘴，让科斯特洛先生有机会表示"这一点都不麻烦，我很乐意效劳"。

电话终于搁回了听筒架，但布隆伯格先生依旧沉浸在说客套话的氛围里。他看了看表，发现没有时间再提新的问题了，于是回到了他在之前的诊疗中忽略掉的一点：怀尔德为《美国科学家》杂志社工作的性质是怎样的？他说自己是"分类专家"，这个术语到底是什么意思？

"哦，好吧，你瞧，大多数广告位推销员不会放弃他们能找到的任何广告。我被另一家杂志社雇用也是因为我为《美国科学家》带来了他们之前从没接触过的两个新产品系列：进口汽车和高档酒类。这两个项目都有很高的利润。"

"嗯，也就是说，你是这两种'分类'领域里的'专家'，我明白了。我估计在高档酒这个分类里要喝很多酒吧——这是你工作的一部分。"

"不，没这么简单，医生。制酒产业是非常注重'节制'的。我的意思是，我在芝加哥待了一周是去参加酿酒商大会的，会后当然有宴会，但那个不是问题。我喝掉很多酒都是在独自一人的时候。”

“是吗，好吧。恐怕今天我们的时间差不多了，怀尔德先生。”

咖啡馆里几乎空无一人，就好像街上的每个人都去了他仍很想去的那个酒吧。他在那里没等多久，就看见他的辅导员提着一只公文包溜达了进来。

“约翰·怀尔德？我是比尔·科斯特洛。”他脸色红润，衣冠楚楚，头上稀疏的白发看上去就像哈里·杜鲁门①一般整洁；他咧嘴而笑，露出一口非常干净的假牙；他的握手强劲有力，似乎在证明戒酒对一个人的握力有多大的好处。“我想祝贺你，”他穿着一件细条纹的西服，在怀尔德的对面坐定，将两只手肘搁在塑料桌上说道。“不仅因为你决定加入匿名戒酒者协会，而且因为你让布隆伯格医生为你看病。这座城市里有许多心理医生，我想我无需告诉你他们中的大部分人都是江湖郎中。他们会连着好几年为你我这样的人看病，却无视我们真正的问题，让我们继续酗酒，直到把自己喝进疯人院，甚至坟墓。清咖，谢谢。”他对女侍者说道。“布隆伯格医生是一个少见的、非常少见的例外。我非常欣赏这个年轻人。”

“你以前也是他的病人吗？”

“我？哦，不是。恐怕我年纪太大了，享受不到这份荣幸。我猜在我——在我初次加入这个组织的时候，朱尔斯·布隆伯格

① Harry Truman（1884—1972），第三十三任美国总统（1945—1953）。

还是一名学生。好了，我们言归正传。你最后一次喝酒是在什么时候，约翰？”

“大约在一小时前，在我等着看医生的时候。”

“戒酒前的最后一杯，是吧？”比尔·科斯特洛开始往他的咖啡里放入更多的糖，怀尔德之前从没看见过有人加这么多糖的。“‘戒酒前的最后一杯。’上帝啊，我们多喜欢说这句话，像我们这样的人。然后，第二天我们摊开报纸看见：**醉驾司机轧死孩子**。我们会想，见鬼，这种事情永远也不可能发生在我的身上。对吗？”

“你多久没有——我的意思是**你**最后一次喝是在什么时候？”

“到下个月就九年了。一九五一年十月十六日。哦，你不要误会我的意思，约翰，我不是在吹嘘。我深深地感谢于我的戒酒，但这没什么好吹嘘的。宴会上别人请我喝酒，我会叫一杯可乐或别的该死的饮料。如果他们逼我喝酒，我就说我滴酒不沾，如果他们还要硬逼，我就说我是个酒鬼。不是说‘以前是酒鬼’，也不是说‘已经戒酒的酒鬼’，因为你知道根本没有那回事。在匿名戒酒者协会里，我们从不对自己或相互间做任何保证，只会说我们要多保持一天清醒。二十四小时。所以在可能的情况下每晚参加一场聚会是非常重要的，尤其在刚开始的时候。不过，见鬼，约翰，我无法一下子就把我们这个组织给你解释清楚，你以后自己会慢慢发现的。我这里有一点东西给你。”他从公文包里拿出一沓崭新的小册子（有一本的名字叫“我，是谁？”），将它们摊在桌子上。“这些都归你了。这本更重要：这是全城的聚会目录。日期、时间和地址。你每天晚上都有四到五个选择——高中健身房、教堂地下室、阁楼——各种各样的地方。”然后，他露出表示邀请和“要不要试一下”的微笑，于是假牙再次闪闪放光了。“想不想今晚就去参加一场？和我一起？”

怀尔德结结巴巴地表示抱歉，谎称家里有客人来吃晚饭。

“那明晚怎么样？哦不，等一等，该死的。我明天晚上没空。”

“没关系，我一个人去好了。”

“好的。这是一个好兆头。许多新会员第一次都不敢一个人去。那好，以后我们再一起去参加。还有，”他说着，又在公文包里掏了起来。“这不是送给你的，约翰，而是借给你的。你想留多久都没关系，但最后必须还给我。这是一份极其珍贵的财产。一旦你读进去了，你就会明白我的意思。到时候，你就会想买一本属于你自己的影印本。我们把它称为大书——我们最权威的教材。”这本书像《圣经》一般乌黑，而且比《圣经》更厚。“不要尝试一口气把它读完，每次只读一章就好了。让它慢慢地渗透到你的心里。还有一件事。我在目录本的背面写下了我的家庭和办公室电话。原则上说，当你觉得快撑不住了，当你控制不住想要喝一杯的念头时，你总能在电话里得到辅导员的帮助。辅导员就是随时随地都会上你家去或者和你约好在哪里碰头跟你谈心的这么一个人。问题是我常常不在城里，我们这么办吧：我每次出城都会通知布隆伯格医生，给他另一个你可以联系得上的电话，另一个辅导员，当然我也会事先告知那个人。这样可以了吗？好了，见到你很高兴。”他在桌上撒下一把慷慨过头的小费，走出了咖啡馆，来到大街上。“你要去市区吗？我可以陪你走到莱克斯。你是干哪一行的，约翰？”

“广告推销员。你呢？”

“呃，我猜你会说我是从事娱乐业的。电视台。”

“你是演员吗？”

“不是，我是写稿子的。以前一直为好莱坞写剧本，再之前是做广播节目的。现在，我的时间基本上是一半给了这里的电视台，另一半给了海岸电视台。我是《有事找爸爸》节目组的三个编剧之一。”

“噢，我听说过这档节目，但恐怕我从没——”

“你很走运。”又一次强有力的握手，又一次在路灯下闪光的假牙。“我不想被我的敌人看见这档狗娘养的节目。祝你好运，约翰！”比尔·科斯特洛匆匆离开了。

怀尔德选择了他的第一次聚会，因为那地方离他家不远，并且聚会是在汤米睡熟后才开始。但那是在一座教堂的地下室——他对教堂没有好印象——而且一开始他不知道怎样才能不引起别人的注意：是在人行道上来回溜达，看着别人走进教堂呢，还是走到教堂里面去研究放在墙边的两台哧哧作响的咖啡机和两块手工制作的蛋糕（巧克力和椰丝）呢？

“你们中的大多数都认识我。”站在讲坛上的一个人终于开口说道。怀尔德坐在后排的折叠椅上扭动着身体。“但我看见今晚来了几张新面孔，所以呢，我还是先走一下那套老程序。我的名字叫赫伯，我是一个酗酒者。”

讲坛下立即响起一阵雷鸣般的回应：“嗨，赫伯！”

“我想今晚我们一定会有一场精彩的聚会——我们有两位非常好的发言人——不过我想先叫沃伦在台上朗读一下‘七项原则’。”

“我的名字叫沃伦，我也是一个酗酒者。”

“嗨，沃伦！”

七项原则读起来似乎没完没了，不一会儿空气里就弥漫起了浓重的香烟味，以及此起彼伏的咳嗽声。接着，一个长相平平、声音轻得像蚊子叫一般的姑娘（“嗨，玛丽！”）被叫上台去朗读“十二个步骤”。

“我们的第一位发言人是大家的老朋友了。”赫伯说，“但他为人非常谦虚，因此我肯定他不会正式介绍他自己的。鲍勃是一位非常成功的管理咨询师——实际上我今天刚刚听到，不是从他本人的口里听到，他已经被推举为纽约管理咨询师协会的会长。他总会带给我们非常精彩、非常有启发性的发言——好了，我把接下来的时间就让给他了。”

鲍勃跳上了讲坛，动作麻利得就像一个每天早饭前都坚持跑一英里的人。他整了整穿在他那肉鼓鼓的身上的量身定制的衣服，宣称自己也是个酗酒者，还没等“嗨，鲍勃！”的呼声平息下去，他就开始了演讲。

“我知道‘管理咨询师’这个词听上去多好听多体面，”他说，“但就在不久前的一段时间里，我连自己都管理不了——甚至是手里没有一杯三份威士忌我就没法给自己做咨询，大家都知道这样的咨询会导致怎样的结果。哦，我想在战争时期我有过一段很惨的经历，受了一点伤——在瓜达尔卡纳尔、塔拉瓦、硫磺岛——但是见鬼，这些都不是借口：有数百万人在战争中受伤。总之，我从海军退伍后，就一直无法适应平民生活——我不需要向你们这些善良的人们说明我这句话是什么意思。我去上了商业学校，但不久就因为酗酒被开除了。我也找到过几份工作，但同样因为酗酒而丢了饭碗。最后，因为酗酒，连我的——我的老婆也离我而去了。出色的女人；为了我们的小丫头她也曾苦苦坚持，但最后终于还是——还是坚持不下去了。”之后，他用一种合适的语调说下去，这说明他已经触底反弹了。

不过，鲍勃接下来的讲述全都是积极向上的：他加入了这个组织，有一个很好的辅导员来帮助他；他很快回到了学校，而且学得很不错，有了一份工作，在抚养孩子方面也能尽自己的一份力了；毕业后，接踵而来的好运终于使他谋到了现在的这份职业。他的前妻嫁给了一个好人——一个很幸运的男人——他的女儿也走出了家庭阴影，成为了一个可爱的青春女孩，并且和他保持着良好的父女关系；他自己也再婚了，娶了一个——怎么说呢，一个全世界最出色的女人。

“哦，我当然很感激我的这份幸运，”他总结道，“我一直心怀感谢，但在内心深处我知道，在我的生命里真正美好的事只有一件，那就是和你们这些出色的人待在一起——和这个出色的匿名戒酒者协会联系在一起，与许许多多出色的、出色的会员待在一起。谢谢你们。”

他赢得了一阵响亮的掌声。

最后一位发言人是一位非常优雅的女士，赫伯说，一个繁忙的家庭主妇，一个要参加许多社交活动及慈善事业的母亲，尽管如此，她还是会为了匿名戒酒者协会每周花上几个晚上的时间从大老远的韦斯特波特一路开车过来；她的到场总能给会员们带来欢乐，而且他保证她的发言将精彩无比。

她的年纪在四十五岁左右，方形的下巴，曲线玲珑的衣着整洁而时尚，看上去很漂亮。“我叫埃莉诺，”她说，“我是一个非常、非常感恩的酗酒者。”

她告诉大家在她最糟糕的酗酒年代里，她每天下午五点都会喝马提尼，而且不是一杯，而是三杯：一杯在厨房里喝，为了接下来要准备做晚饭，一杯在走道边上喝，为了万一有电话打进来——“不先喝一杯，我就害怕，就是害怕接电话”——最后一杯在孩子们的卫生间旁边喝，为了准备好监督他们洗澡。然后呢，当然晚饭总配以葡萄酒，饭后再喝白兰地，直到有一天她终于认识到自己已成为老酒的奴隶。在她讲述的那个快乐的结尾部分，她一再使用了“我的清醒”这个字眼。

“十有八九这婆娘一辈子从没喝醉过，”坐在怀尔德旁边的男子说，一边用肘子捅了捅他的肋骨，一边把满嘴的威士忌酒气喷到他脸上。“他妈的十三点女人，装腔作势。开着他妈的林肯大陆从韦斯特波特远道而来。到这里来大放厥词。待会你再看她怎么样切那块他妈的蛋糕吧。”

但怀尔德没有等到那一刻。演讲结束后是传递献金篮，然后是宣读在各家医院里对收到的卡片和鲜花表示感谢的会员名单，最后是大家起立吟诵赞美诗，之后他就自由了。

他找到了附近那家最黑暗的酒吧，一直喝到他能肯定詹妮丝已经睡熟了的时候。当然，在他坐进出租车时，他同样能肯定，如果明天的晨报上出现**“醉驾司机轧死小孩”**的新闻，那不会是他的错。

“在我们开始前，”在接下来的一次诊疗时，布隆伯格医生对他说，“今天我和科斯特洛先生通过话了。他说他要出差去洛杉矶，也不知道要在那儿待多久，但他让我把这个名字和电话号码交给你，万一你需要——”

“是啊，是啊，好的，谢谢。”

“你参加过聚会了吗？”

“参加了两次。第一次很糟糕——”他想要详尽地描述当时的情景，但显然没有成功。“但第二次好多了，地点是在西七十大街。在一家废弃不用的电影院里举行，我有点喜欢那个地方。有一个前任警察说自己因为酗酒被开除出警队，现在在一家银行做保安，但他知道要是自己再酗酒，那么这个饭碗也保不住的。还有一个姑娘说她以前是妓女，后来她的辅导员帮她找到了一份发型师的工作……”

“这阵子你没有喝酒吧？”

“没有。”他撒谎道——即使在第二次比较好的聚会后，上床前他还是在厨房里偷偷地喝了三杯温热的波旁酒——不过就这种诊疗费来说，这个谎还是值得撒的。“医生，我真的宁愿我们谈一些别的话题。我的意思是我一直以为病人就应该把心里想的都告诉心理医生。比如，今天我上完班来这儿的路上，脑子里就想着我家里的那些藏书。肯定有四五千册书——我没有夸张——其中大概有二十本是我的。其余全都是我老婆的。我想说的就是，你知道，我不看书。我的阅读速度非常非常慢。估计这就是我业余时间基本上都花在看电影上的主要原因了。一九三六年以来拍过的每一部电影，我肯定他妈的全都看过了，不过，最好还是别让我开始电影这个话题。我很快就会回到电影这个话题上来的，好吗？总之，几年前我老婆让我去读了一个商业性的速读的课程，而我在这方面是一点希望都没有的。我的意思是说别的学员读得也很糟糕，但他们似乎不像我那样觉得丢脸。他们都取得了进步，而我没有。读到一半我就退出了，损失了大约五百块钱。我猜你们这种人会把这个称为学习障碍。”

“嗯。我估计在学校里读书对你来说是一件很吃力的事情。”

学校。听到这个字眼，他不由得在椅子里扭动起身体来，同时用手抱住了脑袋，随后才想起斯皮瓦克曾提醒过他不要做那种姿势，不过管它呢，反正是他付钱给医生的。“学校，”他说，“你真的想探讨这个棘手的问题吗？关于我那个惨不忍睹的童年？关于我疯狂的父母什么的？”

“你疯狂的父母？”

“呃，不是你所谓的那种疯狂——没人会把他们关起来的什么的——但他们也够疯狂的了。在整个大萧条时期，他们把自己称为‘生意人’，而事实是我爸是在一家写字楼里做财务的，我妈则在另一家写字楼里做秘书工作。从我记事起，他们就开始教我‘管理运作’、‘私营企业’、‘风险投资’之类的。这是他们的梦想：我妈有制作某种糖果的一套秘方——那是她从在内布拉斯加的娘家带过来的——他们都相信只要有一点运气和资金就可以自己做生意了。玛乔莉·怀尔德牌巧克力。非常经典，非常昂贵；包装对上档次的顾客具有吸引力。你知道我应该在哪个点上切入吗？独生子？唯一的男性继承人？我会从头开始彻底学习商业，他们会训练我接手这份生意，我会成为该死的商业巨子。等到他们退休的时候，我们一家人就全都是百万富翁了；等到他们去世时，他们会拥有一份活的纪念：玛乔莉·怀尔德巧克力有限公司，总经理约翰·C. 怀尔德。你明白我说的疯狂的意思了吗？”

“不是很明白。”

“你没有这种感觉。没关系。学校。我一开始在市立学校念书，这他妈的几乎把我的父母给难为情死了。他们没钱供我上私立学校，但他们找到了更好的选择。你知道怀恩堂吗？就是那个在东十一街上的圣公会教堂。呃，那里相当出名——不管怎么说，过去很出名——而它出名的一个原因就是男童唱诗班。那座教堂为孩子们开设自己的小学堂，如果你歌唱得好，不仅学费全免，而且还能得到报酬。唱诗班里的孩子每周都能得到五块钱，独唱的能得十块，很快我就成为了一名高音部独唱歌手。当然，我在那里从来没好好地做过功课，但在那所学校，这一点无所谓。老师们总让我顺利过关，因为我是教堂里一个炙手可热的人物。不仅仅是每个礼拜，而且在盛大的圣诞或复活节仪式里时，当人们从四面八方赶来这里聆听《圣母颂》或《弥赛亚》，我都会站在前排的中央——比唱诗班里的所有其他人都矮了大约一个头——演唱起那个漫长又复杂的独唱部分。见他妈的鬼，我能感觉到坐在下面的每个女人都在为我痴狂。你能想象这幅画面吗？小矮子米基·鲁尼，有着一个天使般的嗓音？老天爷啊。”

“我恐怕我们的时间到了，怀尔德先生。”

每周两次的诊疗，又一次结束了，随后就是踉踉跄跄地走向列克星敦大道，脑子里装满了他希望自己在诊疗时能说出来的话，在乘坐地铁回家的一路上不停地自言自语。而在下一次诊疗时，布隆伯格医生的第一个提问永远都是一样的：他是否依然坚持去参加聚会？

“……是的，是的。昨晚上我又去参加了一次，地址是在格林尼治村。聚会上来了个年轻姑娘，说她是在萨拉劳伦斯[1]开始喝酒的，还和一位老师发生了恋情，后来老师把她甩了，当时她曾试图自杀，结果被送进了贝尔维尤。有趣的是：我参加了那么多场聚会，而她是我碰到的，或者更确切地说，是听到的，唯一一位曾在贝尔维尤接受过治疗的人。”他没有告诉医生在聚会后他曾试图和她约会，当时他脑子里想的是要和她一起去瓦里克街（她是一个苗条、邋遢的姑娘，有一双忧郁的大眼睛），而她几乎断然拒绝了他提出的“一起去哪里喝杯咖啡”的提议，然后

① 指萨拉劳伦斯学院，位于美国纽约的一所文理学院。

一个人急匆匆地走掉了。

“不过你瞧，医生，我们还是回到刚才那个话题吧，好吗？”

讲述学校里的事又花掉了一个小时的诊疗时间，中间还时不时地穿插一些离题的话：“……啊，在那所学校里我一直都是个无用之人，尽管我是个独唱歌手。首先，我是个虔诚的小混蛋。这不仅是指我喜欢唱圣歌，而且指我喜欢每一种该死的一本正经的宗教场面——宗教仪式，法衣罩袍，对天祷告，彩色玻璃窗——我觉得我肯定是学校里唯一一个对这些东西感兴趣的孩子。在唱诗班的厢席里，常有人大放臭屁，有人轻声地说黄段子，有人偷偷地传递黄色图片，有时甚至会传递半品脱威士忌，然后怂恿你尝一口。我的意思是说，那些孩子什么东西都能搞到：我花了好几年时间才终于认识到，他们都相信某种健康的无神论。圣诞节期间，老沃纳梅克百货商店常常雇我们每天下午唱圣诞颂歌，当然没人会为此抱怨，因为这意味着每人都可以多几块钱收入，但你能想象在该死的商店和该死的教堂之间有多少现钱被转来转去吗？这话是不是有点狗屁不通呢？

“……有许多孩子在变声后就没有那份运气了——有些孩子的声音变得‘不好听’，不再适合在唱诗班唱歌，即便可以留在唱诗班，也只能演唱高音和中音声部里的一小部分。他们不可能把每个人都留下来的。我的声音没有变得不好听——虽然没有达到独唱的水平，但已经够好了——于是他们让我在唱诗班里唱高音，一直唱到十二年级。然后我去参军了。我们的时间差不多了吧？”

"还有几分钟。"

"我只要说起部队里的事，就会没完没了的。而且，不管怎么说，那也不是特别重要的事——和退伍后发生的事比较起来没那么重要。我就跟你说一件事吧。在征兵站，他们会给我们每个人都做一份智商测试。他们不用那个名字，他们管它叫'部队大分类测试'，但大家都明白它的意思。你得分必须在一百一十以上，才有资格参加军官培训——或从事任何比较体面的工作，这是必须条件——我的得分是一百。于是我问能否重做一次，工作人员告诉我可以在'下一站'提出申请。后来我知道了，这个下一站是指位于北卡罗来纳的基础训练营。我在那里提出了申请。那次只有五六个人参加了复试，负责人是一个很和气、很好说话的中尉，他在批卷子时还允许我们在旁边看着。等到批完我的卷子，他告诉我说我的分数是一百零九。然后他说：'你真有意思，你没有一道题答错，但你只做了一半的题目。'我就说：'呃，先生，不过要是我做的全对的话，那不就意味着……'他说：'那就意味着你的分数是一百零九。你肯定是个阅读速度极慢的人，就是这个道理。'"

一周或两周后，他和詹妮丝之间发生了一场争吵——或者说是他不久前从贝尔维尤出院以来发生过的事情里最接近于争吵的一次。

那是在晚饭后发生的，在杯盘都洗好后，在汤米上床后。他坐在沙发里，看着面前密密麻麻的藏书，心里嘀咕着不管一个人的智商有多高，这辈子都不可能看完那么多书。就在那时，詹妮丝走过来坐在了他旁边。

“约翰，你知道吗，我为你最近这一阵子的表现感到非常骄傲，不管它持续了多久。”她说着往他的近旁挪了挪。“无比骄傲。”

“是吗，好吧，我们先把你的无比骄傲往边上放一放。反正它也没持续多久。”

“要是你能看到自己的变化就好了。你看上去比以前好多了，充满了自信，气色也比以前好得多。你像是变了一个人。”

“那你觉得汤米为什么现在在我面前还是表现得很奇怪呢？自从那次——你知道，我们在床边谈了手提箱的事情以后，我觉得他的目光一直在回避着我。”

“哦，约翰，你还在为那事耿耿于怀吗？早就过去了的事。好几个礼拜前，我就已经把事情和他解释清楚了。”

“你说什么？该死的，詹妮丝，我对他保证过我会亲口告诉他的，我对他这么说了。这跟你他妈的完全没关系——”他气得站了起来，她照例赶紧奔过去关上了客厅的门，以防汤米听见他们的争吵。“——你破坏了我的誓言，这关你他妈的什么事。”

“你的声音一定要放轻一点。”她说。他服从了，一边努了努下巴，一边从鼻子里喷出一口粗气——这是在贝尔维尤学到的自我控制的方法——但他非常欣赏自己说的最后一句话，于是又用很轻的声音重复了一遍：“你破坏了我的誓言，这关你他妈的什么事。”

“我没觉得我对他解释是一种‘破坏’，我以为这样你能轻松些。”

“你以为我会轻松些。”他尽量把这句话说得充满鄙视之意，然后佝偻着肩膀、捏紧双拳放在口袋里，在客厅里走来走去，以此表示对这句话的强调。即便如此，他也不得不承认她的话也有一定道理。他确实轻松了一点，但要是他让她知道了这个，那他就是在找死了。

此时，她又坐回到沙发里。她没有蜷缩着身子，而是坐得笔挺，以此表示谈话要讲文明礼貌。

“……我问他知不知道什么叫精神崩溃，他说大概知道的，但我能肯定他并不知道。于是我就说，有时候一个人因为工作得太辛苦，感觉到太疲劳，精神就会承受不住，就不得不去医院里休养一阵。他似乎真的听懂了。你不要忘了他快十一岁了，约翰。我说——”

“是的，是的，是的——哦，天哪，我想象得出。你说：‘爸爸不再整天喝得醉醺醺的，这不太好了吗？’”

“约翰，我一次也没有跟他提起过你——”

“好吧，谢谢你，”他说，“谢谢你多管闲事。”他抓起大衣和雨披走向门口，戏剧性地站在那里，一只手握着球形门把手。“我出去了。也许去参加聚会，也许去喝个烂醉。如果我到早上还没回来，你最好打电话报警，或者打电话找保尔·博格，反正是一回事。与此同时，你可以收起你那无比的骄傲，把它塞进你的——塞进你的——[1]”

他没有说出最后的那个词，就把门砰的一声关上了。然后，他就来到了大街上，飞快地向着闹市区走去，脑子里根本没有想过自己要去哪里。他在二十三街附近停下来喝了一杯——仅仅一杯——一边还拿出比尔·科斯特洛给他的那本聚会目录，寻找着此时还可以去参加的聚会。西休斯敦大街上有一场。

聚会在一幢楼的四层顶楼，主持人很快地解释了这场聚会与别的大部分聚会的区别所在。“我们这儿不事先安排好正式的发言人。”他说，“大家都即兴发言。我们会叫房间里的随便哪个人来谈上几分钟，如果被叫到的人不愿意发言，我们也会尊重他的意愿。在我的左边，我看见一个刚到没多少时间的小伙子，他也许愿意上来说几句，但问题是他看上去有点上气不接下气。你想发言吗，卡尔？”

一个身板结实、表情严肃的小伙子走上台去，看上去不到二十岁的样子。他自我介绍说名叫卡尔，是个酗酒者。

“嗨，卡尔！”

“你说得没错，托尼，我确实喘不过气来。我在布鲁克林上错了地铁，不得不在百老汇和德兰西街站下车，然后我——我就一路奔过来了。”

“要不你先休息一会吧，卡尔？”托尼说。“先喘口气再说。”

“好的。”然后，他说道：“我常常乘错地铁，估计是因为我

① shove something up your ass，俗语，把什么什么塞进你的屁股，即让什么什么见鬼去吧。

不是纽约本地人。我是从堪萨斯来的。在老家度过了一个极其封闭的童年。我的意思是，我小时候大部分时间都是在州立少教所度过的。那里的情况也不算糟，能够保证一天三顿饭，总有干净的衣服穿，有干净的地方睡觉，还有许多香烟抽，而且我还在那里学会了一门手艺。我是一个理发师。我从那里出来后，就开始酗酒了。哦，如果光是我一个人，那也没什么关系。我能挣钱，我是一个很好的理发师，哪怕在我有点喝醉了的时候。但问题是我不是一个人。过去的一年，或者说十一个月里，我和一个姑娘在布鲁克林同居。问题是——问题是，我们相处得不好。我走投无路，她也走投无路，我们彻底走投无路。”他沉默了一会。“见鬼，我知道不应该糊弄你们。我不会说我已经戒酒了，因为这不是事实。”此时，他的声音已轻得几不可闻。“我害怕，你们知道。我怕她会离我而去。这就是我来参加聚会的原因。这就是为什么，即使像今晚那样乘错了地铁，我还是觉得一路飞奔过来参加聚会是值得的——是值得的，因为不说别的，最起码我可以和你们这些人在一起待一个小时——仅仅一个小时——清醒的一个小时。谢谢你们。”

台下响起一片掌声，但卡尔没有为此致谢。他匆匆回到了座位上，以一种多数是在少教所里学来的姿态接受了这片掌声：僵直地坐着，两手压膝，目光直视正前方，脸上不露一丝微笑。你应该采取这样的姿势，尤其是在你说了什么傻话或妙语后，除非你想让别人把你视为娘娘腔。

“我想对卡尔说几句话。”下一位发言人说，这是一位嘴里没剩几颗牙、说话哆哆嗦嗦的老人。“我想说的是，卡尔，我不管你乘错多少次地铁，也不管你要奔多少路，你一定要坚持来参加，孩子。一定要坚持来。你走在正确的道路上。”

后面又有四到五个发言人，接着托尼又上场了。“今晚，我们要用一件特别的事来结束我们的聚会。”他说。“我们中有一个人今天过生日。呃，就我个人看来，我总觉得大多数匿名戒酒者协会会员的生日都有点傻：你看着大家给某人送上一个生日蛋糕，上面插了六根、八根、十二根蜡烛，以此表示此人已戒酒多少年，大家欢呼此人的姓氏以示庆祝，然后那人就上台来做一次简单的发言，而你坐在下面会这样想：这个家伙到底为什么要参加匿名戒酒者协会呢？仅仅为了炫耀吗，还是有别的目的？不过，第一次生日是不一样的。是另一码事。它是一种成就。我的意思是最初的十二个月——哦，见鬼，你们懂我的意思。”他朝着阁楼里一个拉着帘幕的角落点点头，一个一身粉红的男子走出来，满脸堆笑，捧着一个粉红的蛋糕，上面插着一根蜡烛，此人用手遮住摇曳的烛火。随后，托尼说道：“西尔维斯特·卡明斯先生请上台来好吗？”

一个瘦骨嶙峋的中年黑人起身走上台来，他穿着一件廉价的蓝西服，在他身后传来一阵欢呼和口哨声。他和托尼握了握手，对给他蛋糕盘的那人表示了感谢，但当观众们爆发出一阵参差不齐的合唱“祝你生日——”，他举起一只手说道：“不，不，请不要这样。请不要唱生日歌。我是说我对此深表感谢，但这是给小孩子唱的歌。我今年四十七岁了。就连我的小孩也已长大成人，独立生活去了。”他站在台上，低头朝蛋糕看了一会。“整个这一年，”他说，“感觉就像一场梦。我唯一能够确信的就是，要是没有你们的帮助——没有托尼和大家对我的帮助，我是无论如何都做不到的。回想过去——我真的不愿意回想那段漫长的过去——有时我能记起来的事就只有我每天早晨是如何从床上爬起来，然后跪在那只老马桶前，双手抱住马桶圈，把我的五脏六腑统统呕出来。然后，我对自己说‘西尔维斯特，你是在做祈祷呢。你是在对着你这辈子唯一真正信仰的圣坛做祷告’。”

这句话引得大家发出一片笑声，但他自己没有笑。“我从来都不是一个虔诚的信徒，你们知道。即便是参加这样的聚会，在我们吟唱赞美诗的时候，我也只是稍微动动嘴皮子，希望别人不会注意到我没有在唱。实际上我也不太喜欢吃蛋糕，也许你们中的某些人能够帮助我解决这个问题。”他再次低头，若有所思地看着蛋糕，看了好一会儿。“但在过去的一年里，我开始相信一件事了。我开始相信我情愿——我情愿点上一支蜡烛，而不是诅咒黑暗。”话声刚落，他就吹熄了蜡烛，台下响起一片热烈的掌声。

这番话足以把怀尔德打发回家，中间甚至没有停下来喝杯啤酒，足以使他回家后把老婆叫醒，然后向她道歉。

“哦，我知道的，亲爱的。”她说。“我知道的……”

他曾经一再强调，他不会花很长时间对布隆伯格医生讲述部队里的事。他也确实这么做了。部队经历使他认识到自己不是一个特别聪明的人，而且还把他那一点可怜兮兮的信仰统统摧毁了。直到战争临近尾声，他才在欧洲见识了一点真正的战斗场面。他在部队的最后一年，一直待在法国发了霉的“帐篷之城”。他整日无事可干，除了偶尔会有一次极其稀罕的三天假期，于是他每晚都去看电影。“我告诉过你我们会回到电影这个话题上来的。”

“嗯。”

“有趣的是，在普通的电影院里，不管放多么垃圾的电影，观众们都会静静地坐在那里观看——当电影里出现情爱的镜头或别的什么镜头时，没人会放肆地大笑——但在部队的影院里，大银幕的魔力不复存在，观众们全都成了叽里呱啦、嬉笑怒骂的影评员。我们会在电影开始不久就发现胡编乱造的情节或虚假的‘信息’，面对或庸俗或陈腐或粗制滥造或感伤煽情的镜头，我们会跺脚狂笑，甚至怒骂‘下流’，我记得当时我是这么想的：‘天哪，这帮家伙跟我太像了。’我们都是在电影院里泡大的，而我们直到那时才开始认识到大多数电影都无聊透顶。于是，我有了一个想法，医生，我决定自己拍电影。拍好的电影。哦，我知道自己做不了导演——一个智商才一百零九的人是没有那种才能的——但我可以做制片人呀，我可以去寻找好的故事，然后再寻找投资人，雇用有才华的艺人，这样就能把一部好电影拍出来了。这就是我想做的。

“当然，我不能把这个想法告诉父母，或者说我觉得我不能。我复员后发现他们还是住在那幢老房子里，干着他们的老本行，他们俩看上去都已老态龙钟——虽然他们的岁数都只有五十五左右——不过，在他们的脑子里，那个该死的巧克力生意却变得空前重要。我父亲把他所有的业余时间统统花在四处募集投资金，有趣的是他居然相当成功。那时大家都热衷于战后的经济繁荣：对于投资一种有良好市场的奢侈品来说确实是一个合适的时机。他还带我去见了某个银行家。'这是我儿子约翰。二十岁，刚从欧洲回来的老兵。参加过突出部战役①什么的。下个月准备去耶鲁大学，他要从头开始学习商业。'

"我们离开那里后，我说：'老爸，你以后别再提突出部的事了，好吗？你知道我没有参加过突出部战役。'

"他说：'他们为此给了你勋章，不是吗？'

"关键是，医生，我已经不止一次、不止一次告诉过他，只要是在离突出部一百英里范围内的士兵，他们全都被授予勋章。于是我说：'你看，也许你觉得这样说无所谓，但我觉得有所谓。你不明白吗？'

"而这个糟老头子就这么一走了之了——他个子矮小，甚至比我还矮小，一张脸长得像核桃，戴一顶老式的、珍珠灰的帽子，帽子拉得很低，几乎遮住了眼睛——他就这么一走了之，最后还扔下一句'关于经商，你还有很多东西要学'。天晓得。

"不过，我真的去了耶鲁。这是他们为我选的大学，战争一结束他们就考虑周到地给我寄来了申请表。就这样，我避开了退伍军人扎堆上学的最高峰。我到现在还搞不明白我怎么会去上大

① 第二次世界大战期间盟军与德军之间的一场著名的坦克大战。

学的，我吓得屁滚尿流，就想着要早点退学。阅读作业几乎没要了我的命，我每天晚上都读到深夜，而别人都出去喝老酒泡妞。不过，我好歹通过了第一年的学习，而那时我父母已经开始做生意了。他们在斯坦福开了一家小厂，雇了大约六个工人。他们付给某个设计师一大笔钱，让他设计出了你这辈子都没见过的最漂亮的包装。他们每天都生产出正宗实在的巧克力，还为我度身定制了暑假的工作：我成了一个老头的助手，那老头带着我这个'家族事业继承人'拜访了在纽约各地的批发商。

"'尝一块吧，就尝一块。'老头子说，'不要客气。'而我则穿着普莱诗牌西服坐在一旁，像个小丑一般面带微笑，一边在心里想着我的下辈子究竟要做什么。

"好吧，我的大学生涯并没有持续多久，二年级就是一场灾难。第一学期就差点混不下去，然后到了四月份的时候，我基本已放弃了。我整天都去电影院，放弃了学习，放弃了努力，到那年的六月我就退学了。

"我的天，这是一场家庭悲剧啊！父母亲似乎觉得我是故意这么做的，就是为了使他们的希望落空。他们开始每天往家里带一大摞别的大学的资料，而我则把它们统统丢入垃圾桶。哦，我一直在为此后悔——很多大学里肯定可以重修阅读课——但一想到又要去上大学，我就觉得恶心。而且，我知道他们之所以希望我能大学毕业，只是为了他妈的玛乔莉·怀尔德巧克力。争吵、责备、打架、眼泪——最后我说'我**什么**也不欠你们两个的'，然后就离家出走了。

“在市里面找了一间房，然后应聘了一家叫做‘为了工业的电影’的组织，招聘启事上说：‘可以学习电影制作的技术。’每周的报酬是三十五块，工作内容是为摄制组提灯、在地上排电线、为演员和摄影人员买三明治，我的意思是如果他们拍的电影还算正经，哪怕是工业电影，那么要我做这些也没什么，但他们拍的东西狗屁不通。我记得他们曾为米德记录保管系统拍过一部片子，名字叫《它肯定在某处》：一部时长二十分钟的不滑稽的滑稽戏，讲述在一间办公室里丢失了一份重要文件后发生的故事。老板气得吹胡子瞪眼，秘书委屈得眼泪汪汪，文件柜里的资料统统被倒在地上。然后，米德公司的人来了，把他们从水深火热中解救了出来。找到了那份文件，说‘保管记录是我的工作’，然后是一堆推销说辞。结束。

“最糟的地方是，这个组织里的每一个人都快乐得像个傻瓜——没有人曾有过要拍一部真正的电影的那种想法，就连姑娘们也不例外。我曾经带一个姑娘一起出去吃午饭，想和她聊聊电影的事，而她看着我的眼神就像我是个笨小孩：‘你是指娱乐电影？故事片？’她根本没把自己当女演员看，而且对此满不在乎。后来我才知道那姑娘和组织里的一个管理人员同居，只要那人的离婚申请一获批，她就准备辞去这份工作，然后和他一起去森林山①定居。

“……哦，如果我是个有胆量的人，我就会一路搭顺风车去

① Forest Hills，纽约皇后区一地名。

好莱坞，然后在那里的摄影棚四周转悠，直到有人雇我做摄影助手，哪怕是邮件收发员也可以——如果我当时这么干，说不定现在已经是制片人了——但我没那么干。也许我当时还没准备好要与父母亲彻底断绝关系，我不知道，反正我没那么干。

“后来有人告诉我《纽约先驱论坛报》在招募广告位推销员，报酬不错，而且对学历不怎么讲究。于是我说我在耶鲁读过三年书，其实只读了两年，就这样我开始了现在的这个行当。认识詹妮丝也是因为这份工作，因为她在那家报社上班。过了一年不到的时间，我们就结婚了，然后就有了我们的儿子。那时我已经转到了一家商业杂志社工作，杂志名为《连锁店时代》。随后我又跳槽去了一家叫做《前卫》的杂志社，最后是《美国科学家》。在整个这一跳来跳去的过程中，我那拍电影的梦想也随之蒸发了。哦，别担心，医生，我不会说是婚姻拖累了我，我不会把所有的责任都推给我老婆的。我也不会责怪我父母亲，或任何像这样的神经质的胡说八道。我的野心不存在了，仅此而已。在过去的多年里，它还会时不时地来拜访我——我估计主要是在我喝醉酒的时候——但现在已不复存在了。这不关任何人的事，是我自己的错。你想知道我父母后来的情况吗？”

“嗯。”医生说着看了看表。

“呃，孩子出生后，我们勉勉强强算是讲和了，而与此同时他们也找到了一个‘儿子代理’，我估计你们这些人会这么称呼他的。又一个常春藤联盟式样的人，只不过这个儿子有学历证书，他真正地继承了家族事业，并使之拓展壮大，就像他们一直希望我能实现的那样。到他们退休的时候，他们已富得流油。我父亲在四年前去世了，母亲现在在一所疗养院里。她得了脑溢血，已经基本上跟植物人差不多了。但该死的是，你如今不论走进哪家美国的超市，都能在大屁股的旋转货架上看见玛乔莉·怀尔德牌巧克力。六块钱一盒。对此你有何感想呀？”

“嗯，是啊，好吧，我恐怕我们的时间——”

“别那么急嘛，医生。”

“嗯？”布隆伯格的眼睛在粉红色的镜片底下眨了眨。

“你知道吗，你是我遇见过的唯一一个像死人一样沉默的狗屁大师。我把我这一辈子里所有该死的经历都告诉了你，而你就坐在那里，几乎一言不发，凭这个就能每周从我的钱包里捞到一百块钱。你知道你的这种行为叫什么吗？叫盗窃。”

他们俩都站了起来。“还有一个病人在等我，怀尔德先生。”

“让他等好了。你不也三天两头让我等吗？我只有一个问题：你他妈究竟什么时候准备开口说话？你那些著名的‘技术’、‘帮助’和‘治疗’究竟要到什么时候才开始？啊？”

“怀尔德先生，我不知道你为什么突然变得这么充满敌意，不过我们也许能在礼拜四探讨一下这个问题。”

接着，他想起了贝尔维尤的斯皮瓦克曾说过的一句话，用在这里似乎很合适：“是啊，好吧，但别抱太大希望哦。”

“你准备取消周四的治疗吗？”

“也许是的。”怀尔德说着，颤颤巍巍地走向了门口。“我已经听够了这句他妈的‘我们的时间差不多了’。”

“你想要中断我对你的治疗吗？”

“估计这样会让你吓出一身冷汗吧。我很乐意做这样的想象：你每周两次一个人孤零零地坐在这儿，眼睁睁地看着明明已经到手的钱打了水漂。再见吧，粉红眼。”

坐在地铁里一颠一颠的回家路上，他一直在想着他可以在最后这段话里增加一些怎样的色彩：他也许能这么说：“……你每周两次一个人孤零零地坐在这儿，一根手指放在嘴里，或者放在屁眼里——当然啰，这取决于你是个口交还是肛交爱好者……”不过，这样的话他就怀疑布隆伯格是否会提起那只草绿的或者叫鼻涕绿的电话给保尔·博格打电话，告诉他怀尔德歇斯底里大发作了。好吧，见他的鬼，就算他这么做了又能怎样呢？

“亲爱的？”那天晚上他们俩单独待在一起的时候，詹妮丝说道。一开始他以为她会说布隆伯格和博格的事，但不是。“我大致看了一些你的匿名戒酒者协会的手册。你不会介意吧？”

“当然不会。”

“那上面说，会员的妻子或丈夫如果能陪着一起去参加聚会的话，往往效果更好。我就想我是否能——我的意思是我真的很想去参加。尤其是你以前告诉过我的那场，就是那人说他情愿点上一支蜡烛，而不是诅咒黑暗的那场。”

“呃，我不知道，我——好的呀，当然。”

他们在爬楼梯上阁楼，随后他突然想到今晚他们很有可能会叫他发言。在聚会临近尾声时，托尼的食指直接指向了他的脸。

“在后面的那位我最近看见过几次了，你想上来说几句吗，先生？”

在他一路走上讲坛时，他觉得自己的耳朵里在充血。当他的声音透过层层的烟雾传向观众们时，他觉得那声音听上去完全不像是自己的。“我的名字叫约翰，我是个酗酒者。”

“嗨，约翰！”

“我刚参加这个组织没多久，不过我已经去过这座城市里举办聚会的各个地方，而我觉得这里是最好的一个点。问题是，我还是第一次被叫上台来发言，我有一点点尴尬，因为今晚我老婆作为陪客和我一起来参加了——不过，管它呢，她以前已经无数次看见过我出洋相了。”

台下响起一片笑声——不是很热烈——他怀疑在这群人里哪怕就是暗示自己已结婚或者带任何形式的“陪客”来都属于一种不礼貌的言行。

“我是一个推销员，我估计，我总是觉得喝老酒是推销员工作的一部分。不过，不久前我在贝尔维尤被关了一个礼拜之后，我的这个想法就被冲进了下水道……”他不知道该如何结束发言，他听见自己在说着“我仍旧感到害怕”、“我心怀感激”以及“在你们的帮助下”等等。最后，在一连串笨拙的结束语之后，他终于说出了“谢谢你们”。他无法判断台下的掌声是稀稀拉拉呢还是轰轰烈烈，甚至不知道它持续了多久。他回到了座位上，詹妮丝捏了捏他的手以示祝贺。

“你太棒了。”当他们走出阁楼来到大街上时，詹妮丝说。

“棒个鬼啊。贝尔维尤的那套该死的说辞，一副可怜兮兮的样子，假惺惺的羞愧难当。我感觉自己像个白痴。”

“我觉得你说得非常好。再说了，好不好又有什么关系呢？毕竟，这不是舞台表演呀。”

他差一点没在人行道上突然停下脚步，朝她转过身去，冲她吼出这**就是**舞台表演——这整个该死的“协会”就是舞台表演，从比尔·科斯特洛到西尔维斯特·卡明斯。心理治疗也是舞台表演，观众只有一个，就是那个心不在焉的、粉红眼的家伙——不过，今晚他不想再和詹妮丝吵。

“哦，我们就散一会步吧。”她说，“我喜欢这个古老的城区。我觉得自己已经有好多年没来过这里了。你还记得我们结婚前常常在这一带闲逛吗？”

“是啊。”

“休斯敦、卡纳尔和德兰西。我们在一大清早会去富尔顿鱼虾市场。我们会步行走过布鲁克林大桥。”

“嗯。”

“真奇怪，”她在一个十字路口说道，“这里应该是第七大道，但路牌上写的不是。我有点搞糊涂了。”

“我觉得这里是瓦里克街，再往前走过几条马路就能转入第七大道了。”

“你真是太了不起了，约翰。”在他们转过一个街角时，她热情地勾住了他的胳膊，几乎像是在和他调情。“你熟悉这里的每一条街道。”

呃，不，不是每一条，不过他确实熟悉其中的几条。在他们走到离他那个秘密的地下室不到一条街的地方时，他看见了从那张干净的、拉上的软百叶帘里透出的暖暖的灯光。不论保尔·博格今晚在那下面搞什么名堂，不论是哪个姑娘在陪着他，怀尔德都能完全肯定他是不会诅咒黑暗的。

“看过《时报》了吗？”乔治·泰勒问，一边把半瓣屁股坐到了怀尔德的台子上。“坏消息。”

就像最近与工作相关的任何事一样，他总要花点时间才能够消化。他听见泰勒说“麦凯布丢了东北的生意”，看见他的嘴一直在动，来告诉他更多这方面的消息。怀尔德说了句“真该死”，因为只有这么说才显得合适，但随后他不得不低下头去，假装在仔细考虑这个问题，而其实他是在心里一个劲地琢磨泰勒告诉他的那些话究竟是什么意思。他的大脑里似乎塞满了黄沙。

东北酒厂是制酒产业里的巨头，通过广告代理业的巨头麦凯布-德里克森，他们已经连着好几年买下了《美国科学家》每个月的整版全彩封底，这也成为了怀尔德的主要收入之一，因此这确实是个坏消息。“你再说一遍那家新代理公司的名字好吗？哈特韦尔什么来着？”

“‘哈特韦尔合作社’。我从来没听说过这个名字。可能是半年前成立的，算是那种‘有创意的’该死的小公司吧。不管怎么说，你最好打个电话过去，想办法让他们听一听我们的产品介绍。”泰勒笨重地从台子上挪下来，脸上的表情看上去像个不知所措的老头子。“我就是不明白，像东北这样古板、保守的公司居然会一下子终止合同。彻底疯了。”他边说边转过身去。“如今肯尼迪上台，大家似乎都想做某种骑墙派。”

他打电话给哈特韦尔合作社寻找东北酒厂的广告负责人，而电话那头的总机接线员似乎对此一头雾水。他不耐烦地说了好几遍，这才找到那个负责人。那人名叫弗兰克·莱西，听声音还不到三十岁。

“‘产品介绍’？”弗兰克·莱西问道，就好像这个词早已过时了——也许确实如此。“好吧，我可以听一下，怀尔德先生。最近我们这里忙得一塌糊涂，不过我想我们还是能够为你腾出时间来的。请稍等。周三上午十点怎么样？”

于是，他来到了那幢玻璃幕墙大楼的三十九层，汗涔涔的手上提着一只公文包，里面装着他们的产品介绍。

我们讨厌多管闲事

他把一本巨大的翻页图本竖在会议室里的桌子中央，图本的封面上印着上述这句话。在一段紧张的开场白之后，他说了下述这番话：

这就是为什么《美国科学家》从来不问它的读者平时喝什么酒，喝多少酒以及什么时候喝酒。问读者是否喜欢打猎、钓鱼、打网球、打高尔夫什么的都没有问题，但是你问读者他和钟爱的老酒之间的关系有多密切就属于个人隐私的范畴了……

他的听众包括五六个小伙子和三四个姑娘，全都半瘫在深深的沙发和椅子里，他们看上去没有觉得无聊，但也谈不上听入迷了，这激起了怀尔德想要冒险来一段即兴的小插曲的想法。“我本应该把这上面的文字大声地读给你们听，”他说，“甚至应该一边读一边用手指在下面指着，但我想还是免了吧。我的意思是《美国科学家》是一份很好的杂志，但我从来没琢磨出他们是从哪里找来了这个写出了图本上的这些内容的人，至少我觉得‘他和钟爱的老酒之间的关系有多密切’这句话读起来总有点别扭。”

听众们没有大笑，他也像西尔维斯特·卡明斯一样没有用微笑来破坏掉这句话的效果，但他们的反应已经够好了，他渐渐地放松下来。在他给图本翻页的时候，他甚至都有些沾沾自喜了。

> 不过，我们完全有理由这么说，《美国科学家》的六十万读者群对于酒类饮料来说是一个很大的市场，就像对于高级轿车、照相机、音响设备和欧洲旅游来说一样。
>
> 为了一探究竟，我们进行了一场简单的逻辑训练。首先，我们画出了酒类饮料主要消费群的一个大致轮廓。其次，将《美国科学家》的读者群与之进行对比。以下，就是逐项比对后得出的详细结果。

最后一页上有两个对应的栏目，显示出酒类饮料主要消费群和该杂志的读者群在任何一项比对内容上都高度一致。这一页读起来比任何一页都费时间，这就给了他时间可以去审视一下挂在墙上的那些画——很像布隆伯格医生诊室里挂的画，不过它们看上去也像是装在画框里的连环画——以及会议室里的那些人，特别是那几个姑娘。其中一个头发是棕褐色的，就像杰姬·肯尼迪，脸孔美得令他神魂颠倒，不过当他看见她那双纤细的长腿，他那仅持续了数秒的色欲就此夭折：她长得太他妈的高了。

“好了，活动挂图就这么些了。”他说，“我还有一些别的东西要送给你们。这本厚厚的书”——他感觉就像比尔·科斯特洛拿出了那本大书——“是一本非常彻底的调查统计，叫做《订阅者的自画像》。我希望你们有时间仔细地读一下。最后，我想就我们一般读者的一些特征做一个总结。年龄在四十岁左右。年收入超过两万美元，从事你我永远都无法理解的高科技职业。不过，他上班时不看我们的杂志，他会在家里看。他看每一期杂志耗时四小时。我不知道你们在家里花四个小时看一本杂志时会做些什么，但是我——好吧，管它呢，我想我会喝着我最钟爱的老酒。”

到了该收场的时间。“你们知道，东北酿酒厂已经买了我们上半年的六期封底。下半年的六期仍给你们留着，我觉得你们会做出一个明智的决定，会在最快的时间里跟我们续约。万分感谢。”他和弗兰克·莱西及另外几个人握了握手，然后匆匆走出会议室，奔向接待室。

“您说得真棒。”走在他旁边的一位姑娘说。就是那个脸美腿长的姑娘，但此时她的头顶刚到他的耳朵边上。

“是吗，”他说，“谢谢。我总是很讨厌做这种该死的介绍。”

“所以说你做得很棒呀。我的意思是我看得出你不喜欢做这个，但你还是做得很棒。我觉得在场的每个人都被你说服了。”此时他们已经走进了接待室，房间里除了他们只有一位接待员，只见她趴在电话机上，嗲声嗲气地打着电话，显然这不是一个工作电话。“你见过这里的阳台吗？”那位美女问道，“它是我们这里唯一真正称得上漂亮的一个地方。”

一扇玻璃门打开了，她领着他来到了一个宽敞的平台上。平台上风很大，脚下铺着白卵石。在盆栽灌木中，摆着几张铸铁的桌椅和石凳子，不过，她把他径直带到了低矮的围栏边，让他见识一下这一览无余的城市风景。极目远眺是壮丽的景色，而低头俯瞰则把他吓了个半死。

“我们一整个夏天都待在这儿乘凉。”她说，“但我更喜欢此时的这里。”她似乎一点都不在乎冷风弄乱了她那杰姬·肯尼迪式的秀发，而他看着她走在卵石上优雅自信的步态，觉得自己有点陷入了爱河。她的步伐看上去像个学现代舞的女学生，一双棕色的大眼睛炯炯有神，嘴巴明艳动人。

“你在这里工作很久了吗？”

“今年六月大学毕业后就来了。我想也许会很有趣，因为一个人必须什么都经历一点，但这里——我不知道怎么说好。你懂的。”她表示轻蔑地抽了一下鼻子。“这里只是做广告的。”

他问了她的名字——帕梅拉·亨德里克斯。他把飞舞的领带塞进了大衣里，又用手撸了撸凌乱的头发，然后开口邀请她共进午餐。她对这个提议似乎大感意外。

“谢谢，但是，实际上，我已经——”看着她目光里的热情迅速退却，他不敢再提议明天一起吃饭了。她也许是弗兰克·莱西的情人呢（弗兰克·莱西是一个人高马大、方下巴、宽肩膀的狗娘养的，此时他想起刚才在做产品介绍时他们俩一直腿挨腿坐着），她把他带到阳台上来也许只是出于女人的私心，只是为了挑起弗兰克·莱西的嫉妒呢。

“那好吧，下次有机会再找你呀。”

“好的。”

然后，他们回到接待室里，握手告别。他乘在电梯里直下三十九层楼，感觉自己一下子跌回了现实。

过了不到一个星期，他在办公室里接到了这么一通电话：“约翰·怀尔德先生吗？我是哈特韦尔合作社的弗兰克·莱西。请问，下半年的六期封底还能续约吗？”

“当然能。”

“太好了，我们想续约。我今天下午就把合同发给你。”

“哦，那——那好呀。”

“太好了！”乔治·泰勒说，“天哪，约翰，我就知道你行的，这里没人及得上你。该死的，我实在太忙了，不然就请你吃午饭了。”

“午饭”一词一路陪着他兴高采烈地走回到自己的办公桌前，他随即给哈特韦尔合作社打了个电话，找帕梅拉·亨德里克斯。

“哦，”她说，“你好呀，恭喜你了。”

“你怎么知道这个消息的？”

“呃，你知道，消息传得很快的。”这很可能意味着，当她躺在床上抚摸着弗兰克·莱西的宽阔胸膛时，他顺口提到了这个消息。

“不知道你今天肯不肯赏脸陪我吃顿午饭？”

“太谢谢你了，但我实际上已经——”

可这次他拿出了一个天不怕地不怕的男人的威势，打断了她的话。“好的，那等你下班后我们碰一下面吧。就喝杯酒好了。”

短暂的沉默。“好吧，我很乐意。”

但他必须再打另外两个电话。

“……詹妮丝，那家叫美洲豹的客户今天下午要从伦敦飞过来，乔治希望我陪那个人一起吃晚饭。不是什么大事，大概到十点钟结束吧，然后我会去参加一场聚会……好的……明儿早上见。”

第二通电话就没那么容易了。“请给我接保尔·博格先生……保尔吗？我是约翰。听着，我想知道你今晚是否会去瓦里克街……嗯，好的。那里干净吗？床单干净吗？毛巾干净吗？……你啥意思，你是问我过得好吗？我很好。你过得怎么样？……”为了赢取她的好感，他带她去了购物中心，但她显然已经去过好几次了。

第一杯酒的味道好极了，于是他光听着她说话，自己则细细地品着老酒，坐在她旁边欣赏着她的侧影。每当她说到以 p、b 或 m 打头的音节时，她那小小的鼻尖都会微微地上下摆动，一个姑娘的鼻子能这么灵活实在是太可爱了。

她讲述了自己的大学生活，一所位于佛蒙特的名叫马洛的小型实验性学院，他之前从没听到过这所大学的名字——“我的意思是它有点像本宁顿学院，只不过更前卫，而且是男女同校的”——她还讲到了住在波士顿的父亲，以及那个在弹钢琴方面有“绝对天才”的大哥，于是他意识到她是个富家女，甚至有可能出身豪门。

“你父亲是干什么的？”

“哦，他是个银行家。一个投资金融家。总之……”

酒过两三巡之后，她解释了自己为什么中午一直没空。“我，呃——是这么回事，我整个夏天都在和弗兰克约会——弗兰克·莱西——直到他的婚姻顾问建议他和我断绝来往，他听从了。不过，我们仍然每天一起吃午饭，以此证明我们仍是好朋友。我知道这听上去特傻。”

“你依然对他恋恋不舍。”

她摇了摇头，紧紧地咬住了嘴唇。“不，不是这样的。完全不是那么回事。我的意思是我觉得如果一个男人要让他的婚姻顾问来为自己做决定，那这个男人就——怎么说呢，就不算是个男人。你已经结婚了，对吧？”

“对，对，当然啰。”

“那好，你会让某个婚姻顾问来为你做决定吗？哦，不说了，这太复杂了。”

在吃着上等牛肉喝着葡萄酒的晚餐上，她抱怨说马洛的大部分学生除了她自己都“极富创造力——嗯，我的意思不是指可怜兮兮的广告业里所谓的‘创造力’，你不要误解我的意思——”她将那把切肉刀直接指向他的喉咙，以此确认他没有误解她的意思。她的意思是指诗歌、绘画、雕塑、音乐和舞蹈，以及戏剧。“任何类型的戏剧，从索福克勒斯到那个叫什么来着，你知道的，贝克特——所有那些东西。而我则永远都是这个世界上最没有才华的一个笨蛋。事实是，我到现在还是这样的。”

等到上咖啡和白兰地的时候，她不再说话，而是紧紧地注视着他，仿佛是透过一层浪漫的面纱注视着他。最后，坐在出租车里，他的胳膊终于搂住了她。

“哪条街?”她问，“在哪里?”

“就是个小地方，我估计你会喜欢的。”

“你真贴心，约翰。”按照惯例，她主动把嘴凑过去，给了他第一个吻。当出租车行驶到长长的第七大道时，他的一只手搂住了她的胸部，她没有抗拒。

她太棒了。当他们在人行道下面的地下室里搂在一起滚床单时，伴随着地底下第七大道地铁的隆隆声，他的嘴里不停地冒出这句话。“哦，你真棒……哦，宝贝，你太……哦，我的上帝，你太棒了……你太棒了……”她一言不发，但她的紧拥、呻吟、高潮时那声长长的尖叫都足以证明——怎么说呢，他自己也够棒的。

完事后，他们静静地在床上躺了好一会儿，他细细地琢磨着这么一个不寻常的事实：他今年三十六了，在此之前他从来没有体会过一个女人能带给他如此的乐趣。他几乎想这么说：你知道吗？我今年三十六了，这次绝对是我这辈子里曾有过的最好的一次——但他克制住了自己。她也许会嘲笑他的自白，或者可怜他，说到底，她在马洛时可有的是那些该死的“有创造力”的男生，而整个夏天她都在和弗兰克·莱西寻欢作乐。最后，他开口问道：“帕梅拉，你多大了？”

“到二月份就二十一了。”

她挣脱开他的怀抱，从床上起来，裸着身子走在油毛毡上，这副样子使他想起了从贝尔维尤出来后的那个周末在浮台上看见的那个姑娘。一个身高和他差不多的姑娘怎么可能有这样一双长腿？

“第一扇门只是马桶间，”他对她喊道，“水斗在厨房间。”

“噢，”她回头喊道，“我知道了，就像法国公寓那样。”

如此看来，她也去过法国——也许从孩提时起她就去欧洲各地度长假了——当他蹑手蹑脚地走到酒柜旁时，他的脑子里尽是疯狂的胡思乱想：在巴黎的布洛涅森林里，帕梅拉一边吃着香槟早餐，一边羞涩地为一个油头粉面的贵族老爷张开了自己的双腿；在一堆烂稻草里，帕梅拉色眯眯地抓住一个吭哧吭哧的西班牙农夫的后背；在亚得里亚海滨，帕梅拉趴在一个意大利赛车手的身上，在他耳边低语“Te amo①”……

① 拉丁语，我爱你。

不过，她很快就回到了他的身旁。他倒好了两杯酒，穿上了裤子；她穿着在壁橱里找到的保尔·博格的一件旧雨衣，他们紧挨着坐在床边。“这个小地方很舒适。”她说，“我们进来的时候我几乎没有注意到这点，因为我是那么的——你知道，欲火中烧——”除了让她说出“欲火中烧”这个词以外，他还有什么能耐呢？他要对天发誓，她是为了他说出这个词来的哟。“——不过，这个地方真的很舒适。”

“嗯，这里不算是个很好的公寓，不过能达到目的就——我的意思是，我也挺喜欢这里的。”他拿起酒杯碰了碰她的酒杯。“这么说，我估计这就是所谓的一个人和他钟爱的老酒之间的联系吧。”

“嗯。”她的口吻就像布隆伯格医生，于是他认识到笑点低的玩笑并不符合帕梅拉·亨德里克斯的审美趣味。不管她到没到二十岁，只有真正有趣的话才能让她开怀大笑。还有一件事：她整个晚上一次也没问他“你老婆好看吗？”或者是“你有小孩吗？”或者调皮地问他曾带过多少姑娘来这里，仅此一点就显示出她是个与众不同的人。

她穿着博格的雨衣在房间里若有所思地走了一会儿，然后又回到了那个她显然很喜欢的旧话题：作为一个在这个世界上最没有才华的笨蛋的困境。

“……不过，有趣的是，”在他又给自己倒了一杯酒时，她如此说道，“我知道我没有表演才能，我也不上镜，我当然也没本事写剧本，要是有人给我一台摄影机，我都不知道该怎么弄，但我一直觉得自己擅长拍电影。拍好的电影。”

他的酒本已经倒好，但他还是往冰块上又倒了一点威士忌，然后才抬起头来，看着她那双无比严肃的大眼睛。

“我也是，”他说。

第四章

佛蒙特山区的空气非常稀薄，对于一个城里人来说，这里的一切都显得虚幻。到处都是参天大树，棕黄的、碧绿的大地美得令人难以置信，天空高阔辽远。

“就在下一个转弯的地方，”帕梅拉·亨德里克斯说，“你会看见一块路牌。”

他驾驶着一辆体积庞大的黄色的安飞士租赁车，车子开得很稳，仿佛是在自动驾驶。车后座上堆满了行李和一瓶瓶的波旁酒。“最有趣的是，”他对她说，“一切都显得那么虚幻。我无法相信这一切都真实发生了。”

“呃，你最好快点相信了吧，”她说，“因为它确实发生了。你稍微开慢点，别错过了那块路牌。不，停一下，就在那儿——看见了吗？”

那块路牌上写着：**马洛学院，五英里。**

又是一个夏末，过去的半年是他这辈子度过的最幸福的时光。在入冬的最初几周过后，在他本该去参加匿名戒酒者聚会的夜晚，他不再带她去瓦里克街，而是去了位于东八十街的她自己的"豪华"公寓，公寓的租金是她父亲出的。他提心吊胆地开车去了上城区，担心她不给他开门——或者更糟，担心为他开门的是某个人高马大的男人——但她总是一个人待在公寓里，有时候穿着外出服，有时候刚洗完澡裹在一条宽松的绒布袍里，有时候穿着睡袍，在他们奔向睡床时，那件睡袍会自动脱落，悄无声息地掉落在地上。

一开始，他们大部分的话题都关于电影。在一个令他俩都留下美好记忆的晚上，他背诵了《舐犊情深》[①]里的完整台词。这部电影是他在七岁时看的，主演是华莱士·比里和杰基·库珀。

"上帝啊，你的记忆力实在惊人，"她说。当他背到最后时，她几乎要落下泪来。

"哦，这不是我看过的第一部电影。"他告诉她说，"在那个年代，一个人早在七岁前就已经看过大量的电影了，不过，这是第一部真正打动我的电影。它让我神魂颠倒。最后那一幕，老比里在重获冠军后死于心肌梗死，那孩子的父母想把他从化妆间里拉出去，孩子大声喊着'我要冠军！我要冠军！'——实在太感人了。我没有哭，因为在那个年龄不哭是很重要的一件事，不过我走出电影院时，感觉喉咙里火烧火燎，等到我一上床，就哭得像个小无赖似的。"

他告诉了她其他一些在她出生前放映过的好片子，但没有一部能够取悦她。有些她在电视上看过，说全都是垃圾，还有些她

---

① *The Champ*，上映于一九三一年的一部美国电影。

在现代艺术博物馆里看过，说全都矫揉造作。当他把《古庙战笳声》[①] 形容为“有史以来最佳的男童影片”时，她不屑地扭了扭身子。“你的意思是指在山姆·杰夫被杀后，他们为他举行了一场特别的游行，还在团旗上钉了一枚勋章来纪念他，他们把一个演员打扮成鲁迪亚·吉卜林[②]，并让他背诵吉卜林的诗吗？就算我是个男孩子，我也会对此嗤之以鼻的。”

“当山姆·杰夫的鬼魂从诗歌里跳出来，穿着全套的英国军装，行了一个英国式的敬礼，你是不会嗤之以鼻的。”

“我觉得我快要吐了。”

还有一次，她长篇大论地讲述了为什么伟大的小说——哪怕是优秀小说——也很少能被改编成还值得一看的电影的奥秘。“我的意思是他们把狄更斯的小说改编得很成功，尤其是在英国电影里，但我估计那是因为他的作品本身就极富视觉效果。”

“嗯。”

“可当你想到那些可怜兮兮的失败的改编之作，比如《包法利夫人》[③]，那个叫啥名字的人的老婆演的，她的名字叫珍妮弗什么的来着……”

“嗯，”她每提一部小说他都会这么表示，“是的。”尽管他几乎没看过其中的任何一部。如果被她发觉他有阅读障碍，那他就

---

① *Gunga Din*，上映于一九三九年的一部美国电影。

② Rudyard Kipling（1865—1936），英国作家、诗人，一九〇七年诺贝尔文学奖获得者。

③ *Madame Bovary*，一九四九年上映的一部美国电影，主演是著名电影制片人大卫·塞尔兹尼克的妻子珍妮弗·琼斯。

完蛋了。

“……你只要想一想那帮好莱坞的家伙是如何改编那部《乱世忠魂》[①]的！”

“是的。”事实是他很喜欢那部电影，要不是那本书差不多有一千页那么厚，他也许会有兴趣去读一读的。

“你看过那部被他们糟蹋得面目全非的《了不起的盖茨比》[②]吗？艾伦·拉德主演的那部？”

嘿，你停一下。艾伦·拉德不仅教会了他如何梳头，而且教会了他如何控制住自己的肩膀、走路时应该采取怎样的步态，一个小矮子应该用怎样的目光去注视一个他喜欢的姑娘，才能够让那个姑娘准确无误地知道他心里的情欲。

“这是对那本书彻头彻尾的糟蹋。”她说，“他们把它拍成了一部平庸无聊的黑帮影片。”

“好吧，见鬼去吧，电影不是小说，它们是两种不同的形式，仅此而已。再说了，你也不得不承认艾伦·拉德在《原野奇侠》[③]里的表演好得没话说了吧。”

“哦，我的天。《原野奇侠》，就像《正午》[④]。西部硬汉片。你知道什么叫西部硬汉片吗？这个名字本身就驴头不对马嘴。”

---

① *From Here to Eternity*，一九五三年上映的一部美国电影，根据作家詹姆斯·琼斯的同名小说改编。

② *The Great Gatsby*，一九四九年上映的一部美国电影，根据作家 F.S. 菲茨杰拉德的同名小说改编。

③ *Shane*，一九五三年上映的一部美国电影。

④ *High Noon*，一九五二年上映的一部美国电影。

“好吧，听我说，你看过的最好的美国电影是哪一部？”

“最好的一部？我不知道，也许是《公民——”

“对的，《公民凯恩》[①]。你能想象它的原著是怎样一部作品吗？一部三流小说。一部不伦不类的、庸俗煽情的小说，作者是水平差劲的哈罗德·罗宾斯[②]，内容是关于威廉·伦道夫·赫斯特[③]的生平。懂我的意思了吗？”

她咬了咬嘴唇，缓缓地点了点头，那天晚上头一次，在她的脸上闪现出钦佩的光芒。

“这个道理欧洲人早就知道了。”他急匆匆地说。“电影就是电影——尽管我必须承认有几个你欣赏的欧洲电影人最近把电影的概念弄得面目全非了：你的费里尼[④]，你的安东尼奥尼[⑤]，还有那个拍了《广岛之恋》[⑥]的管他叫什么名字来着的华而不实的傻瓜，以及你那——你那神圣不可侵犯的英格玛·伯格曼[⑦]。”

她不再紧咬嘴唇，她的眼睛眯了起来，准备好再次与他争论。“伯格曼哪里惹着你啦？”

“一部分原因就因为——他是神圣不可侵犯的。任何一个组

---

① *Citizen Kane*，一九四一年上映的一部美国电影。

② Harold Robbins（1916—1997），美国著名畅销书作者。

③ William Randolph Hearst（1863—1951），美国报业大王，赫斯特国际集团的创始人。

④ Federico Fellini（1920—1993），意大利电影大师。

⑤ Michelangelo Antonioni（1912—2007），意大利电影大师。

⑥ *Hiroshima, Mon Amour*，法国电影大师阿仑·雷乃拍摄于一九五九年的代表作，改变自法国作家玛格丽特·杜拉斯的同名小说。

⑦ Ingmar Bergman（1918—2007），瑞典电影大师。

约影评人胆敢去挑他的刺，说对他的评价过高了，都会被当场解雇的。但其实，他身上的主要缺点比这更糟。”

“那是什么？”

“他没有一丝一毫的幽默感。你想想吧，这个男人毫无幽默感。”

她想了一想，摸了摸他的胸膛，然后承认她觉得他说得没错。

但他们之间第一次真正的吵架却与电影没有任何关系。那是发生在对古巴的军事入侵失败后不久，该次入侵很快就以“猪湾事件[①]”这个名字被各大媒体纷纷报道。

“你现在对你那个神奇男孩[②]怎么看呢，宝贝？”他问道，一边走进了公寓里，给自己倒了一杯酒，坐下来细细品尝。

“是他的军事顾问出的馊主意。”她穿得整整齐齐，双手交叉在胸前走在地毯上。“不是他本人的错。”

“那你认为是谁**下命令**让那些脏兮兮的可怜的混蛋去那里然后被人家打得落花流水的呢？嗯？事后还要**撒谎**！在全世界面前愚弄阿德莱·史蒂文森[③]。这是最无能、最傲慢、最懦弱的——”

---

① 猪湾事件，又名吉隆滩之战，是指一九六一年四月在美国中情局的协助下流亡美国的古巴人在古巴西南海岸猪湾发起的一次对古巴革命政府的军事入侵，该次入侵被古巴政府迅速击退，以失败告终。

② 指美国总统约翰·肯尼迪，猪湾事件直接导致了刚刚上台九十天的肯尼迪政府大失信誉。

③ Adlai Stevenson II（1900—1965），美国著名政治家，以雄辩的口才著称，他曾参与一九六〇年的民主党总统候选人竞选，但被议员约翰·肯尼迪击败。

“听着，约翰，如果你想冲着我大喊大叫胡言乱语，那我没有必要……”

“谁在大喊大叫胡言乱语啦？我在谈政治，仅此而已。”

“不，你不是。你以为自己在谈政治，但其实不是。你知道你为什么讨厌肯尼迪吗？因为他是个高个子。”

“啊，得了吧。”

“但这是事实。他高大、英俊，还是个战斗英雄，他有一个美丽的妻子，还有‘风流王子’的美誉，这一切都是你没有的，所以你受不了他。你真是个小心眼。我觉得我不想让你今晚留宿在这里。”

她气得直想往他的裤裆那里踢上一脚，但他展开一张表示和解的孩子般的笑容，一边搅动着杯子里的冰块。“我可以喝完这杯酒吗？”

“我希望你别喝了。你看上去就像已经喝了一天的酒。趁你还没有大出洋相，你干吗不站起来开路呢？”

他走到门口时心里想着是否该问她“可以给你打电话吗？”，但随即想到如果这么问她会脱口而出“没这个必要了”。于是，他俏皮地把那件雨衣甩在肩头，说道：“好吧，在漫画栏再见了。”乘在电梯里，他想到“在漫画栏再见了”这句话是三十年代的人们习惯的告别用语，她也许从来也没有听说过。如果她听清楚了他的这句话，她一定会以为这是醉鬼的胡诌呢。

他走进的第一家酒吧非常嘈杂，是一家爱尔兰酒吧。店里不仅装饰着三叶草[①]、写着“ERIN GO BRAGH[②]”的绿纸板，而且还挂着一张装在相框里的肯尼迪总统的半身像，相片里的肯尼迪看上去确实很高。在六年或八年前，这里挂着的很可能是参议员约瑟夫·麦卡锡的照片。他喝了几杯快酒后就离开了，然后又找了一家用深色皮革和黑玻璃装潢的黑暗酒廊，而且这里没有令人头疼的政治色彩，唯一的声响就是沉重的酒杯的叮当声和点唱机里发出的低沉的背景音乐。他究竟该做什么呢？给她打电话是想也不要想的，就算可以他现在已经灌了那么多老酒在肚子里，只会把事情搞得更加不可收拾。

“我失去了我的宝贝儿。”他对着酒杯嘟哝道。要不是这种酒吧会把哭哭啼啼的醉鬼赶出去，他或许真的会哭出来。他得做点计划。

他决定两周内不给她打电话——算了，还是一周内吧。然后，假使她依然对他表示欢迎，他就会带着令任何姑娘都难以抗拒的微笑以及忐忑不安的心情和清醒严肃的神情来到她的门口。等她请他喝酒时，他就说“不，谢谢，现在还不需要”。如果运气好的话，他可以重新拥她入怀。

有趣的是这个礼拜似乎过得很快。办公室里的日子最难过——每次听到电话铃响他都会以为是帕梅拉打来的——不过还能忍受，在家里也一样。在去参加聚会的夜晚，他不去酒吧而去影院，或者是在去酒吧之前先去影院，他尽量除了啤酒之外什么

① 爱尔兰的国花。
② 盖尔语，意思是“爱尔兰万岁”。

酒都不碰。在那周的最后一天，他已经焦躁得像热锅上的蚂蚁：在电话亭里，他连着把两只角子掉在了地上，第三次才终于把一只角子塞进了投币孔里，然后用哆嗦的手指拨号。

“哦，”她说。

“听我说，我可以——我今晚上你那儿去可以吗？”

“呃，当然可以。无论啥时候你想来就来好了。我的意思是——你知道——在你有空的时候。”

于是他去了，手里还捧了一束玫瑰，引得她哈哈笑。

“你怎么这么长时间没有打电话呀？”

“我以为你还在生我的气。”

“那是上个礼拜的事了。”

他没有问她这个礼拜是否和某个男人“见过面”或“约过会”，等到他们上了床，这个问题也显得没有必要了。

在过了不多的几个夜晚后，有天晚上他七零八碎地讲起了自己的经历，他告诉了她发生在贝尔维尤的事情。他想尽量说得轻松简略，但她不让，她逼着他说出了越来越多的细节。她坐了起来，靠在枕头上，一根接一根地抽烟，等到他结结巴巴地讲完，她说道：“上帝啊，你想过没有，你的这段经历可以拍一部很出色的电影呢。”

他没有想过，直到他起床喝了两杯冰啤酒之后，他才开始想。“我不这么看，”他说，“拍出来会像是《纽约邮报》上曝光某家市级精神健康卫生中心里的可怕现状。”

“不，不会的，”她坚持说，“如果拍好了，不会拍成那样的；

完全不会拍成那种样子的。你设想一下电影里的氛围、人物，还有情境。它可以拍成——好吧，我知道这么说有点陈词滥调，但我还是要说，它可以拍成像是一个微观的世界。而且，你可能是把发生在精神病院里的事记得那么清楚的为数极少的病人之一，因为在你整个住院过程中，你都是完全清醒的。你知道吗，约翰？仅从你讲述的方式来看，我就能打赌你其实一直在将这整个的经历转换为电影里的镜头。甚至是你还**住在**那家医院里的时候。”

“呃，我不知道。好吧，现在想想估计我确实是这样的，从某种角度来说。”

“你当然是的。把这件事情搬上银幕是绝对自然的事。你从来没想过你也许是能够把这个拍好的唯一一个美国人吗？”

“你啥意思呀，把这个‘拍’好？我没钱，也没有才能。”

“但你说过你很想成为一个募集投资雇用演员的制片人。那不是你的真心话吗？”

“呃，当然啰，宝贝。但我们还是现实一点吧。毕竟，我只是一个普普通通的推销员，我要养家糊口，我还要——”

“约翰，我不会让你仅仅因为今晚上你觉得自己又傻又平庸，就把这么美好的一个想法白白放弃掉。你就安安静静地喝你的啤酒，让我来为你设想一下。”

很快，她的大胆计划就新鲜出炉了：也许有可能，她说，以极低的成本拍出这部电影。首先，剧本完全没问题。马洛学院有一个极有才华的作家叫杰瑞——杰瑞·波特的，还在上大学时他就把他写的一个故事卖给了《大西洋月刊》，不过后来他决定投身“电影”这一行，写出了几部极佳的电影剧本，其中有一部还进入了竞卖，差一点被一个有名的制片人买下。她今晚就给那人打电话——她肯定他会感兴趣的——如果约翰可以安排一下和他会面，那么他们很快就可以着手进行剧本创作了。而杰瑞又有一个名叫朱利安·菲尔德的朋友，他也是马洛毕业的，比杰瑞年长三四岁，他是个电影导演，“是个擅用摄影机的魔术师”。朱利安曾在法国待了一个夏季，专门跟特吕弗①学习导演艺术，他曾在好莱坞做过二线的演职人员，在南部拍过一些反映人权的纪录片，不过最后她听说他又回到了纽约，手头还没有任何工作。杰瑞和朱利安都是有钱人——都出自堪称豪门的家庭——甚至可能出资投拍这部电影，至少会愿意以极低廉的报酬参与这项工作。她认识的另一个马洛毕业的小伙子也会愿意的，他是个画家、舞台设计师，他可以做电影置景，还有大部分演员，都会愿意的。上帝啊，在马洛读过书的优秀演员的数量之多简直能超乎他的想象。

“等一下，甜心。你不能让一帮马洛毕业的小白脸来演贝尔维尤医院里的那些人物呀。那些黑人和波多黎各人怎么弄法呢？”

“我已经想过这个问题了。朱利安可以把这些人召齐，他的人脉很广。”

“你的意思是说他的好朋友中有些是黑人和波多黎各人。”

---

① François Truffaut（1932—1984），法国电影大师。

但她似乎根本没听见他说的，她已经迅速地得出了一定会马到成功的结论：剧本、选角、试镜能在仲夏前全部结束，然后大队人马就开拔去马洛，在那里的某个大库房里完成实际的电影拍摄。想想他们能节省下多少钱啊！当然，他们必须事先得到院长的同意，不过，这种事恰恰是沃尔科特院长最乐意干的：在大学校园里拍一部实验性的先锋影片。

“现在几点？”她问，“噢，好啊，时间还早。我现在就给杰瑞打电话。”

杰瑞·波特是个瘦弱的小伙子，有一张紧张兮兮的娃娃脸，蓄着八字胡，喝啤酒时会沾上啤酒沫。还有，他确实很有兴趣。怀尔德在五六个礼拜里定期和他见面，告诉他自己记忆里的关于贝尔维尤的一切——关于那个地方的外形、声音和气氛，关于查理、斯皮瓦克以及其他所有人。杰瑞皱着眉头，洗耳恭听，记笔记，问问题。等到剧本渐渐成形，他把怀尔德介绍给了导演朱利安·菲尔德。

“我知道你们准备在这里拍一部很好的小成本电影，怀尔德先生。”朱利安说，“我很愿意和你们合作。”跟帕梅拉保证过的一模一样。他是个矮胖子，看上去表情很丰富，穿着一件工作衬衫，大部分纽扣都敞开着，仿佛是在向人们表明：在他的身上从鼻孔到脚踝全部都是黑皮。他住在东村的一个阁楼里，那里很快就成为了选角和试镜的场地。

“是不是很棒啊？”帕梅拉问，“一切都很顺利吧？”

“有电话进来找我，叫他们都等着，亲爱的。”乔治·泰勒说。“现在可以了。我有什么可以帮你的，约翰？”

“帮个忙吧。听着，我知道我的假期设定在七月，到时候我会去度假的，但我想在八月底再多休两个礼拜。我想让你为我虚设一次商务旅行。”

泰勒脸上的热情一下子瘪掉了。他审视着怀尔德，就像以前从不认识这个人。“虚设一次商务旅行？”

“见你的鬼，乔治，你知道我早就超额完成了指标。我没有必要告诉你在过去的数年里我为这家杂志社挣了多少钱吧。事情是——事情是这样的，我有了一个女朋友。”

原来是这么回事。她长得好看吗？她多大了？他是怎么认识她的？最后，他终于进入了正题。“那好吧，我们来想想办法。在八月份休息几个礼拜？在你知我知、天知地知的情况下，我估计这件事还是——你知道，有可行性的。”

他一直担心那个真正的假期，那个去“乡下”的假期，直到詹妮丝宣称只有每周四或五个晚上开车回城参加聚会对他来说才算是合理的。假期最后一天的下午，和詹妮丝一起坐在浮台上，他用尽可能随意的口吻对她撒谎说八月份他要去出差。

“整整两个礼拜在波士顿？”她问道，“他以前从没派你去波士顿待那么长时间的。”

“不是他派我去的，詹妮丝。这是我们俩一起商量下来的结果。实际上这主要是我的意思。我们和东北酒厂的合同有许多麻烦，你知道……”他一边说，一边低头看着詹妮丝伸展在湿漉漉的浮台上的粗壮的大腿，然后又把目光转向她的泳衣的上半部分。当时他怎么会这么年幼无知地相信这个女人就是为他而生的？就是注定要做他的终身伴侣的？

“嘿，看我呀，妈妈，”汤米喊着，“看这个。”他走过浮台（他瘦得皮包骨，但人不矮，而且仍在发育中；至少他不会像他爸爸那样是个小侏儒），在跳台上笨拙地跳了三四下，然后飞向空中，最后趴手趴脚地掉进水里，溅起一大片水花。

“好极了，亲爱的。”等到他湿答答的脑袋再次露出来，詹妮丝喊道。怀尔德说：“漂亮极了，汤姆。”

“……那边的管理层换了人，”他继续说，“他们很有可能会抛弃麦凯布-德里克森，转而和另一家新成立的小型代理公司合作，要是那样的话他们也极有可能抛弃掉《美国科学家》杂志。第一个礼拜只是酒厂会议，我会按照惯例和每个与会者打声招呼，但第二个礼拜才是关键：在那个礼拜里我必须竭尽所能说服东北酒厂不要更换代理商，或者，即便他们决定更换，也不要中止和《美国科学家》的广告合同。”

“我恐怕听不懂你的意思，我从来也没有真正理解过你的工作。”

“那好，我说得简单一点，如果他们放弃了杂志，就意味着我的个人收入将每年损失超过六千美元。”

“每年六千美元？”

这个她能理解，非常理解，在一阵漫长、恭敬的沉默后，她提出了唯一一条忠告：你会照顾好自己的，对吗？你会尽量去参加聚会的，对吗？

“哦，见鬼，我会的。波士顿的匿名戒酒者协会可能跟这里一样多。你不用为我担心。”

“你看出来了吧，这里看上去不太像一所大学，”帕梅拉说，“更像是新英格兰的古老农村什么的。你想想看，这里可是全美国最贵的一所大学哦，你觉得奇怪吗？我父亲曾问过这里怎么看起来这么破破烂烂的，他们回答说那是因为大部分的钞票都付给了这里的教职员——教职员的收入高得不得了。”

“噢。”

“那边是教学楼和宿舍。”当他在两排白色墙板的建筑物之间停车时，她说道。“后面的建筑要比这里漂亮一点，那里是食堂，还有——等等！停！那是彼得！”她从轿车里跳了出去，跑过去拥抱一个瘦骨嶙峋的小伙子。那人穿着一条褪了色的李维斯牌牛仔裤，留着新长出来的胡须。在她给他们俩做介绍的时候，那人下意识地摸着胡子。

“……彼得是我跟你讲过的那位杰出的设计师。这位是约翰·怀尔德。”

怀尔德以为他会伸出一只软绵绵的手来给他握，同时说句“嘿，伙计”，或者是乜斜着眼看着他旁边的轿车，嘴里嗫嚅着“好漂亮的车”——他看上去就像那种小伙子——但他不是。他用力地和怀尔德握手，并说道“幸会，先生”，就像怀尔德那一代年轻人所受的教育一样。

“其他人在哪里？”帕梅拉问。“人都到齐了吗？杰瑞和朱利安到了吗？”

“他们全都在P库房，帕米[1]。我可以搭车吗？”

“P库房就是皮博迪棚，你知道。”当小伙子害羞地挤进前座时，她解释道。“C库房就是卡尔顿棚，我们的布景就设置在那里，对吗，彼得？L库房就是——”

“这里的学生全都在库房里上课吗？”

“别说傻话了。我刚才指给你看过教学楼和宿舍。库房只是用来——嗯，搞活动的。”

杰瑞和朱利安坐在P库房的双开门的大门口，看上去就像是在等着别人给他们拍照，然后拿去登在某本国家杂志的电影新闻栏上。不过，怀尔德的车子刚停好，他们就飞快地站了起来。

“进去吧，”朱利安说。他们首先带帕梅拉和怀尔德去了一个看上去像是原始的小礼拜堂的地方，它是用木材搭起来的。大部分的空间都在一片阴暗中，但从顶上的小窗里射进来的斑驳阳光在地上投下了一个个金色的方块。大麻的气味悬浮在空气中，伴随着一股更浓更庄重的古木香味，怀尔德在那里发了一会愣才适应了眼前的昏暗，才看见在墙边的铺盖、背包上坐着一簇人。他认出了几个演员，在朱利安的阁楼上见过，他估计他不认识的那几位是摄影师和技术人员。

“好啊，”雇来扮演查理的大个子黑人说道，“我们的主角来

---

① 帕梅拉的昵称。

啦。”另外几个人有礼貌地轻声和他打了个招呼。“嗨，怀尔德先生。嗨，你好呀，亨德里克斯小姐……”

有人递给怀尔德一只泡沫塑料杯，杯里盛着红酒。他说道：“谢谢，太好了，不过，等一下——我车子里有更好的东西呢。”

在室外的夕阳下，在参天古树的深沉的沙沙声中，他发觉自己在止不住地哆嗦。他从车子里拿出威士忌，但在走到距离大门还有几英尺距离的地方停下了脚步，因为他需要平复一下激动的心情，需要让颤抖的膝盖坚强起来，需要让剧烈的心跳慢下来。多年以来他都不记得什么叫自由了，而现在他再次领略了自由的滋味。他站在全美国最贵的一所大学的草坪上，他就要回到他最爱的那个姑娘的身边，回到一屋子称他为“主角”的朋友们的身边。无论对他的大脑还是心灵，眼前的一切要他一下子都消化了实在有点强人所难。

“太棒了！”有人在赞美威士忌。另一个人说：“问题是我们没有冰块啊。”

“谁需要冰块了？”

“在食堂的小吃吧里有冰块的，”帕梅拉说。

“食堂已经关门了，帕米。餐厅也关了。”

“那我们上哪儿去吃饭呢？”

“只有去校外的脏艾德餐厅了，我想，或者破费一记去老殖民地餐厅。”

她看上去有些垂头丧气，但仅仅持续了一小会儿。“行了，我们现在还不用为此担心。这会没人觉得饿了。听着，朱利安，你今天已经完成所有的试镜了吧？明天可以开拍了吗？”

“可以。”

“那好，我想现在也许是最后温习一遍剧本的最佳时间了。”她走到房间的中央，对所有人说道。怀尔德从她那条紧身的白裤子里看出了某种咄咄逼人的东西。刹那间，她仿佛成了一个颐指气使的阔小姐，在指挥一帮穷孩子玩一场游戏。他爱上了她，但有时候他发现她身上也有不那么可爱的地方。“杰瑞可以读一读摄影指导，”她说，“演员们可以读一下自己表演的部分。这样我们大家都能——”

至少有三个人发出了抱怨，而其他人脸上的表情也显示出他们认为这是个很糟糕的主张。

“不，”怀尔德说，“得了，帕梅拉，大家伙已经干了一天的活。”

她那双亮晶晶的眼睛朝他看过去。“那好，那我们至少可以开个会吧？”

“你啥意思，开个会？”

“去拿几张椅子，”她说，“大家坐下来，由朱利安主持会议，大家展开讨论。那样的话，要是随便哪个人还有什么问题的话，我们可以现在把它解决掉。我的意思是这是我们最后的机会——我们明天就要开拍了。”

也许是因为她看上去那么孤立无援，也许是因为她是这里的唯一一位女性，大家全都顺从了她。打开电灯，从库房的某个角落里拖出几把折叠椅，围成不整齐的半个圆圈，这样就算准备好了会场。

“好了，”朱利安说，“有任何人有任何问题吗？”

没人接茬，这引起了一阵尴尬的笑声。最后，那个扮演查理的人站了起来。“在我演的这个角色身上一直有什么东西困扰着我，”他说，“我到现在才终于琢磨出那是什么。查理是整部电影里唯一一个——唯一一个会说白人所谓的‘标准英语’的黑人，除了那个同性恋小孩以外。其他的所有黑人都使用刻板而朴素的黑人英语，我对此表示反对。这里存在着种族问题。”

朱利安看着杰瑞，等待他做出答复。杰瑞看上去一头雾水。“呃，克雷，”他说，一边眨了下眼睛，一边用紧张的手指把前额上的头发捋到耳朵后面。“我觉得现实中的查理就应该像你那样说话的。”

“狗-屁。听着，伙计，我是一个演员。这是我的职业。为了当演员，我必须去学校里学标准英语。我曾经和白人演员一起演过《奥赛罗》，为了演那出戏，他们不得不去学习英式发音，道理是一样的。问题不在这里。问题是，这个三头六臂的查理是一名护士。他是在哪里学会标准英语的，为了什么目的？这该怎么解释呢？”

“好吧，”杰瑞说，“也许怀尔德先生能够帮助我们解决这个问题。”

怀尔德吓了一跳。库房里的每一个黑人都在看着他。“首先，克雷——我恐怕不记得你的姓了——”

“哦，你恐怕呀？好吧，我恐怕不记得你的名了，怀尔德先生。”

“约翰。”

“布拉多克。”

“首先，布拉多克先生，我不同意查理说的是标准英语。他说的是中等英语，或者更确切地说是中等美语，就是电话接线员和无线电广播员说的那种。他当然只是一名护士，但他长年累月每一天都管着那里的每一个精神病人，也许他觉得那是——你知道——保持权威的最佳方式，所以才养成了那样说话的习惯。你觉得我这么说讲得通吗？”

“算是吧，”克雷·布拉多克说，“是的，还算讲得通。”

当话题转到别处去了的时候，帕梅拉搂住了怀尔德的胳膊——他觉得她有点太用力了——在他耳边嗫嚅道：“太棒了。你知道你刚刚干了什么吗？你实际上是拯救了整部电影。”

“我没有问题，”扮演斯皮瓦克的演员说，在剧本里这个角色的名字叫克林格。“没有任何问题。我非常喜欢我演的这个角色，我就想利用这个机会对你表示感谢，怀尔德先生。在纽约时一直没有合适的机会对你表示感谢。这是个极其微妙的角色，我觉得这个角色堪称完美。”他一身雪白，就像准备好要打网球一样——白衬衫，白短裤，白袜子，白球鞋。“我的意思不仅指角色本身，尽管在这方面当然也是的，而且指我的个人感觉。我已经看了三年的心理医生，你知道，严重的心理问题，我简直无法想象有比扮演这个角色更让我感到酣畅淋漓的了。克林格也许能成为我的突破口：这个刻薄、嘲讽、极端利己的人物，他甚至厌恶‘心理医生’这个词——哦，顺便说句，电影里没有交代他为什么会住进精神病院，我觉得这是很了不起的一点——以及对姐姐的乱伦之恋的微妙暗示，这一切都太完美了。完美。”

“呃，那很好。”怀尔德说，但眼睛没有看着他。“但我想你应该感谢的是杰瑞。”

“哦，我感谢他，我感谢他——他把这个角色写得那么美，雇用我的也是他。不过，我对你也是满心感激，因为是你构思了这个角色。哦，你看上去有点尴尬。我使你觉得难堪了吗？”

“我宣布现在休会，”朱利安说。随即响起一片搬动椅子的乒乒乓乓。

怀尔德在阴暗处找到了一个角落，他和帕梅拉坐在那里喝着温热的威士忌，但没过多久朱利安就走了过来，后面还跟着杰瑞和彼得。

“你们想看看布景吗？”他问，“彼得为了它忙得屁股都着火了。我估计你们愿意去看一下的。”

他们五个人，坐在两辆车里，穿过黑暗的校园，向C库房驶去。走进C库房后，朱利安打开了许多电灯。一开始，怀尔德看见的只是用未涂油漆的墙板搭建起来的一座迷宫，不过朱利安领着他们迅速地走进了第一个开口。“你们从这里进来，就会看到我们做了些什么，或者说想要做些什么。我们拍的是黑白片，当然，所以色彩可以忽略不计。这里是你的走廊。我知道你肯定会说它太短了，但不用担心。如果你把摄影机用得得法，一条三十英尺的走廊可以看上去像六十英尺。床铺也一样。我们只做了八张床铺，但我可以造出五六倍之多的幻景。床铺是彼得从北部地区一座废弃的智障儿童之家搬来的，然后他在上面装好了铰链，之后又去废金属处理场找来了铁链条和金属格栅。你们看。”他把两张床推向墙壁，扣上链条，在前面拉上一道格栅围栏。“样子像吗？声音对吗？”

“很好，很好。”

“这里是软壁病室。这个软壁是彼得的又一项杰作，是他从这所大学的健身房里借来的。看上去可以吗？”

“可以啊。”但帕梅拉和彼得不在那儿，怀尔德开始琢磨这两人会去了哪儿。

“这里是你的一扇窗户。你站在这儿，我过去打灯光，然后你告诉我灯光是否合适。”

很合适。这不是一个灰色的清晨，就是一个灰色的傍晚。

“……还有你的饭堂，你只要从这里走过去……”

“很好，”他赞不绝口。“这些长板凳你是从哪里弄来的？”

“彼得从图书馆借来的。这里是你的前门，这是警察坐的凳子，这里是查理的那间‘非请莫入’的小房间的门……”

所有的一切都很合适，但问题是帕梅拉在哪里？

“……哦，还有这里，”朱利安说。“从这边过来。这里是你的‘手淫之都’。”

这是那个该死的角落的完美复制品，他们俩就在那儿呢，帕梅拉和彼得。他们叉着双腿坐在一张脏兮兮的垫子上，合抽着一根大麻烟。

"你搞什么呢？"他问她。"你不想去看看布景吗？"

"我太累了。"她说。"况且，我也没有必要看——我知道彼得会把一切都弄得完美无比。"

"是的，好吧，你说得没错。他确实做得很完美。"

"再说我饿死了。我们现在去吃晚饭好吗？"

怀尔德感觉开了好几英里，这才来到了一家饭店。那里的服务员穿着革命年代[①]的那种紧身灯笼裤和白色的长筒袜，端出来一盘盘又硬又贵的牛排。

"……哦，嘿，帕米，"杰瑞说，尽管嘴里塞满了食物。"我忘记告诉你了，你猜谁在学校里？"

"谁？"

"上帝。"

"不会吧！"

"真的。老上帝，圣父大人本尊在此。这个夏天去了英格兰，但觉得无聊，就提前回来了。他躲在他的那间旧书房里。我对他说了拍电影的事，他说他愿意会会约翰和其他人。还说他特别想再见到你。"

"他真这么说了？哦，我太想见他了。你觉得现在去太晚了一点吗？"

"我觉得他不会介意的。我先给他打个电话吧。"

怀尔德终于吞下了那块筋筋拉拉的牛排，觉得自己差点没被

---

① 指美国独立革命。

噎死。“有谁能跟我解释一下这是怎么回事吗？看在上帝的分上，这个‘上帝’是何方神圣？”

“哦，他是个最最了不起，最最了不起的人。”帕梅拉解释说。“他也许是我认识的人中最冷静、最博学、最英俊的一个。他是个哲学教授，名字叫内森·爱泼斯坦。他是个鳏夫，年纪大概在——我不清楚，是六十吗？我们过去叫他‘上帝’或‘圣父’，因为我们都非常仰慕他。到时候你会明白的。”

“他知道你们叫他‘上帝’吗？”

“哦，当然不知道，要是知道了他会尴尬死的。那只是我们这些乳臭未干的大学生干的傻事。”

“你别对此太过自信了，帕米，”彼得说。“不是只有我们班才叫他‘上帝’的。我估计他刚来这里时学生们就给他起了这个雅号——那是在十到十二年前。”

杰瑞打完电话回来了，告诉大家说爱泼斯坦先生期待在半小时后和大家见面。

他的家在校园外围，很小的一幢房子，典型的孤独学者的隐修地。他给他们开了门，他也是个矮小的人，跟怀尔德个头差不多。他一头厚实的白发乱蓬蓬的，穿了一件又旧又破的毛衣，感觉像随时会从身上掉下来，不过他的面孔看上去确实聪明，就像广告画画师笔下的高级法院大法官。

“帕梅拉！”他说着张开怀抱搂住了她，而她则融化在了他的怀抱里。“我的尼采小学者。我告诉过你们吗，”他的目光越过她的肩膀看着大家，“这位年轻的女士曾写过一篇关于尼采的论文，是我读过的里面写得最好的一篇？杰瑞，朱利安，彼得”——他在搂住帕梅拉的同时还能和大家一一握手——“你们都来了，真太好了。您是威尔德先生，对吗？还是叫怀尔德？”

“怀尔德。很高兴认识您，爱泼斯坦先生。”

到这时他才终于放开了帕梅拉，而她则显得不愿意离开他的怀抱。“我听到了许多关于你的电影项目，我必须说听上去都很神奇。你们都跟我到隔壁房间里去好吗？我们可以在那里喝喝咖啡和白兰地。”

隔壁房间是他的藏书室，或者叫书房。四面墙壁全部塞满书本——甚至比詹妮丝的藏书都多，也比詹妮丝的藏书给人更深刻的印象，因为只有一小部分书有着光鲜亮丽的封面，其余的全都又旧又暗。房间里还有一张书桌，桌面上放着许多手稿和一台便携式打字机，以及一只放着许多用旧了的烟斗的搁架（不像保尔·博格，爱泼斯坦先生知道如何抽烟斗）。房间里的椅子很多，足够让大家全部坐下，而他自己则忙着去拿白兰地和酒杯。像这样的房间，像这样的人，总是让怀尔德对自己的大学退学重生出一种痛苦和失落。

“好吧，杰瑞，”爱泼斯坦说道，“我知道写电影剧本对你是一种挑战，但我真的希望你能尽快回到小说创作的老本行。那篇登在《大西洋月刊》上的短篇真的是一篇杰作。至于彼得呢，我不得不说我对你感到有点失望，你在这里搞什么电影布景，你应该从事的是绘画事业。乔·巴雷特告诉我——算了，不管他对我说过些什么了，反正你自己肯定知道，你是一个才华横溢的画家。”

“我会回到画画这个行当的，爱泼斯坦先生，它跑不了。我只是被这部电影迷住了。是朱利安说服了我参与进来的。”

“是的，呃，我估计我们的好朋友朱利安能够说服任何人做任何事。还有你，先生，”他提着白兰地酒瓶走到怀尔德身旁。“你愿意跟我介绍一下你的——你的这部电影吗？我知道这部电影的背景是一家公立的精神病院。贝尔维尤，对吗？”

“对的。我手头上有大量的素材，你知道，而且我向来喜欢看电影。贝尔维尤的素材似乎很适合拍一部实验性的先锋电影，仅此而已。”

“嗯，那你是个心理学家啰，怀尔德先生？”

直到这时，他才明白了其实爱泼斯坦并不知道真相。这帮孩子们没有告诉他，话说回来，他们干吗要告诉他呢？有什么必要说呢？但是，几乎在他意识到之前，他自己说出了真相：“不是。实际上，我是曾在贝尔维尤住院的一个病人。”

“哎？”

“哎，只住了一个礼拜。”他飞快地说。“而且，只是因为那是在劳动节的周末，可我——”他被自己的声音吓了一跳，他搞不懂自己为什么不说我是一个社工或者是医院里的管理人员。这帮孩子们会在乎这个吗？他为什么要直言不讳呢？他这么说是因为想让爱泼斯坦觉得他是一个很风趣的人吗？可是，承认自己曾是个精神病人有什么“风趣”可言呢？“——总之，我被关在了那里。”他总结道。他不知道帕梅拉和其他人是否会因为他的话感到尴尬。

“我的天，”爱泼斯坦说，“那你现在是想把这段不幸的遭遇转化为一件艺术品啰？我觉得这非常——有趣。”接着，他从搁架上抽出一只烟斗，一边往里面塞烟丝，一边说：“朱利安？我可以顺便过去看看你们拍电影吗？”

“当然。你能来是我们的荣幸，爱泼斯坦先生。我还要给你一套复印的剧本。”

爱泼斯坦说这太好了，在接下来的半个小时里，他抽着烟斗，摆弄着烟斗，炫耀着烟斗。他们的谈话已经完全把怀尔德排除在外了，全都是对往昔的回忆——老教授和他最喜欢的四个学生嘻嘻哈哈地聊着过去的幸福时光，直到会面结束，大家都起身告别，走向门口。

“呃，怀尔德先生，”他送他们到门口，说道，“如果你想拍一部好电影，我觉得你来对了地方。马洛有一种很罕见的特质——哦，有刺激，有活力——我第一次来这里就发现了，于是就决定这辈子再也不到别的地方去教书了。这里有一种浓郁的充满了创意的氛围，我没法用恰当的语言来对你形容或解释。我的意思并不是说这是个神话王国，但马洛确实有一种魔力——”他在这里停顿了一下，发出一声表示谦虚的笑声。“哦，我知道如果我对纽约朋友这么说，他们会说‘所谓魔力就是装神弄鬼’，但即便如此，我仍觉得这是真的。”

在回宿舍的路上，他让帕梅拉一个人唱独角戏（“他是不是很了不起呀？……”），而自己则咬紧牙关默默地开车，因为他迫切地需要喝一杯。门一关上他就给自己倒了一大杯酒，甚至在帕梅拉还没有挂好衣服准备洗澡的时候，他已经喝得微醺了。他想问，在他告诉爱泼斯坦自己是个精神病人时，她是否觉得尴尬。他想探讨一下这种想让别人知道自己身上的污点的奇怪的强迫症——自己的弱点、丑陋和“风趣”交织在一起的那种混乱——但他不知道该如何开口。他酒喝得越多，脑子里的这个想法也就越混乱，最后完全被一种不理智的、病态的嫉妒感所取代了。

“你今晚不上床了吗？”她裹在被子里嚷道。

“过会儿就来。”此时他已经脱得只剩下一条短裤，手里拿着酒杯在冰冷的地板上走来走去，一再回到桌子前倒老酒。“上床前我有几个问题要先弄明白。”他说，“你和彼得今晚在‘手淫之都’那里做了什么？”

“什么？约翰，我简直听不懂你——”

“不，你懂的。你和那个眼神像梦游一般的狗屁画家、狗屁设计师，你们俩在那里抽大麻、打情骂俏——你和他在过去总共操过多少次？啊？”

“我不要听你的胡说八道。”

“不，你必须听，甜心。还有那个杰瑞呢？他不是一个又贴心又敏感的青年作家吗？还有那个朱利安呢？你他妈的到底在想什么——你在利用这帮孩子来愚弄我吗？好吧，你也许可以利用这帮孩子来愚弄我，宝贝，但我看穿了你和那个老教授玩的鬼把戏。是的，是的，‘我的尼采小学者’。上帝，圣父，恬不知耻！这头肮脏的老色狼到底有多少次爬进了你的短裤？啊？啊？”

就在此时，他绊到了什么东西（一只垃圾桶？一只行李箱？），肩膀重重地撞到了冷酷的地板上。她赶紧起床，过去把他扶起来——这不是件容易的事，他们俩合力才办到了。然后，他们踉踉跄跄、颤颤巍巍地走到了床前。

“哦，约翰，”她说，“你是个讨厌的酒鬼，一个满嘴脏话的混蛋，一个跟疯子没啥区别的人，但我还是爱你。”

接下来他还能做什么呢——所有的怒气都已宣泄，所有的嫉妒都已消融——除了低声嗫嚅“哦，宝贝”，然后躺在她的怀抱里沉沉睡去以外，他还能做什么呢？

第五章

“……我不在乎！我不在乎！你们这帮白痴没法理解吗？我不在乎！我想让我父亲看见我现在这副样子！”

“行了，亨利。你别激动……”

“别叫我亨利，你这个愚蠢的黑鬼。叫我医生，不然我就敲断你身上每一根他妈的骨——”

“你不会敲断任何东西的，医生……”

“停！”朱利安说，“好的，待在原位别动。有什么问题吗，约翰？”

“其实也算不上什么问题，”怀尔德说，“我只是觉得护工应该对克林格更凶一点。他们不喜欢他，因为他老是制造麻烦。他管他们叫黑桃或黑皮，再加上他们上夜班都上得疲惫不堪了。在他们给他注射安定之前，我希望看到他们假戏真做地抓住他，冲着他怒吼，对他拳打脚踢。”

“哦，是的，”扮演克林格的演员说，“是的，你说得绝对正确。”

在第三天下午快要收工的时候，爱泼斯坦先生来探场了。怀尔德和帕梅拉站在布景外围，他蹑手蹑脚地向他们走去，并将一根食指放在嘴唇上。他看了一会演员们的表演，然后又将注意力转向摄影器材、音响设备、灯光和拖曳电缆及电线。在朱利安再次叫停后，他说："你们俩跟我出去一下好吗？"

他领着他们走到洒满阳光的绿茵上。"我看了剧本，觉得很精彩，"他说。"而且，我对朱利安的导演充满信心，我相信演员和技术人员都很出色。但我必须说，怀尔德先生——我当然不是要令你难堪的意思——我必须说，在整个剧组中你是最令我钦佩的一个。"他在这里停顿了一下，让穿过林间的午后的风来填满此刻的寂静。"承受了像这样的一种经历，尽管当时你肯定处在一种既悲惨又亢奋的状态，但你还是极其敏锐地观察了周围，然后不顾所有的耻辱把它重现出来，把它投入这个项目，在极端混乱的状态中找到了秩序——我觉得你太了不起了。"

没有一个人曾对怀尔德说过这样的话，这番话足以使他觉得喉咙哽咽、眼睛发酸。"谢谢你，先生，"他说。帕梅拉捏了一把他的胳膊，以此强调对他的赞赏。

"我不是告诉过你他是个不同凡响的人吗？"她对爱泼斯坦说道。

当爱泼斯坦告辞回家时，怀尔德想跟他一起走，他想陪他在那间温馨的书房里就秩序和混乱这个问题进行进一步的长谈，但帕梅拉却把他拉回了库房。等他们回到库房时，才发现当天的工作已经结束，摄制组里的大部分人都在轻松地喝着老酒，兴奋地聊着电影。

"……我觉得查理是一个像基督一样的人物。"一个年轻人说。"他无比的坚强，又无比的温柔，他真心想'拯救'这批人，而且他还——"

"不，不，不，"另一个人说，"克林格才是一个像基督一样的人物，被钉上了十字架的基督……"

"胡扯，"朱利安说，"从啥时候起每部电影里都必须有一个像基督一样的人物啦？这是一部反映疯人院的电影，我们必须坚持这一主题。如果有人想从中找出更多的意义，那让他们去疯人院——那是他们的问题。也许它也折射出了微观的社会——这么说我或许会相信——但我不会把这种意图强加给观众。看在基督的分上，就让故事本身来说明问题吧。"

"伙计，"克雷·布拉多克说，"你说得太妙了。"

而约翰·怀尔德——这个在整个剧组中最令人钦佩的一个人——则坐在那儿呷着威士忌，笑眯眯地看着大家，享受着眼前的一切。在混乱中找出秩序，哇哦，真绝了，这不正是他一辈子都在渴望的东西吗？

"……你父亲？你父亲也不相信你？"

"是这样的，他是从别的孩子的父亲嘴里听到消息的。他说：'拉尔夫，我希望你老老实实地告诉我在那块广告牌后面究竟发生了什么事。'于是我告诉了他，而他说'我听到的完全不是那回事，'我说'我发誓！我发誓！'他就坐在那儿看着我，好像我是某种——某种——我不知道该怎么说。自从那以后，自从那以后——”

“等等——对不起，朱利安。”

“停！怎么啦，约翰？”

“我只是觉得这个地方也许可以拍得再含糊一点。现在这样的拍法会让所有人都相信拉尔夫的话——这样就成了一个关于残忍和误解的可怜的故事，要这样拍当然也可以。但是如果我们拍得含糊一点，让观众们不知道该不该相信他的话呢？我不是想把拉尔夫拍成一个小骗子——反正不能这么直白——但我想把他拍成是一个非常复杂、麻烦不断的孩子。他以同样的讲法将这个事情讲了无数遍，这样也许就连他自己也搞不清他说的到底是真是假。我希望观众们通过这里的台词自己去揣摩真伪。我觉得在这一幕里我想要的是一点……怎么说来着，一点暧昧。有人能懂我的意思吗？”

朱利安懂了——“对的，约翰”——那个扮演拉尔夫的孩子经过苦苦思索后也懂了。他和那个黑人孩子是从音乐与美术高级中学里招来的，他们是整个剧组里最好的两个演员。他们把这段戏重新拍了一遍，这次完全达到了怀尔德所希望的那种效果。

“……伙计，我的意思是，这可真是一个作孽的故事。不过，嘿，听我说，我有了一个好主意。我们来玩一场游戏吧。我们来玩猜电影。你知道猜电影怎么玩吗，拉尔夫？……”

帕梅拉在声音干扰不到拍摄的外场等着他，她说：“哦，太完美了。”

“呃，我不知道什么叫‘完美’，但我想这样更好一点。”

“你的想法都很棒，”她说，“你真的有干这一行的天赋。”

“想出去走一走吗？”那是在电影拍摄到第六或第七天的一个温暖午后。他脑子里想的是要带她出去走一走，走过草坪，走到林地里，找一个气味宜人、青苔掩映的空地坐下来，好好地让她讲一讲自己的天赋。

“走一走？”她说。“哦，现在不想。这么精彩，我一分钟也不想错过。”

过了一会，朱利安吩咐暂停十分钟，这似乎给了怀尔德提出一个在他脑子里已想了好多天，现在已酝酿成熟的想法的最佳时机。

“听我说，”他说，“我知道你是怎么看基督的象征意义的，朱利安，但是斯皮瓦克，或者说克林格，是一个认为自己是基督再临的人物，也就是说他每隔一阵子都要表演一番。如果我们要拍这个人，我们为什么不把他这真实的一面拍出来呢？如果他喜欢表演，我们为什么不看看他的表演呢？”

“嗯，”朱利安说，“他会做什么呢？”此时每个人都竖起了耳朵。

“我不知道。他也许会声嘶力竭地吟诵登山宝训①，直到他们给他注射安定为止。也许他会——怎么说呢，想把自己钉上十字架。这样拍会更好一些，因为它更具视觉效果。找一个瘦长的小

① 指《圣经·马太福音》中耶稣在山上对教众们所说的话。

伙子，让他脱到只剩一条裹腰布什么的，让他爬上靠在墙边的长凳背上——你知道的——摆出一个被钉上十字架的造型，直到护工不得不过去把他拉下来。明白我想说的意思了吗？”

他们都在等朱利安先开口，而他则不慌不忙，皱着眉头。“我不知道，约翰，”他终于开口了。“这样也许太明显了一点。”

“哦，我一点也不这么认为。”那个扮演克林格的人说道。“如果我们拍得好，那一定很棒的。”

“实际上，”杰瑞说，“我在编剧本的时候也确实有过像这样的想法，问题是我想不出把它放在哪里好。”

“想象一下这个画面吧，”一个演员说，“观众们被封闭在精神病房的场景里，看见的除了丑陋与污秽外别无他物，然后在突然之间——哇哦！——冒出了一个经典的画——”

“多么讽刺！”另一个人说，“疯人院里的十字架。我觉得这太妙了，太妙了。”

朱利安来来回回踱了几步。“我不喜欢，”他说，“太老套了。”

“老套！”帕梅拉大声说，“哦，朱利安，你完全没看到关键所在。这是到目前为止大家想出来的主意中最漂亮的一个。这可以被视为是整部电影的意义所——”

“哈，意义个屁。对不起，帕米，我只是不这么认为而已，没别的意思。”

又有人粗着嗓门站出来反对他，议论结束后的结果将会是少数服从多数，朱利安会做出让步的。怀尔德悄悄地溜出了片场。他已经说出了自己的想法，他觉得自己没有必要再去为它声辩，此时他只想一个人待着，只想走到室外去。

他手上拿着一杯威士忌，但在抿了几口后又觉得不需要了。他小心翼翼地把酒杯放在库房边的草地上，然后散起步来。

他以前从没看见过如此美丽的乡村景色，但使他心跳加速的并不仅仅是一路的景色，还有在过去神奇的一周里他的自尊心极度膨胀，令人眩晕。爱泼斯坦说他是整个剧组里最令人钦佩的一个；朱利安不止一次听取了他的想法；帕梅拉说“哦，这太完美了”，还有“这是到目前为止大家想出来的主意中最漂亮的一个”——这一切充盈着他的大脑。他天生就是干这个的料，他就是要在混乱中找出秩序来的那个人，所有荒芜的往昔都只是一场错误。约翰·怀尔德终于找到了真正的自我——这是事实——他激动地重温了十一岁在怀恩堂做男高音独唱手时所体会到的那种骄傲与幸福。

荣-耀-归-于-主……

在混乱中找出秩序，在混乱中找出秩序。他兴奋无比地走在草地上，觉得自己一下子高大了许多。

脚底下的泥土软绵绵的，高高低低的土丘令他步履踉跄，但这种踉跄的步伐也使他获得了一种节奏感，直到一首短歌或者小曲开始在他的耳畔回旋起来。即使在他停下脚步用手抱住一株树干来恢复平衡时，他耳边的歌声也没有停歇：

你遇见一个人到中年的男人

他不喜欢也不理解自己的生活

当你看见他拥抱着大树
然后跪下来时
那将是……

他放开了大树——他的衣袖上沾染了一块树汁的斑点——又走了起来，此时他感觉有几百根细针在轻轻地刺着他的肉身。他的视觉也开始扭曲：黯淡的斑点在他眼前闪烁、跳舞，而那首打油诗也依然在回响，真实得就好像某人——爱泼斯坦？——在他耳边低语：

如果他想在混乱中找出秩序
如果他想在银幕里注入激情
如果他及时到我这里来说

“嗨，怀尔德先生。”马洛的一个小演员在他回片场的途中说。

“嗨。嘿，等等——等等。”

那孩子停下脚步，用奇怪的眼神久久地看着他。

“你能告诉我去爱泼斯坦先生家怎么走吗？”

“当然。你走的方向是对的。看见那条土路吗？那条路就通往他家——只有几百码的距离。你没事吧，怀尔德先生？你看上去——”

“我看上去怎么啦？”

“我不知道。”那孩子像个姑娘似的低下头去。“没什么特别的，我想。我只是——没什么。顺便说句，我觉得这是一部伟大的电影，怀尔德先生。真的很伟大。”

他走的方向是对的——无论是谁都能步行几百码的距离，哪怕他的膝盖软得像果冻——此时他耳畔的声音分明就是出自爱泼斯坦先生：

如果他及时到我这里来要——————毛

*那*将是……

他不想抬头看，因为他知道天空已经从湛蓝变成了橙红，他也不想回头看，因为帕梅拉和所有的小伙子都聚集在大树下激励他继续前行——继续往前，约翰；继续往前——于是他低头看自己行走中的双脚。就是这双脚，带着他走过了错误且虚伪的一年又一年，如今它们终于踏上了这条正确的土路——一条真实的道路，一条寻找自我的孤独而崇高的道路……

“你好，怀尔德先生。”爱泼斯坦打开他家那扇白色的门，说道。

他走进去，蹲靠在了门厅的墙上，几乎无法站立。他凝视着爱泼斯坦那张冷静又智慧的脸，爱泼斯坦也紧紧地看着他，目光中充满了鼓励，好像他已经为怀尔德的此次到访等待了数年。

继续，约翰，在他背后的年轻人说道。继续，说出来。

但他犹豫不决，无法开口。如果他说出大家都在明确地期待他说出来的那句话，一切也许都将结束。他将成为他自己，但他也可能会成为——

“怎么了，先生？”

然后他开口了：“老兄，你能借给我一毛钱吗？”

爱泼斯坦看上去一点都没有惊讶。“一毛钱？哦，当然，我很乐意帮助你。你进来好了，等我去——”

“不——不，谢谢，我就等在这里。”

爱泼斯坦去了书房，不一会儿又走了回来。“很薄但很亮的一只角子，”他说。在他把一毛钱递给怀尔德时，他直勾勾地看着怀尔德的眼睛，然后莞尔一笑，礼节性地伸出右手和他握手。

如果一毛钱并不是结束，那么握手将意味着真正的结束。怀尔德再次犹豫起来。继续，约翰，别犹豫了。

爱泼斯坦的微笑转变为一种迷惑的表情，但他的手还伸在那儿，怀尔德握了上去。

“你——你没事吧，对吗，怀尔德先生？”

“对的，我没事。”他终于和这个人握了手，此时应该响起一片表示嘉奖的掌声，所以在他的喉咙里发出了一声，至少一声，低沉的鸣响，如一只青铜大钟的钟声。

爱泼斯坦看上去一头雾水。“恐怕我不——要我给你倒一杯凉水吗？我们这里有很好很新鲜的矿泉水。”

“不，不要水，啥也不要。”他依然蹲靠在墙边无法动弹，直到握住那枚硬币的拳头里冒出汗来，这才把它放进了皱巴巴的夏裤的深口袋里。他在经受着考验，他还没有通过这场考验。一切还没有结束，必须经历更多的考验。“谢谢你，”他说。他的嘴巴干得几乎无法开口。“我很抱歉，如果我——”

他转身走向那条通往土路的短步道，感觉到爱泼斯坦在背后看着他的目光。

他小心翼翼地走上了那条来时的土路，一边紧紧地拽住那枚放在装零钱的口袋里的硬币。必须经历更多的考验，仿佛是为了证明这一点，就连天气都一下子发生了变化。天空迅速地变暗，他行走着，或者说踉跄着，然后一道迅疾的、明亮的闪电划过，一声翻滚的、霹雳的惊雷响过，正像他在和爱泼斯坦握手时所期待的那样。植根于大地的树木在突如其来的、潮湿的大风中剧烈地颤抖起来，每一片树叶都吓得脸色煞白、晕头转向，一阵冷雨骤然而至，逼着他奔向最近的一个避雨点——路边草坪里竖在水泥底座上的一间电话亭。此时他明白了一毛钱的目的所在，他还知道爱泼斯坦也明白这一点。

当你看见有个家伙在电话亭里等待着
手里拿着一只角子却不知如何使用……

他关上了折叠门，顶上的灯亮了，但他不得不先在那张小凳子上坐一会，等到剧烈的心跳放缓下来，等到天旋地转的脑袋恢复清醒。然后，他非常小心地把那枚硬币塞入了投币孔。

那将是基督的再临

那将是基督的再临

那将是基督的……

他在拨号，小心翼翼地拨完七个确切的数字后他停了下来，听到铃声响了十次后，他挂断了电话，让那枚硬币从机器里吐了出来。错了，不过要是他再拨一次，也许就对了。等一下，爱泼斯坦的声音在给他出主意。等一下，拿出你的勇气，约翰。到时候了。他闭上眼睛，在封闭的眼帘后出现了七个活生生的数字。他小心而迅速地拨号，铃声响到第七下时，终于传来了一声滴答。

“你好？”是一个女人的声音。

“你好，这是——你是我妈妈吗？”

“我恐怕你打错了。”

“不，我没有。请别挂掉。听我说，我会尽量把一切都跟你讲清楚的，要知道，我只有一毛钱。”

“小伙子？”

“是，我还在，但剩下的时间不多了。请你等一下。”

“呃，我很愿意帮你，但我恐怕你打错——”

“拜托，请等一下。我知道你觉得我是个疯子，但我不是。我非常非常严肃，这一点很重要。等一下。我马上就会找到正确的问题。”

“小伙子？”

“是的，我还在。请不要挂。”

她没有挂，但一个角子没了。不过，那没关系，他还有很多角子。唯一重要的是要继续尝试，一而再再而三地尝试，直到……

玻璃门上传来一声敲击，他回头看见一个姑娘站在外面。雨肯定已经停了，因为她的头发和衣服都是干的。她想打开电话亭的玻璃门，他不得不站起来帮助她。

“约翰？你知道你在里面待了多久吗？”

“不知道。”

“你甚至都没在打电话，你只是一个劲地往里面塞钱，然后拨号，然后——哦，约翰，你没事吧？”

“你是谁呀？你是那个臭不要脸的抹大拉的玛丽亚吗？”

“我是什么？”

“等一下。”他闭上眼睛，用拇指和食指拧了拧鼻梁骨。“那么，你是谁呢？你是金妮·鲍德温吗？”金妮·鲍德温是他爱上的第一个姑娘。如果她说是的，这至少意味着他又回到了十七岁，他的人生道路才刚刚起步，他所有可怕的错误还没有犯下。

“约翰，你不要再胡闹了，好吗？看在上帝的分上，你知道我是谁的。”

“不，我不知道。现在几点了？”

“快六点了。”

“你是指早上六点还是傍晚六——”

“约翰，如果你故意耍我，我永远都不会原谅你的。你要么是在开玩笑，要么就是——哦，天哪。跟我一起走吧。我们回家去。”

他乖乖地跟在她后面走出了那片草坪。“那你的意思是这一切都是我的幻想啰。”他说着尽量跟上她的步伐。

“你说什么？”

“我说这一切都不是真实的。”

“什么这一切都不是真实的？”

“算我没说。”

“约翰，你现在知道我是谁了吗？你知道你在哪里吗？你清醒了吗？”

“不，我——不。”

“那好，你仔细听着。我是帕梅拉·亨德里克斯。现在是一九六一年的八月，我们在佛蒙特州的马洛学院。”

“佛蒙特州？”就在此时，他突然哭了起来，因为她说的听上去确实有现实的味道。如果这是真实的，而其余的一切都是一场梦，那么他就是出了一个超级大洋相，马洛学院里的每个人都知道，或者说马上就会知道。当他一边走一边用手尽量遮挡住泪水时，他能感觉到大家都在那里瞪着他——轻蔑的、嘲讽的瞪视，来自于他在路上和在爱泼斯坦的家门口曾感觉到给予了他鼓励的同一批人。爱泼斯坦也会嘲笑他的。

回到散发着木材香味的宿舍，她的举止像个训练有素的护士。首先，她让他把所有的衣服都脱掉，然后上床去。接着，她走过来，在床边的一张嘎吱作响的椅子上坐下来。

“约翰，”在他止住哭泣后她说，现在也许是午后，也许是午夜，“你醒着吗？”

“是的。”

“如果我离开一小会，你能保证不走出这个房间吗？”

“好的，但我要你也向**我**保证一件事。”

“行啊，亲爱的。”她用冰凉的手指抚摸着他的额头，就像一个年轻的母亲在检查她的孩子是否在发烧。

“无论发生什么，你保证不会让别人把我带走。”

“哦，当然。我保证，宝贝。我不会让任何人把你带到任何地方去的。”

之后好像过了好几个小时——他是睡着了还是醒着？——直到门上传来一声轻轻的敲门声，然后是爱泼斯坦的声音：“怀尔德先生？”

“等一下。”他从床上跳起来，赤身裸体地冲向衣柜，拿好裤子穿上，这才让爱泼斯坦先生进来。“有什么可以——为你效劳的？”他说。

“什么也不需要，谢谢。”爱泼斯坦在墙边的一把椅子上坐下来。“老实说，怀尔德先生，我过来只是因为我在为你担心。”

“哦，是吗，嚯？好吧，这太有意思了，因为我也在为**你**担心。我的意思是我也许是个伪君子，但你比我更虚伪。你知道这所学院里的每个孩子都管你叫上帝吗？他们还叫你圣父呢。”

爱泼斯坦的笑容里含着怒气。“哦，得了，首先我完全不相信你说的，其次我看不出这和你的情况有什么关——”

“哦，你看不出，是吗？所有的一切都有相互的关系。听着，听我说。哲学教授从来不听别人说的，光是自己在那里喋喋不休吗？首先，在过去的——不管过了多少时间，有太多关于宗教的玩笑在这个校园里广为传播。‘上帝圣父，上帝圣子，上帝圣恐怖’——诸如此类。告诉我你从没听到过这些，我就骂你是个骗子。只要我高兴，我还要用一些别的字眼来骂你，爱泼斯坦。不管在你那个著名的图书馆里有多少藏书，我都要骂你是个假装圣洁的老骗子。如果我对你有更多的了解，我想我还会骂你是个肮脏的老头子。你挺喜欢这儿的，是不是？哦，‘马洛有一种魔力’，好啊——每一个甜美的小妞在每年秋天都会回到这里，只为要打动你这个老教师，不管采取何种手段——啊，我拆穿了你的把戏，爱泼斯坦。等一下。让我讲完……”

他确实讲完了，尽管这花了他很长一段时间。在他讲到某个地方时，爱泼斯坦说：“恐怕我现在得走了。”然后，房门在他的背后砰的一声关上了，但怀尔德继续对着空荡荡的房间自言自语——首先，抽光了他能找到的每一根香烟，拼命寻找老酒但没能找到，然后奔向水斗，用手捧起冷水来一捧接一捧地喝进嘴里，就像一个快要干死了的人。他用自己能想到的每一句脏话来骂爱泼斯坦，他把自己这辈子遭遇的每一件倒霉事都归咎于爱泼斯坦，让爱泼斯坦为这些指责做出辩解，他不停地说着，直到再次瘫倒在床上为止。

之后不知过了多少时间，门外传来了声响。他听见爱泼斯坦的说话声和帕梅拉带哭腔的声音，还有两三个他辨认不出的低沉、客气的声音。

最后，一对强壮的臂膀扶他站了起来，他们的动作似乎特别温柔，在给他的一瓣屁股做皮下注射时也一样。之后，他们把衣服给他重新穿戴整齐，许多人帮助他乘上了一辆大型汽车的后座。再后，汽车把他带走了，车内鸦雀无声。车行途中，他落下了几滴眼泪，然后就被卷入了一股沉睡的巨浪，如溺水般的沉睡。

他醒来后知道的第一件事，就是他已经不在马洛学院了。这里所有的气味都不一样，坐在他旁边的那个女人也不是帕梅拉。她是个中年妇女，蓝白相间的头发，穿着护士的制服，看着一本平装本小说。

“女士？”

她把书本放到一边，看了看手表，然后答道：“什么事，先生？”

“你能告诉我，我在哪里吗？”

“伊丽莎白·范宁医院。”

“在什么地方呢？”

“在佛蒙特州米德尔伯里。今天感觉怎么样呢，怀尔德先生？”

“我感觉——我的手臂动不了——”

“手臂别动，先生，你在静脉输液呢。”她迅速站起来，以确保他的手臂不再动了。他的手上绑着一块包着纱布的纸板，纸板连接着一条长长的透明塑料管，管子那头是一只悬在他头顶的输液瓶。床侧的铝质围栏被摇了起来，就好像有人担心他会从床上掉下去。

“我怎么啦？”

“我真的不知道，先生。我只是一个早班护士，你知道。尽量放松一点，我只要在你醒来的时候做一下记录。然后，我会给你量体温、血压什么的，做一些像这样的小事。我觉得你不需要再输液了，我们还是去听听医生怎么说吧。反正，我觉得你早就过了最糟糕的发病期，怀尔德先生。我觉得你马上就能起来出院了。”

“那堆纸是什么东西？”

“哦，都是你的护理账单。你享受的是二十四小时的护理服务，一对一的护理，这样账单确实堆得蛮高的。不过，你现在不用为这个担忧。你有蓝十字医保，对吗？”

“应该有吧。”

“那就没事啦，你明白了吗？我要告诉你一件事，怀尔德先生，就我看来你是个模范病人。因为我只上早班，我不能代表别的护士，但在我照料你的这一小段时间里，你的表现是最棒的。真的很棒。一个又一个早晨，你没有给我带来一丝一毫的麻烦。你说了好多话，但那也使我的护理工作变得十分有趣。”

“是吗？我都说了些什么呢？”

“哦，各种各样的事情。有时候我听不太明白，但即便如此还是非常有趣……”

他一定是在她的说话声中睡了过去，因为在他再次睁开眼来时，另一位护士——年轻许多，戴着一副眼镜——站在病房里。

“有人来探望你，怀尔德先生。”

她来了，像平时一样光鲜亮丽，穿一条明艳的夏季连衣裙。她一坐下来就迫切地抓住了他的手，把几张护理账单从床边柜上撩到了地上。

“哦，你看上去好多了，”她说。然后，她竭尽全力把知道的最新消息告诉他。首先，摄制工作已结束——是不是太好了？剩下的只是等朱利安回到城里去拍一些贝尔维尤的外景，然后就是电影剪辑了——当然，这要花一点时间——最后是给电影配上音乐（她个人的意见是**没有**音乐会使这部电影更别致，但朱利安希望有长笛和吉他的配乐），这样一部货真价实的电影就“摄制完成了”。“但大家都非常关心你的情况，”她总结道。“我好说歹说才让他们打消了**全部**来这里看你的念头。”

“告诉我这是怎么回事，我的意思是我脑子里到现在还没有把整件事弄清楚。”他知道最好不要问接下来这个问题，但他还是问了，也是为了试探她。“我为什么在这里？我究竟怎么了？”

“你真的不知道吗？”她放低了声音。“你突然精神大崩溃了，宝贝。吓死人了。”在她按自己的看法来陈述时，他非常认真地听着，为了探究她对那个基督妄想到底知道多少。她明显一无所知，也没有往那方面做任何猜想。

“……在我想要走开去找杰瑞或朱利安或别的随便什么人时，你最后说的是，是‘不要让任何人把我带走’。你还记得吗？”

他说他记得的，只是记得很模糊，然后他继续像一个在调查中的警官那般认真地听着，也像一个心理医生，而她则继续用轻松、好听的声音快速地说着。

“……等到我回来，发现爱泼斯坦先生坐在我们家门口的台阶上，抽着烟斗，看上去冷静得像个老——我不知道怎么说，老神父什么的。他说他会给伊丽莎白·范宁医院打电话，让他们派人来把你接过去。我说‘但是我向他保证了——’，他用臂膀搂住我说‘帕梅拉，我的责任比你的保证更重要’。他这么说很贴心吧？”

“很贴心。”

“他还说他知道你是一个好人，很敏感的好人，但有时候这种不幸的事情就是会发生在最好的人身上，你岁数活得越大，对此就越能理解。”

“你肯定他对我的评价就是这些吗？‘好人’和‘敏感’？”

“呃，我估计他还用了别的一些字眼——都是褒义的。他真的很喜欢你，约翰，对此你不必担心。哦，还有一件有趣的事：在医院里的人把你扶上车去的时候，你整个人保持笔挺的姿势，好像要去做演讲，你还说：‘我从来不会依赖于陌生人的仁慈。’”

“我真的这么说了？”

“是的，为什么这么问？”

“因为它是一出戏里的台词。它是《欲望号街车》[1]里女主角

---

① 美国著名剧作家田纳西·威廉斯（1911—1983）创作于一九四七年的戏剧代表作。

的最后一句台词。不过，怎么说呢，这是对这句台词的一种再阐释。这句话是在那出戏里，当精神病院里的人来带她走的时候，她说的。不过，她说的是'我一向依赖于陌生人的仁慈。'"

"你真的了不起，约翰。爱泼斯坦先生说的其实就是这个意思，只不过他不是很肯定——他是我认识的人里知识最渊博、最博览群书的一个。"

那天晚上吃晚饭时，他坐了起来，就着一只托盘吃。第二天，他们给了他一双拖鞋，在帕梅拉来的时候，他们让他坐在椅子上。探望时间结束的时候，他们让他慢慢地陪她走到走廊尽头。

"请等一下，怀尔德先生！你不能走得再远了。对不起，但这里是隔离病房，你知道。"

显然又过了一天，一位心理医生走进了他的病房。他是一位非常年轻的医生，穿着透亮的尼龙白大褂，这样就使得里面的一条条纹短裤看得一清二楚。"你好吗？"他问。

"还好，我估计。不过听我说，医生，我有很多问题，你可能没法一下子都回答我。你曾经和自认为是基督的病人打过交道吗？因为那就是——就是我的病症。当我的——你知道，我的精神崩溃发展到最严重的阶段时，我会觉得自己变成了某种救世主，一个再临的基督。"

"嗯。"医生半瓣屁股坐到窗台上，手里开始搓弄起了百叶窗的拉绳。

"我的意思是我知道这种情况很糟糕——那就是**发疯**——我

也知道你会建议我回纽约后再找个心理医生来看，但那是不可能的。”他有点透不过气来，唇干舌燥的，觉得自己的脸扭曲成了一张紧绷的、挑衅的鬼脸，就好像他一辈子的米基·鲁尼和艾伦·拉德的组合形象变成了临终前的詹姆斯·卡格尼[①]。“问题是，我不能接受心理分析，医生。我试过那个，所以我知道。它就是不适合我。哦，也许是我的错，但是不是我的错并不是问题的关键所在。关键是它对我就是不起作用。你懂我的意思吗？”

“我想我懂的。”医生在研究百叶帘的拉绳，就好像它是一根非比寻常的、很有趣的绳子。“说实话，怀尔德先生，我自己都不太看好这种治疗，但那是因为我的偏见，我的导师是一位新兴的心理学学派的先锋人物。药物治疗。化学药品。药片。哦，在过去的五十年代，我们现在常用的镇静剂还刚刚起步。而我们现在拥有了各种门类的药物——抗抑郁剂，强心剂，精神抑制剂——让你兴奋的药物，或令你冷静的药物，以各自微妙的方式来控制你的病情。这个领域正在一天天地变得越来越复杂……”

他问怀尔德是否听说过迈伦·T.布林克这个人。好吧，如果他经常看《时代》杂志，他也许会听到过，因为布林克医生的照片最近登在了那本杂志的封面上。就是他之前提到的那位药物治疗方面的导师，此人在他的学生时期曾给过他很大的启发。布林克现在把大部分时间都花在环球旅行上，把他那新潮的心理学传播到世界各地——就在上个月他还受到了南非共和国的表彰，因

① James Cagney（1899—1986），美国演员。

为他的工作大大地减少了那里的精神病患人数，而且那只不过是他获得的众多荣誉中最新的一个——不过，他在纽约的上东区依然开着一家小型的私人诊所。在他外出期间，他的病人就交给诊所里仅有的三名医务人员，这三个人都很有能力。找布林克医生看病还有一个小小的好处，那就是他的收费相当合理。他问怀尔德是否感兴趣。

“……我当然没法保证他会收下你这个病人，”医生总结道，“但我们可以试试。我今天就给他写封信去。好了，你想跟我说说你自己的事，对吧，怀尔德先生？我的意思是，除了你觉得自己是基督以外的事？”

这个可爱的年轻人真的是属于什么派别的心理医生吗？怀尔德在心里不停地问自己这个问题，一边拿出自信提高嗓门回答医生的简单提问。这一切都美好得有点过了头，感觉不真实，就像和帕梅拉一起来到马洛，就像帕梅拉本人。也许，在经过了那么多年后，他真的时来运转了。有什么不可以的？也该是时候啦。他在失败者的世界里做学徒做得还不够久吗？

“你猜发生什么事了？”有天早晨，帕梅拉气喘吁吁地对他说。“你今天下午就可以出院了。我把你的东西都带来了，我好不好？我每天都把你的东西带过来，就是为了以防万一。”

“我们怎么回家？开车吗？”

“天哪，不是。那要花多少时间啊。我们租了一辆车，记得吗？我们开租赁车去米德尔伯里机场，然后飞回家。来吧，陪我一起到走廊上去走走，也许他们还会允许我们下楼，到底楼去散步呢。我对你说了吗，今天的天气特晴朗，绝对是一个风和日丽的好日子。”

直到那时，直到他听说今天是个风和日丽的好日子，他才想起了妻子。他曾答应过妻子两周后从波士顿回家，可现在已接近三周了。

他们到达机场时时间还早——汤米此时应该在学校——他把自己关进一间电话亭，感觉像个犯了错的小孩。

“……詹妮丝？听我说，我过几个小时就到家了。我现在在波士顿机场。是这么回事，我在这里发病了，然后就住进了医院，所以我一直没法给你电话。”

“没事，”她说，“我们也没指望你会来电话。”

“你什么意思，你们没指望我？”

“你不知道汤米和我早就学会了不要对你有太多的指望吗？”

汗水在他的薄西装下沿着胸口滴滴滚落。“我觉得你这么说不公平。我在这里住院了你觉得无所谓吗？”

“不，我希望你现在好点了。你肯定好了，要不人家不会让你出院的。”

“詹妮丝，我——”

“行了，约翰。有话回来再说吧。”

第六章

“哦，对了，”迈伦 · T. 布林克说。“你就是我那个在佛蒙特州的年轻朋友提起过的人，对吧？好吧，我们先看一下你的病历吧。”他是一个肌肉发达、满头白发、衣着得体的人，靠在一张黑色皮革长椅上，大腿上放着一个打开的文件夹。一堆堆相似的文件夹整齐地放在他近旁的地毯上，左右两侧都有，就好像一位全世界知名的心理医生所做的工作只是整理文件。“好的，怀尔德先生，”他终于开口了。“我觉得我可以接受你这个病人。不过，我首先要问你几个例行问题。然后，我就给你开药方，带你去配药。这样可以吗？”

怀尔德的大衣口袋里揣着四个叮当作响的药瓶子回家去了。他把那几瓶药放进了药箱，之后才意识到不应该把它们放那儿的。他必须把它们放在办公室桌子的抽屉里，要不就放在帕梅拉那里。在卫生间明亮的灯光下，他仔细地看每个瓶子上贴的标签，竭力要把这些该死的东西的名字都记住。布林克让他放心，药名不重要——都是制药厂想出来的傻乎乎的名字——但它们确实像外国话一样令人一头雾水。他怎么可能分得清希拉芬和哈尔妥，或者普里希和普鲁妥？其中有一个是镇静剂，他知道，有一个是抗抑郁剂，还有一个是布林克医生所谓的精神抑制剂，对于一个处于精神崩溃康复期的人有好处，不过哪怕布林克在给他药方前对他一一说明，他现在也还是一样搞不清的。如果药名都如此复杂，那么用法和剂量又会是什么样的呢？一张标签上写着："一百毫克，每日三次。"另一张上写："八毫克，睡前一片。"你能指望一个本就精神恍惚的人记住所有这些吗？

"晚饭准备好了，"詹妮丝喊道。于是，他知道此刻应该放下担心而去洗手了。

"今晚有汤米最喜欢吃的，"他在饭桌前坐好后，她说。"也是我自己特别偏爱的烘肉卷，配上酸奶油的炸土豆，再加上一盘生拌色拉。这也是你以前的最爱之一，约翰。现在还是吗？"

"当然还是。尤其是烘肉卷。你不介意的话，我可以再来一块吗？"

"哦，当然，你的嘴真甜，"她说，"我受宠若惊啊。不过，我知道你真正的最爱是什么。如果你的表现足够好的话，我们也许可以在礼拜天吃那个。"

"那个什么？"

"当然是烤牛肉啦。鲜嫩的烤牛肉，配上约克郡布丁和布鲁塞尔甘蓝。你怎么会忘记了？"

"对的，好极了，詹妮丝。我已经在对它满心期待了。"

眼前的一切是真实的吗？她真的坐在那儿用叉子把肉卷叉进嘴里，然后用餐巾轻抹嘴唇吗？汤米真的坐在他对面吗？如此不幸的家庭每晚都要合演这么一台戏，怎么可能？这台戏还能维持多久？

“今天书读得怎样，汤姆？”

“还可以，我觉得。”孩子边咀嚼边说，然后一口咽了下去。“不过，才开学第二周呀。”

“喜欢你的新老师吗？”

“他们都蛮好的。我最喜欢的是考德威尔先生，他教数学，他很有趣。他真的是一个很有趣的人，就像电视上的笑星什么的。高年级的学生告诉我们他从来不会换班，他会一个学年教到底。”

“哦，好啊。希望你这个学期能跟上。”

“跟上什么，爸？”

“学习成绩。你以为我是什么意思？你上学年结束时不是平均分数为 B 吗？”

“我不知道，大概是吧。”

“接近平均 B+ 了，”詹妮丝说。在这顿晚饭的整个过程中，他们三个基本就是这种状态。

“今天有甜点吗，妈？”

“当然有。你想吃哪个——奶油核桃冰淇淋还是椰丝蛋糕？”

简直难以置信。

“你是逃避现实者，怀尔德。”此时，他坐在地铁里逃离上城区，脑子里突然想起了这句话。这是他在怀恩堂学校里的那个拉丁语老教师曾对他说过的一句话。他坐地铁表面上是要去参加一场匿名戒酒者协会的聚会，但实际上是去和情人幽会。“你是个纯粹的逃避现实者。我看见你每天拖着疲劳的、可怜的身体到教室里来，然后下课铃一响，你就像运动员一样冲向门口，所以我知道。你到底怎么回事，孩子？你想一辈子都逃避现实吗？”

“我不想，先生。”

“什么？大声点，我听不清你说什么。这是又一个特征，逃避现实者的又一个明显特征。只要你想，你可以发出很响的声音——我听过你在唱诗班里唱那种很响的男高音独唱——不过，在你故意不想发出很响的声音时，你会变得像蜗牛一样细声细气。现在，我希望你张大嘴，张得像你在教堂里唱诗一样大，把你刚才对我说的那句话再说一遍。”

“我说的是我不想，先生。”

“不想什么？”

“不想一辈子都逃避现实。”

“那你最好快点振作起来。你知道海军是怎么说这句话的吗？”怀尔德早就忘记了那位老先生的名字，但他这辈子都不会忘记那场对话，也不会忘记老先生的书桌周围散发出来的一股微微的口臭气味，以及他那双皱巴巴的手不停颤抖的样子，还有就是他用回形针来夹领带这件事。“你知道海军是怎么说这句话的吗？他们会说‘没精神就滚下船去’。这句话也适用在你身上，只要你还待在我的教室里，只要这所滑稽的小学校还付我薪水。你听清楚了吗？”

其实，他从来没真正地振作起来——他爹妈没给他这种性格——但他也并没有因此而真正地滚下船去，除非他想把从耶鲁大学退学这件事也计算在内。永远有一条中间道路，而他也会永远选择那条道路。此刻，沉闷、嘈杂的站站停地铁缓缓地开出了纽约中央车站，怀尔德在地铁里无事可干，除了看着在过道上来来去去的一张张和贝尔维尤里的人颇为相似的脸，他觉得那位拉丁文老教师的话毕竟没说错。他长大后确实成了一个逃避现实者，而且他这辈子都将是一个逃避现实者。

不过，当地铁到达帕梅拉住的地方的那一站时，他把脑子里所有的负面情绪统统清空了。今晚不适合折磨人的自我反省。

“嗨，你好，”她说，“要来一杯吗？”

“今晚不要了，我要保持冷静。”

“这是你吗？拒绝喝一杯？真的吗？”

真的。这都是因为布林克医生今天在诊疗结束时对他说的话引起了他的担心。“你酒喝得很厉害，对吧，怀尔德先生？那好，只要你还在吃这种药——”此时他举起了一张处方，但在怀尔德走到外面的大街上时已经忘了是哪一张——“如果我是你，我会彻底滴酒不沾的。它是你的精神抑制剂，你知道，不可以和酒精混用的。你只要记住，绝对不能混。”

“今天去看了那个新的医生，”他说。此时，他们俩深深地陷在她那张蓝沙发里，他把她拉到近旁，让她的头枕着他的胸膛。

“噢？他怎么样？”

“很忙。我估计他是在坐喷气机去南非或中国或随便什么鬼地方的间隙为他的病人们做私人医生的。不，他人很好。让一个不会从头到尾光想着让你说个不停的医生看病真是太好了。我无法形容这有多好。”

“嗯。”

她只是困了吗，还是自打他从伊丽莎白·范宁医院出来就一直在担心的事真的开始了——她也许很快就会听厌了他那微妙的精神问题。现在犯不着为此冒险，于是他打住了。“你今天过得怎样？”

“哦，还好，我觉得。还是办公室里的老一套，弗兰克·莱西一整天都在那里呆呆地看着我。天哪，我是从什么时候起这么讨厌这个家伙的？他干吗不干脆炒我的鱿鱼，让这一切快点结束呢？”

“你随时都可以辞职呀。”

“不，我不会那么做。这份工作不坏，再说了，找工作实在是件麻烦透顶的事。而且，我父亲对我这份工作很满意。哦，约翰，我差点忘了——朱利安今天来过电话了。”

“他已经开始剪辑这部电影了吗？”

“没有，而且，听他说话的口气我有一种糟糕的感觉，我觉得他会把这件事一直拖延下去。我们必须一直盯住他。他想知道你现在情况怎样，当然，他还邀请我们下周一起去他家参加一个派对。杰瑞也会去的，当然，还有彼得，还有另外几个马洛学院的人。你不会介意吧？”

“当然不会。他们都是好孩子。”

一阵漫长的、越来越重的沉默之后，她说道：“约翰？你知道吗，我希望你能改掉把我的朋友们叫做‘孩子’的习惯？他们毕竟都是成年人啊。你在那个岁数的时候，在经历了部队生活什么的之后，喜欢别人还管你叫孩子吗？”

最后，他同意和她一起喝一杯（“调得淡一点。”他说，就像保尔·博格），因为这似乎是使今晚重新有一点浪漫气氛的唯一方法。甚至有可能，尽管他几乎不敢对自己承认，喝一杯是使他在床上和她获得成功的唯一保证。他今晚到底是怎么回事？

“天哪，太棒了。”在他们精疲力竭地颠鸾倒凤之后，她说。“你知道吗，约翰？我今天在该死的办公室里一直想着这事。只有这事。”

“嗯，我也是。”他躺在床上，久久地凝视着黑暗——他和詹妮丝在床上的表现或许也一样好的——想着要偷偷地溜下床去，给自己再倒上一杯酒。哦，只是一杯很淡的酒，医生，我保证。你这辈子见过的最淡的酒。真的有这么大的关系吗？毕竟，只是药物作用在他的血液里的第一个晚上而已。

“亲爱的？”她喊道，“你在哪里？你到哪里去了？你现在要回家了吗？”

“现在还不回，我走之前会先到你那里去的。”

他走出了灰暗的客厅，径直走向她那间亮晶晶的小酒吧，然后又到厨房里去拿冰块。好啦，他自言自语，就像一个母亲在安慰着自己的孩子。好啦……好啦……好啦……

从帕梅拉的客厅看出去，城市的夜景光辉璀璨，就像从她办公室的铺着白卵石的阳台看出去一样壮观。看着室外微妙的光影变幻，使他在呷一口老酒喘一口气、呷一口老酒喘一口气的同时有事可干了。不过，他慢悠悠地品着老酒，因为让这份仪式感持续下去是很重要的。

如果去掉所有的装饰，如果将灯光调暗，朱利安的阁楼也许可以用作庆祝西尔维斯特·卡明斯成功戒酒一周年的又一个会场，但在这个派对之夜，五颜六色的灯光刺得人眼睛作痛，震耳欲聋的音乐从四面墙壁处滚滚而来，房间里挤满嘻嘻哈哈、你推我搡的人群，一眼望去，没有一张脸看上去超过二十五岁的。

“帕米！”朱利安在临时凑合的卧室门口喊道。“还有约翰！看见你真高兴，老兄！你看上去气色好极了！感觉好多了吧？”

“我感觉很好，谢谢。”

朱利安看上去有点醉了，或者是兴奋过度，他接过他们的雨衣，扔在了床上的一堆衣物的最上面——也或许只是因为他的东道主身份令他自己陶醉了。“杰瑞和我估摸着就是我们让你住进了那家医院，”他说，“就像我们安排了其余的一切……我的意思是说，是我们大家一起做的。那真是相当疯狂的两个礼拜。不过，真带劲啊，是不是？我的意思是说，如果你没有发病，就会非常有劲的。”

“是的，是的，很有劲。”

“朱利安，”帕梅拉说，“也许现在不是时候，但我还是要问你打算什么时候完成这部电影呢？”

“帕米，我在电话里跟你说过了。我现在手头上有那么多该死的事要做，我真的不知道什么时候可以腾出手来——而且关键是，其他那些事情都是有进账的。我必须有一点收入，对不对？不过，别担心，在我的计划里《贝尔维尤》有高度的优先权。哎呀，我们干吗要在这里谈工作呀？这是一场派对！我希望你们两个走进去，今晚痛痛快快地玩一玩。四处转转！放松下来！我知道你的情绪不是很高，约翰，但我这里有的是葡萄酒，木桶里有冰啤酒，在切斯特·普拉特旁边的那个小角落里你还能找到一些货真价实的玩意。好吗？”

“好的，朱利安。”

他们在啤酒桶旁边找了块空地坐下来，没过多久杰瑞就走过来坐在了帕梅拉旁边。他卷了一支大麻烟和她一起分享，他们俩低声地说了一会话。

“……如果他是这么难看的一个皮包骨头的人，我觉得我不想见他。”她说着，“他总是这么醉醺醺的吗？”

“他很了不起哦。我这辈子从未见过这么能喝的人。我之前见过他五六次，每次他都喝得神魂颠倒。甚至在我去普林斯顿听他的朗读会那个晚上。”

“你觉得他什么时候才能完成那部作品呢？”

“这个问题我可答不上来。不过，他肯定能完成的。天哪，这是怎样的一本书啊。”

“你是怎么认识他的，杰瑞？你没跟我说过。”

“给他写了一封信，就这么简单。告诉他我想把他的作品改编成电影，然后他给我回信了。”

“这个他是谁啊？”怀尔德问。

“切斯特·普拉特，”她说，“《焚毁你的每一座城》的作者。就是站在那儿的那个人。”

“来吧，”杰瑞说，一边站起来伸手过去拉她起来。“我可以给你们相互介绍一下。不是每天都能碰上重要作家的。”

仅此一次，怀尔德没有在一个高大的男人面前感觉自惭形秽——即便他是一个名人，即便帕梅拉在和他打招呼时说“看见您很荣幸”，还管他叫“先生”。诚然，这位重要的作家是个高个子，但他瘦得几乎到了弱不禁风的程度，再加上那张被酒精整得扭曲了的脸，使他看上去像一个虚弱、忧郁的孩子，而不是一个成年人。

“《焚毁你的每一座城》是怎样的一本书？”在他们回到啤酒桶旁时，他问她。

“我以前觉得它是一部很好的小说，但现在不那么确信了。你这辈子看见过这么残废的人吗？”

“……帕米！哦，帕米，看见你真太好了！”

“帕姆。”

此时，一群上气不接下气的马洛姑娘围住了她——都是她毕业后再也没见过的姑娘，胖瘦各异高矮不同的姑娘们，穿着各色各样的或正式或随便的服装，每个姑娘身后都跟着笑眯眯的“伴侣”——尽管她竭力表现出兴高采烈的样子，但显然还是没法跟她们的热情相比的。

“……还有露丝，格雷斯，波莉；这位是约翰·怀尔德。”

她们看见他都很高兴，她们之前已听说过许多关于他的事。她们刚走她就问道："约翰？你觉得我看上去像她们一样年轻吗？"

"不像。"

"那就好。你知道吗？你之前说的没错。她们都是孩子。不仅仅是那些姑娘，小伙子也是的。朱利安把房间布置得花里胡哨，把灯光搞得五颜六色，把摇滚乐放得轰天响；杰瑞告诉我们重要作家的内部消息——你注意到他整个晚上都围住那个家伙拍马屁吗？我们回家去吧。"

"现在还不到十点呢。"

"我知道，但这里太糟糕了。即使我这辈子再也看不到这些人，我都不会在乎的。而且，我觉得现在时间还早很好啊，因为那样我们可以给自己多留一些时间了。"

像往常一样，他回到家时詹妮丝已经入睡，在上自己的床前他在客厅里逗留了一会，在詹妮丝的书橱里搜寻着《焚毁你的每一座城》。找到啦，在书橱的底部，亮黄色的封面，红色的书名，封底是几乎认不出来的普拉特的照片：肯定是在他清醒时拍下来的。

差不多一个月后，他再次拜访了布林克医生。而在那时，他唯一可说的就是对他的饮酒撒一点小谎。

"……哦，自从上次来见你后我喝过一点小酒，是的。"当医生在文件夹里匆匆记录着什么的时候，他说。"喝得不多。在各种场合喝一点很淡的酒。”医生那种看来可以边听边做记录的能力使他感觉心烦气躁。

“好吧，我觉得几杯淡酒不至于要了你的命，怀尔德先生。”他仍然在做着记录，只是偶尔抬头瞥他一眼，好像是为了确认他没有离开。“你生活的别的方面都好吗？感觉好点了吗？”

“感觉很好。在佛蒙特发生精神崩溃仿佛已是很久以前的事了，简直难以置信它确实发生过。”

“好啊，你有这样的精神状态就对了。”

“医生？”

“嗯？”

“不是我爱管闲事，但你真的能边听边写吗？”

医生给了他一个干巴巴的浅笑。“不用担心我的记录，那只是例行公事而已。如果你像我这样在这一行做了很长时间，你就会知道一些必不可少的程序。”他把文件夹放到一边，站了起来。“现在我要稍微履行一下医生的职责了。你可以脱掉外套卷起左手的衣袖吗？我想检查一下。”他走到怀尔德跟前，一把抓住他的手腕，用力地弯曲他的手肘，使手臂做着上下运动。“不，不，你绷得太紧了。放松一点，别用力。就这样，现在好多了。好，好极了……好了。”他回到椅子那里，飞快地做了一个记录，然后合上了文件夹。

“我觉得你恢复得很好，怀尔德先生。你看，我今天为你减去了哈尔妥——它是一种精神抑制剂——这样你就可以放松地喝点小酒了。当然，别喝太多，你还是得当心一些，因为这里没有一种药物是可以和酒精一起服用的。你一定要记住从现在起一杯酒对你的作用就相当于两杯，好吗？如果你是个彻头彻尾的酒精中毒者，情况就不同了，但我觉得你不是。一个彻头彻尾的酒精中毒者是无法在一家著名的杂志社谋到一份高收入的固定工作的。顺便说句，等哪天我们有更多的时间，我希望你可以和我多聊聊《美国科学家》这本杂志。”

“你看那本杂志吗？”喝酒的解禁让他变得极度放松，他穿好大衣，对自己的工作说一番无伤大雅的玩笑话似乎正合适。他甚至忘记问刚才的曲臂运动是什么意思。

“哦，我已经订阅了好几年。刚开始订的时候是因为我老婆喜欢它的封面和插图——她自己是个画家——然后我就被它迷住了。去年甚至还为他们写了一篇文章。这本杂志真是个奇迹：对于一本商业杂志而言，他们在科学严谨性方面确实保持了一种很高的水准。”

“你的文章登在哪一期，医生？我要去查一下。”

“哦，别麻烦了。八月份吧，我想。我不想催你，怀尔德先生，但我今天真的很忙。”他站起来，和怀尔德握手，陪他走到门口，准备好接待下一位病人。

那个礼拜的晚些时候，怀尔德找到了一本八月号的杂志——他之前让一个女职员从文件夹里帮他找出来的——它静静地躺在他的书桌上，封面上印着醒目的内容提要：新精神病学，医学博士迈伦·T. 布林克著。在办公室里没时间看，于是他把杂志带回家去，下决心要尽快看一下。最后，那本杂志不知怎么的就到了帕梅拉的公寓里。他在圣诞节期间问起她这事，她说也许是她扔在那里的，其实到那时这事早已无所谓了。

一眨眼，又是一个春天了。朱利安依然没有完成电影剪辑，更别说给它配上长笛和吉他的“音乐”了。他们只知道，他甚至还没有拍贝尔维尤周围的街道外景。而且，他已不再借口要干能赚钱的活，这些天他说的全都是和杰瑞对《焚毁你的每一座城》的改编密切相关的话题，他还说这部电影也许会成为他们俩的事业突破口。

有天晚上，怀尔德在帕梅拉的公寓里。帕梅拉在打完又一个无效的电话后，说道：“我要杀了他，他似乎觉得他甚至不用再对我们表示歉意。我原来以为导演们都是在成名后才变得不可一世、冷酷无情的。”

“我不明白的是，”怀尔德说，“普拉特怎么会让一帮孩子来改编他的作品。我的意思是如果它真的是一部非常了不起的作品，那一定会有**真正的**电影人找上门来的。”

“不，我不这么认为。这本书不是一本畅销书，而且内容相当平淡。另外，总有一群年轻人屁颠屁颠地跟在他后面，不停地赞美他有多伟大，肯定会让他感觉飘飘然的。再说了，普拉特并不是问题的关键。关键是朱利安。你知道我怎么想吗？我觉得他想清楚了，他的结论是自己不是真的喜欢《贝尔维尤》，他只是羞于启齿而已。”

“好吧，”他说，“对此我们基本上束手无策，对吧？”

"我们只有紧紧地盯住他。我准备日以继夜地给他打电话，直到他受不了，我认为你也应该在办公室给他打电话。你能向我保证你会这么做吗？"

他做了，或者说至少他试过了：他拨了朱利安的电话号码，听到三声忙音。就在他准备再拨一次的时候，他的电话响了。

"约翰？"詹妮丝说，"我很抱歉在你上班时间来打扰你，但这件事很重要。我们今天可以一起去哪里吃午饭吗？"

"恐怕不行，亲爱的。乔治想让我——"

"好吧，你等等，让我想一想。"

"没出什么事吧？汤米好吗？"

"嗯，就是这事。你知道，关于汤米的事。"

"什么？什么事？"

"不是一件能在电话里讲得清楚的事。"

于是，他什么也干不了，只有坐在那儿耐心地等她想好。外面的办公室里有个姑娘在叽里呱啦地大笑，声音盖过了打字机的滴滴答答。此时，另一个姑娘说："哦，泰勒先生，你真是个坏人！"他想站起来去关上门，但电话线太短了。

"詹妮丝？你在听吗？"

"在的，我还在想。哦，等等——我们可以今天晚上谈。我刚想起来你今晚没有聚会。我知道：我们可以对汤姆说我们去看电影，然后我们就去拐角新开的那家漂亮的咖啡厅，它叫什么名字来着？你知道那家的。外墙是红黑相间的，里面有很好吃的油酥甜点。我们可以在那里舒舒服服地谈个够。"

在那天的其余时间里，除了那顿无聊的工作午餐和下午漫长的工作电话，他都像个尽责的当家男人那样忙忙碌碌。不过，他的心思还是时常会从工作中开小差出去，那不是因为汤米，而是因为詹妮丝。看在上帝的分上，他到底打算拿詹妮丝怎么办？他无法忘记她在电话里那种楚楚可怜的声音——说着那家外墙红黑相间的新开的漂亮咖啡厅，说着那里有好吃的油酥甜点，说着他们这一对疲惫的家长——不管他们之间的关系有多么疏远——也许会走进去“舒舒服服地”谈一下令人伤心的心里话。

“哦，那肯定很有趣。”那天晚上，她在吃晚饭时说，“我觉得自己已经有好多年没进过电影院了。”

“哪有那回事，妈。”汤米说，“你上个礼拜刚刚看过一场的。”

“我不是这个意思。”她飞快地对他说，“我的意思是和你父亲一起去看电影。那会像一场老式的、正宗的约会，对吗，约翰？”

“当然是的。”

“你想给博格家打个电话吗，亲爱的，看看他们是否有空？如果有空我们就四个人一起去，那样就更美了。”

她开什么玩笑？他应该如何回答这个问题呢？在开口之前，他不安地瞥了一眼儿子。“保尔这个礼拜不是出城了吗？”

“哦，对的，对的。那么我们可以给娜塔莉打电话——我估计她会想去的——不过，三个人同行总归不太好，是吧？”当他匆匆地向她扫了一眼时，他看见她的一只眼睛调皮地眨了一下。有劲的是汤米根本没注意到。

“我可以离桌了吗，妈？”

“当然可以。”

因为那天晚上很暖和，她穿了一条夏天的连衣裙——还是那条蓝色和棕色相间的，胸部夸大的连衣裙，她曾穿着它去贝尔维尤探视他，她总是说那条连衣裙是他的最爱——但因为晚些时候天气也许会转凉，她手臂上搭了一条又大又轻的披肩。那条披肩也是一件令人伤心的东西。那是他几年前送给她的生日礼物，是他看到办公室里的一位美女披了一条之后买给她的。不过，办公室里的那个美女知道如何披戴它才能显得宽松优雅，而詹妮丝不知道。她一收到这件生日祝福就径直奔向走廊里的穿衣镜，在它前面搔首弄姿（“哦，我很喜欢，约翰……”）。他知道她永远都学不会那种正确的披戴方法——它绕在她的手肘上，像一根绳子似的荡下来——而且，她每一次的尝试只会使它显得越来越难看。

“我们现在要走了，汤米。”她在门厅里喊道，“你要保证那个节目一结束你就会上床睡觉。今晚不要贪玩了，好吗？”

“你提起博格夫妇是什么意思？”他们进电梯后他问道。

“我不知道。我只是觉得必须说点什么，这样他就不会看出我有多焦虑了。”

这家咖啡厅和比尔·科斯特洛在上城区向他夸张地解释匿名戒酒者协会的重要意义的那家很像，不过，这天晚上喝咖啡的结果要比那天更夸张。

“哦，我看看。”她对那个不断来打搅他们的年轻的波多黎各侍者说。“我想来点你们这里很可爱的樱桃芝士蛋糕，另外是多加乳脂的咖啡。你能保证今晚的油酥甜点是新鲜出炉的吗？”

侍者拿着一块点单板站在那里，汗滋滋的，一脸困惑。

“一份樱桃芝士蛋糕，两杯咖啡。”怀尔德告诉他说。

“天哪，”在侍者走出他们的视线之前，她就说了起来。“这座城市里已经没人会说英语了吗？”

“嘘—嘘。”

“我知道。我老是忘记纽约城的变化有多大。一切都变了，行啊。让我从头说起吧。上周五我接到学校来的一通电话。说他各科成绩都在下降，还有两门功课不及格。他们准备让他留级，约翰。他不能像同班同学那样进入七年级。就这种成绩，他可能根本考不上任何大学。而且，这还只是刚刚开始。”她在手提包里找面巾纸，然后抽出一张擦鼻子。“对不起，”她说，“我知道我会哭的。”他无从安慰，只得把手伸过湿答答的塑料桌面，握住了她的手。

“听我说，詹妮丝，你没有必要为此难过的。孩子们会经历各种阶段，仅此而已。他可以去上夏季补习班。你该看看我在他那个岁数时的学习成绩。”

“是啊，但你成功地考上了耶鲁大学，不是吗？你获得了一份很好的、高档的职业，不是吗？哦，你能赚大钱，这个不用说，但从什么时候起对一个人的评价变得那么——哦，对不起，对不起，我不该这么说话。只是因为我实在太——”

“没事，没事。”

“我实在太孤独了，约翰。我没有一个可以说说心里话的对象。如果我觉得那样有任何好处的话，我会对自己做一番分析的。哦，太感谢你了，服务员。一切都很完美。哦，你瞧，油酥甜点也很新鲜——一定是今天早晨刚刚烤出来的——谢谢你，我们暂时没什么需要了。”

“太太？您还要点点什么吗？”

“不要，我刚刚说了——”她闭上眼睛，咬牙切齿地嗫嚅道，“天哪，天哪。”

“暂时不需要了，”怀尔德说。侍者带着一副僵硬的笑容走开了。

“但事情还不止如此呢，”她说，“上个礼拜是校长办公室打来的电话。昨天又来了一个，这次是学习辅导员打来的。”

“谁打来的？”

“学习辅导员。现在每一所学校都有这么个职位。他在电话里什么也没说，就让我务必去一次，于是我就去了。我以为他只是要跟我说他的学习成绩，但那其实只是一部分，其余的部分比这还糟，简直糟透了。他说——哦，约翰，他说汤米有心理障碍，最好带他去看一下心理医生，最好马上就去。”

在怀恩堂学校或耶鲁大学的某堂基础科学课上，怀尔德曾学到过这么一个理论：所有雄性哺乳动物的阴囊之所以会收缩，是因为在危险或窘迫的境地里，有必要对生殖器官实施保护。比如，当丛林里锋利的草叶划伤了一只奔跑着的动物的大腿时，睾丸会自动缩回到阴茎的根部。他不确定自己是否记对了——凡是在学校里学到的东西，他有哪一样是可以确定的呢？——不过，这个基本的概念听上去挺有道理的，不管怎么说他此时的状态就是这样的：他的睾丸在往上缩，就在这家咖啡厅里。

“他说的那个心理障碍是什么意思啊？”

“他表现出了一种敌视的、反社会的行为，”她说，“他没有一个朋友。这学期已经两次——也或许是三次——在别的同学坐下去的时候他把人家的椅子抽掉了，其中有个男孩还为此去做了脊柱的X光检查。”她干净利落地把软塌塌的芝士蛋糕切成了一小块一小块，此时她叉起一块送到嘴边，但它突然塌陷下来，一部分落到了她的裙子上。这个小小的灾难和那个脊柱的X光片一样，引得她再次落泪。

“儿科心理医生，你是这个意思吗？”帕梅拉问，“是不是有点小题大做了？”

“一开始我也是这么想的。我去了儿子的学校，亲自和学习辅导员谈了一下，还尽力和汤米进行了几次推心置腹、语重心长的谈话，但我最终还是不得不放弃了。毫无疑问，他是一个性格内向、沉闷孤僻的孩子。詹妮丝说我应该在家里多待些时间，我觉得她说得没错。”

“哦，你觉得她说得没错，是吗？哼，我觉得这简直就是感情勒索。”

“你什么意思？”

“哦，约翰，你太傻了。你真的以为她到现在还不知道你有了外遇吗？毕竟，我们已交往了这么久。”她迅速地在床上坐起来——不是他担心的那样站起来和他吵架——不过是为了确保香烟不会烧到被单。“有时候，你是全世界最敏感睿智的人，而有时候，我也不知道怎么说好，你简直又笨又天真。她当然知道的。就算她没有直截了当地问你我的事，那也只是她的策略而已。”

“好吧，我是天真，”他说，“我以为可以和你好好谈一下这事，看来我真的是天真。”

“我不知道，好像已婚的男人确实喜欢聊这种话题。天晓得弗兰克·莱西在倾诉他那郁闷的家庭小问题上花了多少时间。”

真够呛。如果她开始拿弗兰克·莱西和他进行比较，那他很可能撑不过今晚了。他起床，穿上她在圣诞节给他买的那条棉布睡袍，单单睡袍的触感就足以使他心情开朗起来。“我们换个话题吧，”他说，“干脆我们别说话了。我们唱歌吧。”

“唱歌？”

“是啊。如果说有一样东西我比老电影还熟悉的话，那就是老歌了。我以前跟你讲过这个吗？等一下。我们必须搞得正式一点。”在卫生间的镜子前，他往头上洒了点水，然后把头发梳整齐，再确认睡袍的立领翻起来了，一切就绪了。“你准备好了吗？”他喊道。“那好，你把灯打开，听好了。”他刚听到电灯开关的一记咔嗒声，就一把推开了卫生间的门，踩着花哨的舞步来到她跟前，同时唱了起来。

哥伦布发现了新大陆
哈德逊发现了纽约
本杰明·富兰克林发现了电火花
爱迪生发现了点亮黑暗的方法
马可尼发现了无线电报
可以漂洋过海的无线电报
但最伟大的发现是
你发现了我
我发现了你[①]

“太精彩啦，”她停住了大笑，边拍手边说道。在他表演唱歌的整个过程中，她一直坐在床上，像个小女孩似的双手抱膝，而此时的她已是红光满面。“你还挺能唱的。我的意思是你不光没有跑调，而且确实唱得很好。”

“那当然。”至少她没有离他很近，不会感觉到他那剧烈的心跳。“我唱诗班不是白进的。”

“像一首轻松幽默的艾迪·费什的歌，”她说，“或者是更庄重一些的弗雷德·阿斯泰尔。你回卫生间里去，然后再出来。再为我唱一首歌。”

“不行。演艺人员的秘诀就是知道该在哪里打住。再说，现在已到了我该回家的时候，你知道。”

① 出自美国著名音乐家、词曲作者欧文·柏林（Irving Berlin，1888—1989）创作的一首歌《当我发现了你》（*When I discovered you*）。

“哦，拜托了。你能保证下次再唱一首给我听吗？”

“当然，我会唱的歌成千上万呢。”

他重重地坐在床沿上，瞪着他那双空荡荡的鞋子，他的背影肯定勾起了她的某种情绪，她伸出手来，从后面温柔地抱住他。她的手指在摩挲着他的胸毛。

“可怜的小宝贝，”她说，“我知道你为儿子的事伤透了脑筋。”

“不，不是因为那个。只是——见鬼，你知道的。我该回家了，仅此而已。”因为回家就意味着和城市里落魄潦倒的夜行人一起坐在站站停的地铁里穿越几英里，无所事事，只能回忆很久以前的一个夜晚，一个叫做詹妮丝·布雷迪的长相平平、乐观开朗的姑娘曾说过她爱布鲁克林大桥和斯塔滕岛的渡轮，还因为“哥伦布发现了新大陆”是他为了赢得她的芳心而为她唱的无数歌曲中她最喜爱的一首。

他真的开始尽量在家里多待些时间——他告诉詹妮丝他会把参加匿名戒酒者协会的活动从每周五次压缩到两到三次——尽管这样他和帕梅拉在一起的时间就会减少，但这使他感觉自己是个负责任的父亲。有两次，他提前下班带汤米去打球（这不正是一个负责任的父亲会做的事吗？），而且这两次他都在体育馆附近的一家喧嚷的饭店里一边喝啤酒一边尽力和儿子交流。

“夏季补习班上得怎么样，汤姆？”

“我不知道；还行吧，我估计。”

“你觉得明年你的成绩会稍许好一点吗？”

“我不知道。”

有一次他还问了儿子去看心理医生的事——“你和古德曼医生合得来吗?”——随即又意识到这是在侵犯儿子的隐私，于是立马改口弥补:“我的意思是，如果你不愿意说可以不说，你知道。”而汤米对这个问题的反应是专注地嚼着他的热狗，一声不吭。

“他跟你说起过看心理医生的情况吗?”他问詹妮丝。

“一个字也没有。我不知道这是个好兆头还是坏兆头。你觉得呢?”

每周只有两到三个晚上和帕梅拉幽会确实使情形发生了变化:似乎每一次她都有很多与他毫无关系的消息要告诉他。

“今天我和切斯特·普拉特一起吃了午饭。”有天晚上她如此说。“更确切地说是我约了杰瑞共进午餐，而他带上了切斯特·普拉特。他在清醒的时候是一个很好很好的人。”

“噢?”

“杰瑞的表现简直糟糕透顶了，你可以想象吧——想要独霸话语权，不停地称呼他为‘切特’——不过，当普拉特好不容易插进去讲话时，我觉得他真可爱。非常聪明，也有知识——总之，就是非常可爱。”

“他眼下还在写书吗?”

“没有，这就是令人伤心的地方。他说他现在还负担不起再写一本新书，他已经债台高筑了。他欠前妻的钱，他有很多过期的账单还没缴，还有许多我也搞不清楚的债务。他不得不找一份工作，这简直是一种该死的耻辱。”

“为啥？大多数人为了生计都必须工作呀。”

“我知道，我的意思只是——你懂的。这是一种耻辱，因为他是一个才华横溢的人。当然，你没有看过他写的书，你不会理解的。”

“好吧，如果他想找一份稳定的工作，他最好喝酒不要喝得那么凶。”

“哦，你在说傻话。仅仅因为他在朱利安的那次派对上喝醉了，你不能说——再说了，你自己喝酒也很凶的，你不是有一份稳定的工作吗？”

“他想找什么样的工作？”

“他说他也许会回到公关行业——他以前就是干那一行的——又或许会在好莱坞找一份工作。但他说这两种工作的前景都一样惨淡。”

切斯特·普拉特是不会满足于这两种工作的。两三个礼拜后，怀尔德等在布林克医生的办公室外，翻阅着一本《新闻周刊》。在他翻到那个叫做“潜望镜”的版面时，他读到了以下的消息：

司法部

在经过了数月的寻找后，司法部长找到了一位新的演讲稿撰写人。他是一位三十七岁的作家，名叫切斯特·普拉特，是《焚毁你的每一座城》的作者。他是在哈佛评论家 T.J. 怀特海德（肯尼迪总统的密友）的举荐下谋到这一职位的。

“我知道，”那天晚上帕梅拉说，“杰瑞告诉过我了。杰瑞还说普拉特说自己可能是为了钱而进入新边疆政策[1]的唯一一个人。”

这天夜晚，她第一次对他那急迫的做爱失去了反应，之后又发生了几次——“对不起，约翰，估计我今晚不行了”——接下来的那周她给他办公室里打电话，告诉他自己觉得不舒服；她可能是染上了流感什么的；等到她好起来了会再给他打电话的。

当他在办公室里做着例行公事，当他在家里度日如年时，他尝到了情事的终结那种犹如苦胆般的滋味。他还不停地琢磨自己究竟哪里做错了，用这种方式来折磨自己。自从他在马洛精神崩溃后，一切都和以前不同了，这一点现在看来已十分明确——毕竟，这有什么值得大惊小怪的呢？怎么能指望一个健康的姑娘去喜欢一个心理失衡的男人呢？

有两三个晚上他真的去参加了戒酒者聚会；另外几个晚上他在一家家酒吧间流连，或者是和詹妮丝坐在一起，竭尽全力忍受着关于他们的儿子的没完没了的对话。有天晚上，汤米在吃晚饭时喋喋不休，讲述他喜欢的一部电视喜剧的情节，还不时用哈哈大笑来打断他自己的话头，于是詹妮丝看到了希望。

---

① New Frontier，第三十五届美国总统肯尼迪提出的施政方针。

“……哦，我从他的话语中看到了曙光，你觉得呢？”

但是第二天晚上，她又被打入了黑夜：夏季补习班的第一次成绩汇报卡来了，汤米还是相同的两门功课不及格。

等到帕梅拉恢复了健康，她在电话里的声音听上去很有礼貌，而不是很急切，但即便如此，知道了今晚就能和她见面还是让他觉得精神振奋；这也帮助了他能够安安静静地陪着博格夫妇吃一顿晚饭。

“……也许你可以和他谈一谈，保尔。”汤米刚关上房门睡觉，詹妮丝就说道。

“为什么是我？”

“因为他非常喜欢你，崇拜你。他一直觉得你是他的叔叔，从他小时候起就这样了。”

“哦，我很高兴听你这么说，詹妮丝，但我觉得你有点夸大其词了。不管怎么说，我都看不出‘谈一谈’有多大价值。在这一点上我和约翰意见一致。我觉得你已经做了力所能及的一切，现在唯一可做的就是等待，期待最好的结果。”

“保尔和孩子处得特别好，”娜塔莉·博格说，“我总是说他能成为一个非常出色的父亲，要不是……”

她绝不会放过任何机会提起她在青年时代做的子宫切除手术。怀尔德坐在一边呷着咖啡，庆幸自己有耐力把她的话听完。

“不好意思，我要失陪了，”他最后说道，“我要去参加一个聚会。”

在去上城区的一路上，他思考着今晚上要唱哪首歌。他已经厌倦了《你是最棒的》、《你令我怦然心动》和另外一些流行歌曲；再说了，唱这些也不会有什么效果，因为帕梅拉知道所有的歌词。直到走进电梯，他才想到了一首完美的歌：艾尔·乔森的一首鲜为人知的老歌《鲁宾逊·克鲁索和礼拜五在礼拜六的晚上去了哪里?》。他的脑子里浮现出自己穿着棉布睡袍唱出这首歌的情景，差一点被自己逗笑了。

“有件事我们必须商量一下，”她说。从她说话的口气来看，他知道这绝对不是一件可以商量的事。她有什么事要告诉他——他肯定不会喜欢的什么事——他最好闭上嘴，坐下来听她说。他洗耳恭听，一边呷着威士忌，就好像它是他这辈子里的最后一杯酒，而她则穿着工作服，双手交叉在胸前，在房间里不停地来回溜达。“我要搬家了，”她说，“我要辞掉这份工作，退掉这间公寓，然后离开纽约，也许永远不回来了。这也意味着你我的关系即将结束，我很抱歉，但我们本来就知道这样的关系不可能永远持续下去的，对吗?”

“是的，”他说，他被自己低沉、冷静的声音吓了一跳。“是的，我估计我们一直都知道的。”他想要愤怒地从位子上跳起来，然后质问她“那个男人是谁?”，或者是跪在她面前，双手抱住她的大腿，恳求她留下，但他并没有这样做，因为要按她的方式将这一幕进行下去似乎更为重要。另外，他脑子里还有一个小小的、不理智的想法：如果他配合得好，如果他举止“文明”，如果他能够控制住自己的情绪，她会因此而大受感动，甚至还可能就此改变主意。他小心翼翼地啜了一口威士忌，然后再次开口道：

“你准备去哪儿呢？”

“去华盛顿。”此时她坐了下来，弹着香烟的烟灰，最困难的部分已结束，她显然已经松了一大口气，因此话就难免说多了一点。“我在那边有个朋友，他觉得我能够胜任司法部里的某项工作，这是个千载难逢的良机，我——”

“等一下。是切斯特·普拉特吧？”

“是又怎样呢？”

让文明见鬼去吧，让一切都见鬼去吧。他站起来，燃着嫉妒的怒火冲她而去。“你和那个狗崽子睡觉有多长时间了？啊？我只问你一个简单的问题：多长时间了？”

“约翰，我看不出你有什么必要发火的。这真的是——”

“多长时间，他妈的，回答我！”

“这不是一个值得回答的问题。”

突然之间，他的怒火转变为痛苦的自卑和哀求：“哦，宝贝，别走啊。”他一只手抚摸着她的肩膀。“请不要走。我需要你；我需要你……”他发誓不会做的两件事现在都做了——他怒吼了，他也哀求了——除此以外就啥也做不了了。

“我知道这场对话肯定很难，”她说，“但覆水难收。我们在一起有过一段美好的时光，但现在——呃，现在都结束了，仅此而已。”

现在该做的只是在她叫他走之前主动离开，他恍恍惚惚地走了这一步，别人也许会把他的恍惚误认为是他的自尊。“好吧，”他说着向门口走去。他一只手抓住球形门把手，把自己的心跳数到十，给她机会把他叫回去。然后，他说“再见”，就出门走了。

之后，他去了那家墙上挂着肯尼迪总统的高大的照片（也许波比[①]更矮小一点，但你必须承认肯尼迪家族的男男女女都很高大）的爱尔兰酒吧。他喝着双份的波旁酒，凝视着镜子里自己的艾伦·拉德式的发型和那张令他熟悉到痛苦程度的米基·鲁尼式的脸，脑子里琢磨着他怎么才能继续活下去。

---

① 指罗伯特·肯尼迪，第三十五任美国总统约翰·肯尼迪的弟弟，波比是其小名。

第七章

除了布林克，他没有一个人可以吐露心事。

“发生了一个很大的变化，医生。我被女朋友甩了。她准备去和波比·肯尼迪的演讲稿撰写人一起生活了。”

“哦，真是个坏消息，当然。”医生边说边在他的文件夹里快速地记录着。“不过，如果没有别的事，这就意味着你的生活会比以前简单许多，对吗？要往好的方面想。”

往好的方面想也想不出多少东西来。

汤米费尽九牛二虎之力以合格的成绩通过了夏季补习班，重新回到了他七年级的那个班；他在吃晚饭时开口说话了，这说明他确实还是有朋友的。看到这样的结果他很高兴，但他无法享受到詹妮丝那样的成功感。如果说汤米现在对他们来说像个陌生人，那还仅仅只是个开始：随着他进入青春期，他将变得越来越难以理解。十三岁，十五岁，十七岁——他们都不能松懈，直到他长到二十一岁，大学毕业了，到时候他就是一个不怎么顾家的成年人了。

现在已经很清楚了，朱利安也许永远都不会完成这部电影——有次他给朱利安打电话，接线员说他的电话号码已停止服务——但是把整件事赶出脑海去也不是件很困难的事。他以前对拍电影那么热衷实属滑稽可笑，现在帕梅拉不在了，这一切也就没有了任何意义，于是他对一切都听之任之了。

在初秋，他和为他的一个客户工作的一个姑娘发生了一段恋情，但她没能给他快乐，因为她一点都不像帕梅拉。她老是哈哈大笑，喜欢边说边笑；她的皮肤很粗糙，大腿背部都是皱纹。有三或四个晚上，她在瓦里克街陪伴他，但之后他就不再打电话找她了。

他的工作进行得很顺利——在年底前，他又把两家新的欧洲汽车广告代理商引入了杂志；他的收入几乎达到了别的销售员的两倍，乔治·泰勒称他为“不可或缺的人才”，但对此评价他并不开心。

就连谈论政治也不能令他兴奋。保尔·博格在十月份至少花了一个晚上向他讲述肯尼迪对古巴导弹危机的处理有多么“高明”，告诉他苏联舰队的撤离“就标志着冷战的结束，历史会证明这一点的”，怀尔德没有和他争论，只是用很轻的声音提了一个问题，他问博格如果苏联舰队不撤离接下来会发生什么，但他的问题随即遭到了两位妻子的驳斥。

接着，一两个月后，博格开始就他对总统的弟弟波比那新生出来的崇拜侃侃而谈：他已经“担任”司法部长一职，并且凭自己的本事成为了一个负责的领袖。在人权运动方面，他几乎毫无疑问会成为英雄——“你读过他最近做的演讲吗？”——它清楚地表明六年后他会成为总统接班人的有力人选。

"哦，我也这么认为，"詹妮丝说，"我们有这么好的领导，不是一件很棒的事吗？他们不是一个出色的家族吗？每个成员都这么优秀。"

不好意思，怀尔德说，他要去参加一个聚会。

他确实参加了一些聚会——不仅在豪斯顿西区，还有在上城区的。有一次，他以为在观众席里看见了他的老辅导员比尔·科斯特洛，后来就跟着他走到咖啡壶那边，可结果却发现这是另一个白发男子，这人是个阴郁的波兰工程师。

圣诞前夜，他和詹妮丝坐在客厅里，她把最后几件礼物包好，塞在纤细的圣诞树下。他们的圣诞树一年比一年小，一年比一年可怜，但闻上去的味道一直都没变——一种新鲜的、刺激的味道，会使他回想起童年。他想要问一句："我们为什么不去弄一棵更高大的树？"但这样也许会破坏掉这个晚上和谐、纯洁的氛围。于是，他沿着她的书架溜达，直到看见了《焚毁你的每一座城》，把它抽了出来。"这本书好看吗？"他问。

"哦，它获得了好评，"她说。她坐在地毯上，抬起头来，撩开眼前的一缕发丝。"但我想它有点——过分雕琢了。你怎么会问起它？"

"没啥特别的原因。我以前和它的作者见过一面，就是这么回事。"

"哦，在哪？"

"在匿名戒酒者协会举办的一个聚会上。显然他曾经有过酗酒的问题。”

“他和你说话了吗?”

“没有。别人向他介绍了我而已。”

“好吧，你也许会喜欢的，约翰。我可不想破坏了你的阅读兴趣。”

她似乎觉得他会“有兴趣”去读一整本书，这一点令他感动。“不,”他说，“我觉得我不会去找那个麻烦。实事求是地讲，我不太喜欢他的长相。”

“那就不用看了。你对别人总有一种很准的直觉。这也许就是你能把工作做得这么好的原因之一。”

“哦，我不知道。我干的这种工作几乎谁都可以胜任的。”

“你为什么老是这么说？我觉得你做的工作肯定是很难的，而你也干得极其出色。”她站起来，关掉房间里其他所有的灯，让圣诞树的彩色灯光将一切笼罩在一种柔和的、粉红的光晕里。然后，她蜷起身体坐在沙发里，说道：“看上去怎么样?”

“好极了,”他说着坐在了她旁边。“看上去真的很好，詹妮丝。”停顿了一会后，感觉自己像个害羞的小孩，他说道：“圣诞节期间你总是把一切都安排得井井有条的。”

“要开收音机听点圣诞音乐吗?”

“不用，别麻烦了。我们就——在这里坐一会儿好了。”

他几乎还没反应过来，他们已经搂抱在了一起。他们气喘吁吁，低声呻吟，像一对疯狂的小青年似的亲热起来。

“……哦，约翰,”在他把她抱上床时，她说，“我们好久都没有这样了。”

“不，不是的，只不过看上去好久而已。”

“这就是我的意思。我们已经好久没有真正的——我们俩都真正的——哦，约翰……”

在他们颠鸾倒凤时，他突然想到了帕梅拉，只是一闪而过的念头，他随即将她赶出了脑海。过去的一切都结束了。属于他的地方也许就是这里。

詹妮丝称之为“我们的第二次蜜月”，趁她没注意他皱了皱眉头。这个第二次蜜月从那年冬天开始，一直持续到第二年的春天。发现自己可以和她真正地做爱，而非只是尽一个丈夫的义务，他觉得非常高兴。还有别的乐趣：她话说得少了，或者说至少那种仅仅为了打破沉默的话说得少了，她的行为举止中的一些细节似乎在暗示她获得了一种崭新的自尊——几乎可说是一种崭新的沉静。

然后，又是一个夏天，他已接近三十九岁。在他们去“乡下”时，浮台上不止一个而是三四个姑娘们的青春、甜美的肉体每天都在折磨着他，而在平房的厨房间里，甚至连一瓶做菜用的雪利酒都没有。

“今晚我想进城去参加一个聚会。”在她为晚饭剥青豆时，他告诉她说。

“嗯，”她说，“好吧，可你这个礼拜已经去参加过三次了。你真的认为有必要吗？”

“有时候，”他说，“在这种事情上，你必须相信我的判断。”

一进城，他就直奔比尔特摩的酒吧，他在那里喝到了半夜，然后又去了科莫多尔的底层酒吧——保尔·博格就是在那儿把他送去了贝尔维尤——直喝到那里打烊。当他踉踉跄跄地走到楼上的宾馆去开房时，他知道如果自己此时给詹妮丝打电话，他的声音听上去肯定很不正常，所以他把谎言留到第二天早晨再说：他的汽车出了问题，修理工说要花一个晚上，他晚上没有给她打电话是怕吵醒她。她显然相信了他的谎话，尽管事后回头再看这事，他常常觉得他们那第二次蜜月就是在那天晚上告终的。

整个秋天都没发生什么大事，直到十一月底的一天，他和乔治·泰勒吃完午饭散步回办公室，然后在一家电视机商店的门前看见了大量的人群把人行道给堵住了。有几个女人在痛哭，还有一两个男人看上去马上就要哭出来。没过多久他们就知道了是怎么回事，原来是总统遭到枪击，头部中弹。镜头对准了震惊的、悲痛的达拉斯人，然后切换到在沉痛地重述这条新闻的沃尔特·克朗凯特[①]。

“我想我现在最好回家去，乔治。”

“好的，我也准备收工了。”

等他到家时，肯尼迪已经去世了。

“这是最恐怖的历史事件之一，”詹妮丝对着电视机说道。她

① Walter Cronkite（1916—2009），美国著名记者、电视节目主持人。

的眼睛红红的，一眨一眨；她一只手拿着餐巾纸擦眼睛，另一只手搂住汤米，他也是从学校提前放学回家来的。“哦，他是一个多了不起的人啊，还这么年轻。他的事业才刚刚起步……”她很快就会给保尔·博格打电话的，如果她还没有打过的话，以此来确认自己的悲悼。

“……震惊动摇了这个国家及整个西方世界，”沃尔特·克朗凯特说着。

怀尔德呆呆地坐在那儿，一言不发，思考着自己到底是怎么回事。

到了下午的晚些时候，电视画面上出现了达拉斯警方把一个叫做奥斯瓦尔德的嫌疑人关进了监狱——镜头里的那个人瘦得皮包骨头，穿着一件T恤衫——以及一个一本正经的警察扛着一把带瞄准器的步枪的镜头。直到这时怀尔德才明白了自己的感受，这使他走到厨房里去偷偷地喝了一点詹妮丝为客人们准备的威士忌。他觉得自己很同情那个刺客，也理解他的动机。肯尼迪太年轻，太富有，太英俊，太幸运了；他是优雅、智慧、谋略的化身。而那个刺客则代表了软弱、神经衰弱、黑暗的内心，毫无希望的挣扎，无知、笨拙的激情，约翰·怀尔德对这些气质了解得一清二楚。他甚至觉得自己也会扣动那个扳机，他为自己能在这里，在两千英里之外的自己家的厨房里安安全全、哆哆嗦嗦地喝老酒感到庆幸。

“这是件可怕的事。”他说着，回到了妻子和儿子那里。“这是件非常非常可怕的事。”

到了二月份，一切都变了。

他坐在办公室里，琢磨着是否要到外面去喝一杯，来打发掉这天余下的时间——一个不可或缺的人是可以做这样的事的——电话铃响起来，是帕梅拉。

“我的上帝，”他说，“你在哪儿？”

她的声音听上去很腼腆，好像不知是否应该给他打电话。“我住在城市广场。我不知道你今天下午是否愿意过来陪我喝一杯。”

她有了一点改变——当他在酒店的鸡尾酒吧里看见她时，他首先注意到了这个。她的眼睛和嘴巴不一样了——更老了，更“世故”了——她的坐姿和说话的方式有了一种新的威严，不过他不关注这些，他的注意力集中在他很久以前就注意到的事情上：每当发音里出现 p、b 或 m 时，她的鼻尖就会微微摇晃。她已经“结束了”华盛顿那里的事，她说，这句话似乎也指她和切斯特·普拉特的关系已经告吹了。

“……我的意思是在司法部工作很刺激，”她说，“我在公共信息办公室工作——就在司法部长办公室的对面——我这辈子大概再找不到比这更有趣的工作了。主要问题是负责人是个酒鬼——他真的是个无药可救的酒鬼，如果鲍勃知道，说什么也不会雇用他的。”

“鲍勃是谁？”

“肯尼迪。只有家人才叫他‘波比’。总之，他匆忙地雇用了切特，因为他急需一个演讲稿撰写人，两三个月后，FBI 的调查报告来了。里面全是关于他酒精中毒的内容，不过到了那时，鲍勃已经不忍心解雇他了，于是就让他留了下来。切特确实努力了，我估计——他写了几篇很好的演讲稿——不过他似乎觉得如果他白天保持清醒的话，那么到了晚上或周末的时候他就完蛋了；这对我也造成了一些不好的影响。然后，在快结束的时候，就在暗杀事件发生前，酗酒的迹象开始显露出来：他看上去一团糟，还会不住地发抖——他不得不偷偷地溜到大街上去，匆匆地喝几杯伏特加，这样才能度过一天余下的时间。从某种该死的角度看，暗杀事件倒是给了他一种解脱：在人们纷纷提出辞呈的时候，他也可以体面地辞职。我也是在那时候辞职的。”

“他现在在哪里？”

“就在这城里的某个地方，我估计。老实说，我不知道，我也不在乎。我是在上个月和他分手的，在我北上看父亲之前。现在那已经像是发生在多年以前的事了。”

难怪，因为去看父亲的旅程改变了她的生活。“我老是忘记他的年纪有多大了，”她说，“他现在已经六十多了，有时候看上去甚至更老。我估计自从妈妈去世后，他就没有真正开心过，他总是说马克和我就是他在这个世界上拥有的一切。我以前跟你说起过马克吗？”

“只说过他是个绝对的钢琴天才。”

“我这么说过？好吧，我估计这是事实。他在罗马学习了四到五年，去年夏天爹地还去那里看望他了。我估计，他觉得现在他可以不用再学习而开始表演了。他发现马克——约翰，如果我告诉你这个，你能保证不笑或不说怪话吗？你必须发誓。”

“好的。”

“他发现马克在一家旅游宾馆的鸡尾酒吧里弹钢琴，这只是一部分，其余的更糟。他和另一个男人同居在一间到处都是镜子和黑丝绒的公寓里。他变成了个同性恋，你知道。”

“哦。”

“我估计别人家的爸爸也许能接受这种事，但我家的爸爸不行。他想到的是索多玛与蛾摩拉那样的淫乱场面。他说他要和马克断绝一切关系，我觉得他是认真的。总之，整件事让我觉得他就像某种超级爸爸，如果你能理解我的意思。”

“我觉得我能的。”

“于是，在我去那里的时候，他说：‘你想要什么，帕梅拉？你在这个世界上最想要的是什么？’我估计他希望我说是婚姻和家庭，但我觉得我还没有准备好；也许我永远都不会准备好。我连着几天仔细地思考了一下这个问题——我的意思是说这是个你不得不认真思考的那种问题——然后我告诉他，我想做和拍电影相关的事。我甚至告诉了他一点关于你的事。”

“关于我？”

“哦，不是真的关于你的什么事，我只是——好吧，我喜欢上了一个对拍电影也感兴趣的男人，然后我们一起拍了一部实验性的电影，但电影还没有完成。关键是，约翰，话说到这里，他居然真的伸手去拿支票簿了。我的意思是我知道他钱多得不知道怎么花好，但我从没期待过会有这样的好事。他说：‘你想去好莱坞吗？’我说除了好莱坞还有许多地方也拍电影的，他说除了底特律还有许多地方也造车的；他说如果一件事情值得做，它也就值得你好好地去做。约翰，他愿意为我提供任何经济援助，最高可以到五万美元。”

“那是很大的一笔金额。”

“我无法相信。”一时间，她看上去像个有钱人家的小姑娘，在夸耀着她爸爸送给她的超级豪华的生日礼物。“但他说我不再是一个小孩子了，应该负起责任来了，他还说：‘如果你想去那里，你最好不要是一个穷人。’约翰——”她掏出一支香烟，用一只金色的打火机点上，这只打火机也很可能是来自她父亲的又一件礼物，也或许是切斯特·普拉特送给她的礼物。“——约翰，问题是，我确实想去，但我不想一个人去，我想和你一起去。”

“直到切斯特·普拉特戒酒为止，你的意思是这样的吗？”

“我就知道你会说这种话。我要怎么才能说服你呢？听我说，前几天晚上我仔细地读了杰瑞写的剧本《贝尔维尤》，我被感动得哭了起来，我想起了你。哦，听着——”她把香烟放进烟灰缸，向他凑过身来，双手紧紧地抓住他的手腕。他一下子明白过来，一开始吸引住他的，与其说是她那完美的肉体，还不如说是她的嗓音。“听着，为什么不和我一起走呢？你生活里还有更好的事要做吗？”

“詹妮丝，”几天后的一个晚上，他说，“有件事我必须告诉你。”

他没有看她的脸，直到他说完那个最困难的部分——他想和她分居，他要去加利福尼亚，他时来运转要做制片人了，他有一个女朋友——他冒险瞟了她一眼，他发现她看上去茫然若失：他不知道她是出于“礼貌”而摆出这么一副表情的，还是真的被他的话吓着了。

“……银行里的存款足够维持你和汤米两年左右的生活了，”他说，“我不是说你要那么多钱。只要运气好，我在一年之内就可以定期给你们汇款了，也许在半年内，当然我会一直……”

“这么说，你已经下定决心了，”她最后开口道。

“是的，下定决心了。”

“那么，我就没什么好说的了，对吗?”她从读书椅里站起来，走到离他几步远的地方，不以为然地耸起了肩膀。等她转回身来时，他以为她会摆出一张因愤怒而扭曲了的脸，但实际却是一张平静而美好的脸。她的眼睛熠熠发光。“哦，约翰，”她说，“我还以为我们在一起日子过得有多幸福呢。”

“……我要去那里待很长一段时间。”第二天晚上，他对儿子说，“也许半年，也许更长。但我们会保持联系的。”

“好的，爸爸。”

“等到我安顿下来，也许能安排你飞过去参观一下。你愿意去吗?”

“当然，那太好了。”

“也许你会觉得有趣的，自己一个人飞到西海岸。洛杉矶有很多地方值得参观——比如说，那里有很多精彩的棒球赛。”

“好的，爸爸。”

“这是我这辈子听过的最该死最愚蠢的话了，”乔治·泰勒说。“你不仅是给我留下了一个烂摊子，把你所有的工作都丢给我处理，而且你的行为是一种彻底的——彻底的不负责任。一个人闯荡到加利福尼亚，没有任何明确的——约翰，男人是不会把多年来苦苦经营的一份事业一脚踢开的。看在老天的分上，詹妮丝怎么办呢？你的儿子怎么办呢？”

“我会给他们足够的抚养费。”

“问题不在这里。问题是男人需要一个家，看在老天的分上。你喜欢那个姑娘，没事，好呀，你就拥有她好了，但不要——好吧，原谅我要爆粗口了，不要在你吃饭的地方拉屎。”他涨红的脸和噘起来的嘴唇表明他对自己的说法既惭愧又得意。“好吧！”他举起一只手，好像是为了挡住一记拳头。“好吧。也许那个部分与我无关，但这个部分——”他用一根僵硬的食指戳着桌面，“——是跟我有关的。你要抛弃的是你整个的事业哦。”

“我从没把这个看成是一份事业，乔治。实际上我从来没喜欢过它。”

泰勒对着天花板翻白眼。“从来没喜欢过它。辛辛苦苦地走到了一份事业的顶峰，然后再来说你从来没——啊，听你说话我会累死的。你的行为不像一个成年人，倒像一个疯狂的孩子。拍电影！看在上帝的分上，你对拍电影有多少了解呢？”

“好吧，我们来找找看。”布林克医生一边说，一边翻着一本看上去像百科全书似的大部头。“洛杉矶。我在那里没有一个认识的人可以推荐给你，不过，加州大学洛杉矶分校是不会错的。把这个名字记下来：伯顿·L. 罗斯。既然他是那个单位的负责人，那他就一定是个能干的家伙。”他把那本通讯录放到一边。

“好了，至于你的药，我觉得没必要做任何改动；如果药片吃光了，你可以从罗斯那里拿。如果这是一次普通的商务旅行，我就不会多说了。但我对你的计划的不明确性有点担心。”

“我也是。”

“你也许会陷入事先没有预料到的困境，你也许会觉得压力重重。”

“那也是我担心的事情，医生。我的意思不是指担心，仅仅是忧虑。”

“忧虑，对的。”医生说，就好像这正是他在寻找的一个字眼。他用银色的圆珠笔拍打着自己的嘴。接着，他在处方簿上匆匆地写了起来。“我们可不要冒险。所以，我们要这么做。我给你这额外的三种药，万一你觉得自己已到了崩溃的边缘，你就把它们吃下去。你要记住，这些药只在情况危急时才能用。用一根橡皮筋把它们扎起来，单独放在行李箱里的某个地方。把它们视作是你的救命药。听明白了吗？”

“明白了。听我说，医生。我也许再也不会和你见面了，所以我想要对你给予我的——你知道——所有的帮助表示感谢。”

“不客气，”布林克说着，站起来和他握手。“能为你效劳是我的荣幸。”

第八章

洛杉矶机场实在令人犯晕，当他好不容易把租来的车开上了高速公路的迷宫，帕梅拉差一点就要哭出来了。

“我该找哪个标志？”当头顶上出现一块块巨大的绿底白字的指示牌，他问她。

“找日落大道，”她说，“那至少是——当心，约翰——至少是一个可以落脚的地方。”

他对这座城市的全部认识就是，它根本不是一座真正的城市。这样的认识来自于他曾来这里参加过的两次简短的商务会议。它往四面八方绵延好几英里，但从来也没有发展成为一座城市，好莱坞是它的一部分，也是它最难以捉摸的部分，不过，在日落大道落脚听上去总比在好莱坞藤街落脚要好。

“好，”当他把车驶离出口，开上一条两边栽着棕榈树的令人愉悦的大道，她说道。“我们在这条路上再往前开一会，应该就能到日落大道了。”

她说对了，他们在离西哈诺酒店不远的一家汽车旅馆入住下来。很快，他就从旅馆的小冰箱里拿出威士忌倒上了，而她则对着双人大床把脚上的鞋子蹬了下来。不管怎么说，他们总算是到地方了。

“干杯，”他说。

“我估计我们首先该做的事是找一间公寓，”她说。“甚至应该在给埃德加·弗里曼打电话之前。你觉得呢？”

埃德加·弗里曼是他们唯一的“联系人”，他是哥伦比亚影业公司的制片兼导演，他叔叔是她父亲认识的一个熟人。他热情洋溢地回复了她的来信，说他很乐意在“摄影棚里请他们吃一顿午饭”。

“没错，”他说，“听着，我们必须在两天内找到公寓，顶多三天。”

他们花了四天时间，找到了一个不太令人满意的地方。它在日落大道南面的一条街上，唯一一个真正的优点是它位于底楼，有一个独立的入口。客厅的装潢大部分都使用那种哈密瓜和白兰瓜的色彩。这里还是可以住的，只要他们把墙上那些令人瞠目结舌的基恩①的复制品拿下来就好了。卧室要稍微好些，但整个地方就像汽车旅馆的套房一样显得冷冰冰的，只适合暂住。

“见鬼去吧，这只是暂时的。”当他们在第五天从车上把床上用品、厨房用具以及各种杂货搬下来时，他说道。“等我们对周围的路更熟悉一点，我们就能找到一个更好的地方。再说，这里便宜、便捷，还有电话。我们现在只需要这么多。”

---

① 应指 Keene Charles Sameul（1823—1891），英国插图画家、讽刺漫画家。

“我很高兴我们没有签下两年的租期什么的，”她说。

他看着她给埃德加·弗里曼打电话，看着她在说“我太高兴了，你还记得我……”时露出了僵硬的、做作的笑容，看着她在说“今天？好吧，那太好了，如果你肯定你……好啊，好的，那么……十二点半……好的，到时见，弗里曼先生……”时的一副开心得摇头晃脑的样子。

然后，他们开车去了那幢威严的、庞大的哥伦比亚影业公司外面的停车场，她的大腿上搁着一份《贝尔维尤》的剧本。

“弗里曼？”一个就坐在门口监视每一个访客的穿制服的男子说。“二楼，左手边的第四个门。”门上的一块小小的金属牌子上写着“弗里曼公司”。

“请稍等，”一个很年轻的秘书说，她显然是个英国人。不一会儿，他出来了——一个高大、颀长的男人，衣着得体，是东部的麦迪逊大道风格，衬衫的袖口露在外面，脸带微笑，就好像帕梅拉和怀尔德是他在这繁忙的一天中最想见到的两个人。

“进来，进来，请坐。我过一会儿马上来陪你们。”他说着把他们领到了一间阳光普照的大房间，里面站着四到五个人。他给他们做了一个相互介绍，介绍得实在太快，以至于怀尔德连一个名字都没记住，然后他又回到了显然是被打断了的一场对话中。除了坐在深沙发里等，他们别无选择。

“我认为那个就是答案，埃德加。”有个人说道，“如果我们在这里得不到任何支持，我们就把它拿到日本去。”

“这是在碰运气，”埃德加·弗里曼说，“但值得一试。我们把莎拉叫过来吧。”他坐在一张宽敞的书桌前，按下一个键，那位年轻的英国姑娘就走进来了。

“……给日本东京环球影业公司执行制片人 E. C. Moyoto 先生写信。亲爱的 Moyoto 先生：还记得我们去年六月在国际电影人会议上的愉快交谈，我希望您会对附件里的剧本《冲绳》感兴趣，希望您能同意我的意见，如果日美合作拍摄此片，那将是一个非常精彩的项目。另起一行。”

“写得好，”有个人说。

“正如您将看到的，这个剧本是对历史上的各次战争进行全方位的深入研究后写成的，对交战双方都进行了研究，其中最感人、最令人难忘的是对于英雄和牺牲的描写——不好，把这句划掉，莎拉——对于日本军队的人权、英雄主义和牺牲的描写。我期待能很快得到您的回信。您挚诚的，等等。”

“写得好，”那人又说了一遍。“这封信写得真漂亮，埃德加。”

他们还谈了一些别的事情，怀尔德没听懂。然后，人们纷纷退出了办公室，弗里曼站了起来。“对不起，让你们久等了。”他说。“上午有时就是这个样子的。我们去吃午饭吧？”

高管餐厅里不供应老酒——这是第一个令怀尔德感到失望的地方——也没有窗户，但是有个意大利性感女神坐在离他们两张桌子远的地方，周围没有几个电影明星，所以她显得格外引人注目。

“今天我应该庆祝一下，”埃德加·弗里曼说。“今天是我四十岁生日，可以算是一座里程碑了。我估计它真正的意思是我再也不能管自己叫青年导演了。必须把路让给青年一代。”

“您拍过多少部电影，弗里曼先生？”帕梅拉问他。

“哦，让我想一想。”他一边看着叉子上的浸了酱汁的虾仁，一边思考着。“七十二部，不，等等——是七十四部。”

“七十四部电影？”

“哦，这也不算是什么纪录。尽管已经接近纪录了，对于我这个年龄的人来说，尤其是我拍的电影几乎每部都有票房。其中的大部分电影，都是我在过去的十二年里为鸿运国际影业拍摄的。有许多人说鸿运的坏话，但我和他们的关系非常好。”

“等一下，”她说，“他们是不是就是那家拍青少年沙滩电影的？”

“沙滩电影和自行车电影，对的。还有恐怖电影。鸿运是第一家了解并开发了那个市场的公司，而且他们做得非常之好。他们都是非常精明睿智的商人。一般来说，当你在这座城市里听到某人在说鸿运的坏话，基本上都可以断定那只是出于纯粹的嫉妒。有许多人都想知道他们是如何运作的。我投身哥伦比亚是因为我觉得到了我应该拍一些更有野心的作品的时候，也许这样才能和我在欧洲获得的声誉相称——在欧洲，有许多电影评论家盯住我的电影，你知道，尤其是在法国，尤其是针对我拍的恐怖电影——不过，到目前为止，我必须说我在这家片场里工作得不是十分愉快。”他把最后一只虾仁叉进嘴巴，把放着冰块的碟子推到了一旁。“总之，和几个管事的头头相处得不是最好。我们似乎对电影题材有不同的看法。”他说。“我们一起研究出了三到四部优秀的剧本——我认为是优秀的剧本——但他们似乎都没什么热情。首先，我给了他们一部真正激动人心的南北战争西部片。”

“什么叫南北战争西部片？”怀尔德问。

“北方的骑兵，军营，逃跑的南方俘虏，印第安人，追捕，枪战，强奸……谢谢。”他拿了一盘牛肉炖牛腰，对侍者说道。“然后，我又给了他们一部货真价实的黑帮电影剧本，以情人节大屠杀①为背景，现在我又给了他们一部描写第二次世界大战时期的冲绳的剧本。和他们合作就像是拔牙。如果我们无法很快达成一致，我就要转到别的片场去了。好吧，跟我说说你们自己的事。你们带来的是什么？”他伸手过去拿放在帕梅拉的盘子旁边的剧本《贝尔维尤》。

“我觉得您不会对这个感兴趣的。”她飞快地说，“这是一部实验性的短片。我们——我们的几个朋友——”

“剧本作者：杰瑞·波特。”他大声念道。“是不是就是那个写了《焚毁你的每一座城》的杰瑞·波特？”

“是的，我不知道它已经——”

“还没有正式发行，”埃德加·弗里曼说，“但大家都在谈论它。导演是一个名叫朱利安·菲尔德的小伙子，显然他干得很出色。”

“哦？好吧，实际上，这个片子也是朱利安导演的，你知道，

① 美国禁酒时代里在贩运私酒的帮派间的一次血腥火拼，发生在一九二九年二月十四日的芝加哥。

是在东部拍摄的。但是，还没有完成剪辑。我们——”

“是吗？”他说，一边翻着剧本。“好吧，你们找到了很好的合伙人。”

“他们现在也在这里吗？”她问，“杰瑞和朱利安？”

“不在这里就在纽约。他们多数正在做新的项目，我估计从现在起他们将成为两个非常忙碌的小伙子。你们要来点甜点吗？朗姆蛋糕或者巧克力芭菲？”

“上帝啊！”当他们出来走到停车场时，帕梅拉说，“沙滩电影，自行车电影，恐怖电影。埃德加·弗里曼先生拍的就是这种垃圾啊。”

“没关系。他又不是好莱坞的唯一一个人。”

但他是他们认识的唯一一个人，想到这个事实，他们俩在回去的路上都闷闷不乐的。这是这座城市里比较荒凉的部分——一个鲜榨饮料摊，一个加油站，一家大型药店，好莱坞守护神剧场的脏兮兮的白墙——怀尔德尽量小心地开着车，因为他想安全到家，然后越快越好，马上喝一杯。

“就算杰瑞和朱利安在这里，”帕梅拉拿着叮当作响的酒杯在公寓里踱步，说道，“你觉得我们怎么才能联系上他们呢？就算我们联系上了他们，他们又能做什么呢？”

“我不知道，宝贝。我们不得不——你知道——走一步看一步了。”他自己也不十分确定这句话的意思（走一步看一步？他们为什么一定要“走”？），但它听上去是个不错的答案，而且他相信威士忌能让他们整个下午都心情放松的。

第二周，《焚毁你的每一座城》在全国各地的多家影院公映了——他们是在《洛杉矶时报》上读到这条消息的——而且获得了一致好评。

> 在他的第一部公映作品中，年轻的朱利安·菲尔德展示了优秀的导演才能。杰瑞·波特的出色剧本是对切斯特·普拉特的原著的忠实改编，而菲尔德把剧本里的精彩之处基本都表现出来了。很少有观众在看完《焚毁你的每一座城》后没有被打动的，许多人认为它是今年最佳的观影体验……

帕梅拉给他们俩都写了信，信由制片公司转交。在等待回音的时间里，他们去参观了这座城市的各个角落。贝弗利山庄看上去确实豪华，但那里的房子——至少是那些从路上可以看见的房子——都挨得太近了。好莱坞山庄更漂亮一些，有些房子看得见很美的风景，但大峡谷消失在圣费尔南多峡谷郊外的大片荒野里的速度实在太快了点。洛杉矶的闹市区没有任何令人惊奇之处，似乎是在向游客们保证这座城市的精华部分绝对在它的西面，但当他们开车来到那片海滩时，看见的却只有风沙漫漫、饱受日晒雨淋的贫民窟。他们一次次地在饥肠辘辘中开车返回，他们需要来上一杯，他们感觉压抑郁闷。他们有充裕的时间和金钱，但这两者都不能给他们什么慰藉。

“回家去喝一杯吧，”一天下午，帕梅拉说，“我们整天就干这个。我们回去喝一杯，或者喝三杯四杯，然后我们去找一家没有光顾过的饭店，在那里再喝两三杯，然后我们就上床。要是有人来拜访我们，或者我们去拜访别人就好了——随便什么人都好。”

他也许可以提醒她，没有明确的计划就盲目地来到这里的疯狂想法全都是她想出来的，但他不想和她吵架。他们一起身陷这样的处境已经够糟了，如果他们再恶语相向的话就更加令人难以忍受了。

“放松一点，宝贝，”他说，“我们肯定有时来运转的时候。”

杰瑞的来信终于到了，上面盖着纽约的邮戳。她用一双颤抖的手把它撕开。

> 很高兴听到你们俩都在洛杉矶。如果我下次去那里，希望能和你们见面。《焚毁你的每一座城》引起了轰动，也许你们已经听说了，朱利安和我现在已经在忙着另一个项目……
>
> 我在洛杉矶确实认识一个也许会有兴趣和你们合作《贝尔维尤》的人。他很有钱，也是一位有绅士风度的制片人，一直在寻找着他所谓的艺术片题材，他真的是一个好人。他的名字叫卡尔·芒琴，住在马里布。我今天就给他写信，把你们俩的事告诉他，然后就看你们自己了……

当他们还在犹豫着什么时候给卡尔·芒琴打电话比较合适

时，卡尔·芒琴给他们打来了电话——到目前为止这是他们在洛杉矶碰到的最幸运的事了。

“……你们为什么不把剧本复印一份寄给我呢，怀尔德先生？”他说，“我会先看一下，然后再和你们联系。”

那就意味着他们还要再多等几天，出门的时候还要提心吊胆，因为电话铃也许会响，不过芒琴确实给他们回音了。

“我觉得这是可行的，”他说，“我知道这个剧本会写得很好，因为杰瑞·波特是一个好作家，但我不认为这个题材本身很有趣。听我说，你们今天下午能到我这儿来一下吗？那样我们就能好好地谈一谈。”

他住在马里布的某个区域，那里是他们在满怀期待去海滩游玩时说什么也不会发现的一个地方——位于公共海滩以北的数英里处，他住在一栋大宅子里，从路上是完全看不见他家的。宅子本身是一个室内和室外豪华装潢的结合：宽敞的露台上摆满各种家具，看上去就像客厅，而客厅里则摆满各种植物，看上去倒像露台。他是一个高大、黝黑的光头男，有一个小巧玲珑的、黝黑的妻子，他们俩穿着配套的猎装。在他说话的时候，海伦·芒琴的目光一刻也不会离开她丈夫的脸，她看上去完全被他的魅力迷住了。只有在他说话的间隙，她才会把视线从他身上移开，看向来访者的眼睛。她的目光似乎在对他们说：“卡尔难道不是一个优秀的男人吗？我难道不是全世界最幸运的女人吗？”

“……你们手头上的这个本子似乎是某种适合艺术影院的小东西，”他说。他们坐在露台上喝着金汤力，一边看着在夕阳下泛着波光的太平洋。“国外的电影公司也许会愿意投资拍这种短片。在纽约多数能取得几家影院的预约，在旧金山也许能争取到一两家，在别的地方就别想了。在欧洲也许会好一点，但也不会太好。不过我脑子里思考的是能够获得票房的计划，而不仅仅是一部艺术电影。我的意思是指一部在商业上可以获得成功的作品。我跟你解释一下吧。首先，在你的剧本里有一个致命的弱点。你的主人公——整个贝尔维尤的故事都是以这个人为中心的——的特征被描绘得模糊不清。”

“我们的本意就是如此，”怀尔德说，“我们想把他描绘成一个无名无姓的旁观者，你知道，一个普罗大众。”

“不可能的。你不能把主人公描绘成普罗大众。”卡尔·芒琴来回摇晃着食指，摆出一副狡猾的笑容，就像一个高中英语老师在阐述某个犀利的观点。“只有通过特性，你才能找到共性。”他停顿了一下，给他们时间消化他说的这句话。然后，他站起来，穿着那双一尘不染的沙漠靴，在石板地上来回踱了起来。“我的意思是说这个家伙是谁？”他问，“他不在贝尔维尤时是一个什么样子的人？贝尔维尤是如何改变他的生活的？我希望你们把现有的稿子修改成一个浓缩版，作为影片的第一部分。然后，我希望看到第二部分和第三部分。你们懂我的意思吗？”

“我不太确定，”怀尔德说，“第二部分和第三部分又写些什么呢？”

“我们必须找到一个杰出的作家，来把这部作品完成了。仅仅作为一种策略，我觉得要让这个人物立起来需要再来一次精神崩溃——一次真正的精神崩溃——在第二部分，然后在第三部分里，就让他彻底疯掉。我们要全力表现他的疯狂。哦，要是现在是一九四五或一九四六年，我就不会建议这么拍。让他去看一个出色的心理医生，把第三部分拍成他与病魔做殊死的斗争，最后获得了奇迹般的康复——心理医生帮助他回忆起了童年的一段经历，这就是解决他所有问题的关键——但是现在的人已经不相信那类童话。今天的观众更复杂，所以我建议就让他发疯，把他彻底毁给观众们看。”

“他会犯罪吗？”怀尔德问，“比如刺杀肯尼迪什么的？”

“这样也许能行，但大家都知道是谁刺杀了肯尼迪。而且，我也不认为他一定会犯罪。就让他疯到无法立足于文明社会的程度即可。把他拍成一个真正的妄想型精神分裂症患者。如果我们的作家不知道怎么处理，我们就给他买一只录音机送他去卡马里奥。”

“哪里？”

“卡马里奥。州立精神病院。带上一只录音机去那边，倾听精神病患者们的对话。也许会想出什么很棒的主意。”

“嗯，”怀尔德说，“好吧，你觉得呢，帕梅拉？”

她在回答前狠狠地喝了一口酒，然后对芒琴说了起来。“恐怕，我还是不明白为什么不能把电影就拍成现在这个样子。”她说，“我不知道约翰是否把这个对你解释清楚了，芒琴先生，但这部电影其实已经拍好了。尽管还没有完成——就是还没做电影剪辑——但它已经拍好了，导演就是朱利安·菲尔德，就是拍《焚毁你的每一座城》的那个导演。哪怕它是局限于艺术影院的那种电影，难道就没有别的可能了吗？获得更大成功的那种可能。”

“当然有可能的，”芒琴说，“你永远都可以抱着那种希望。但我们现在说的是我对什么感兴趣，对吗？”他露出迷人的微笑，展示出一口干净、坚固的牙齿。“我对那种三部分的情节构造感兴趣。对电影短片没兴趣。”

她不依不饶。“那好吧，你认识或许会感兴趣的什么人，或者说**听说过**什么人吗？”

“亲爱的，”他保持着微笑，说道，“就算我知道，我也不会告诉你。”

她一下子觉得被什么刺了一记，直到海伦·芒琴笑着向她解释他只是在开玩笑。在他们重新倒好酒时，他又回到了自己的计划。

把这个男人关进贝尔维尤，让他回忆起是什么问题把他送进那里去的，让那些问题完全爆发出来，把他推向崩溃的边缘，然后看着他走向崩溃——看着他一步步陷入困境，没有一个心理医生有办法帮他——那样，卡尔·芒琴说，才是一个真正的故事。这种素材是一个优秀的作家说什么都不肯放弃的。而且，要找一个优秀的作家也完全不成问题。“这座城市里挤满了作家。如果我们请不动杰瑞·波特，我们就去找文学代理——我和两三家顶级的文学代理社有联系——我们马上就能找到一个一流的作家来为我们服务。”

“好吧，我不知道，芒琴先生，”怀尔德说，“我们必须先考虑一下，然后再进行更深入的详谈。”

“当然要的。你们也许不能马上看出那种可能性，因为你们的思路已经卡死在了短片版里，这个贝尔维尤的部分，但我还是希望你们能够把思路放开。我觉得我们要拍的是一部非常别致的电影。”当他说“一部非常别致的电影”时，他妻子高兴地打了一个激灵。然后，她站起来，表示鸡尾酒时光已结束。

“我们会很快再一起讨论的，”芒琴说，“同时，你们能把这份复印件留给我吗？我想给一些人看一下，看看他们的意见如何。好了，很高兴与你们见面。我们以后再谈。”

“……我们甚至不知道这个人是谁。”在他们驾车沿着太平洋海岸公路回去时，帕梅拉说，“杰瑞说他是一个很有绅士风度的制片人，但看在老天的分上，那究竟是什么意思呢？而且，我觉得他的大构思也不怎么样，你觉得呢？”

“不知道，我还在琢磨呢。”

“哦，我太失望了。我觉得他是想利用‘贝尔维尤’本身的名气，然后他就开始跑题，把影片的主题完全带入一个新的方向。约翰，要是朱利安在老早以前就把这部电影完成了，你知道我们现在会在哪里吗？我们会带着一部已完成的作品来这里推销——我们可以和经销商谈条件，而不是像现在这样在埃德加·弗里曼和卡尔·芒琴之间兜圈子。”

他让她忘掉埃德加·弗里曼。他说芒琴是个与众不同的人。芒琴说了要把他们的剧本给一些人看，这样也许就会有无限的可能性。“我觉得我们今天的工作是有价值的，宝贝，”他总结道。他一边在公路上开车，一边在脑子里琢磨着有什么办法可以让她高兴起来：他们可以去他们能找到的最好的饭店，好好地喝上一顿，来弥补芒琴的金酒正在逐渐消失的魔力；然后他们就点昂贵的菜单上看上去最好的吃食，配上葡萄酒，通过这些手段，他会让她认识到芒琴的想法其实也没有那么糟糕……

“不，没什么价值。”她坚持说，一边用手指转动着白兰地酒杯的细柄。“他的想法很蠢。他认为随便什么人只要在贝尔维尤待上一星期就一辈子都注定是个疯子。这算哪门子的胡说八道？”

他感觉自己好像是在竭力要说服她，要再次告诉她，《古庙战笳声》是有史以来最佳的男童影片。“我不认为他是这个意思，”他说，“或者至少说不一定就是这个意思，如果我们能找到一个好作家的话。哦，我赞同今天芒琴的表现是很傻，但他是即兴说出那番话来的。一个好作家能够把一个人写活了，可以写出有血有肉的性格，可以写出此人身上所特有的问题。那样的话，讲述一个人崩溃的故事就可以遵循它自身的逻辑了。你明白我的意思吗？”

“不。”

“你只是心情不好。听我说，我也觉得芒琴是个混蛋，但我们还是可以利用他的。让我们——你知道——打开思路吧。”

“好吧，”她说，“我估计我们也没什么别的办法。”

没过两周，他们又去了卡尔·芒琴的露台，不过，这次那里又多了另外四个人。一个是帕梅拉的父亲推荐的律师，一个是芒琴的律师，另外两个——都是黑皮肤的矮个子，看上去简直像双胞胎——被介绍说是芒琴的商业合作伙伴。到那天的黄昏时分，经过了几份文件的密集讨论和潦草的签名后，他们组建了一家制片公司。

“这些事情真的做成了吗？”帕梅拉问。“这一切都显得那么简单。”

“显得简单是因为我们有很好的律师。”芒琴说着往她的酒杯里倒马提尼酒。“现在我们要做的只是寻找投资方，然后把电影拍出来。”

“……这样我们算正式进入这一行了。”当晚，在他们开车回家时，怀尔德说道。“我们都成了制片人。”

“我知道。我想我们应该去庆祝一下什么的，但我还是觉得哪里不对劲。我还是不相信芒琴的主张。”

很快——几乎可以说是太快了一点——芒琴就通过两三家顶级代理中的一家找到了一个作家，一个又高又胖、神经兮兮的家伙，名叫杰克·海因斯。于是，他们和这位作家开了一个会。

“……我把他设定为一个已婚男子，”他一边说，一边穿着一双沙漠靴在芒琴的露台上无声地走来走去，这双靴子在新的时候看上去一定和芒琴的很像。“他是个婚姻不幸的男人，他有几个和自己相处不融洽的孩子，他觉得自己掉进了陷阱。他是个不折不扣的中产阶级。我不知道他是靠什么谋生的，但我们可以说他有一份很赚钱而在本质上没什么意义的职业，比如广告业。从贝尔维尤出来后，他觉得恐惧、失落，但他不知道如何开始新生活。也许他会和一个骗钱的心理医生发生瓜葛，这样的话我们的故事就会增添一份幽默的色彩——黑色幽默——然后，他遇见了一个姑娘。这个姑娘——”

“你停一下，杰克，”卡尔·芒琴说，“我看得出你为了这个动了不少脑筋，但我听下来总觉得这里面有一种俗套的感觉。不幸的广告人，灰色的法兰绒西服，诸如此类。我们不能把这个角色弄成是出于某种荒唐、无聊的悲观厌世思想而走上了下坡路的。这是一个**黑暗**的故事。我们需要的是一个命里注定要走向毁灭的角色。”海伦·芒琴随即附和说：“哦，对的。”

杰克·海因斯眨了一下眼睛，看上去很受伤，但没持续多长时间。“好吧，卡尔，我觉得你在寻找的这些特质都将出现在我写的剧本里。我现在给你们的所有陈述都只是一个简单的总结，我不明白你怎么能仅凭这个就匆匆地下结论——听我说，我能继续吗？好的。那姑娘想帮助他。她给了他希望，在短暂的一段时间里，他们的情事进展得顺风顺水——这给了我们在第二部分结束时所需要的欢快的调子。然后，大反转！进入第三部分，一切都分崩离析。他应付不了姑娘给予他的希望，他在感情上为过去所羁绊。他是一个‘黑暗的’人物，你会在电影里看到的，他的这种性格会自行发展——”

“他自杀了吗？”

“没有，但从某种角度说，比那更糟。他一步一步破坏掉在他生活中仍然有光明有希望的一切，包括那个姑娘给他的爱，他陷入了深深的绝望，这种绝望几乎到了足以致命的程度。他的生命终止于一家疯人院，贝尔维尤和那家疯人院比起来简直就是天堂。我觉得你会明白的，卡尔，当一切都顺理成章时，这样的结果是不可避免的。在那个男人身上，从一开始就埋藏着自我毁灭的种子。”他的表演结束了，只有他那颤抖的双手——迅速用点烟来掩饰了过去——暴露了他内心的焦虑。

“我不知道，”芒琴说，“好像漏掉了什么，缺了什么东西。你们觉得呢？”

那位作家对第一部分的叙述使怀尔德坐立不安（这个杰克·海因斯算哪路神仙？他怎么会知道得那么多？），他甚至想找机会摆脱此人——那样他们可以重新找一个作家，完全换一套思路——但他不想贸然说出自己的主张。“我知道你所谓的俗套是指什么意思，卡尔。不过，对于还没有写出来的东西是很难评判的。”

“我觉得它听上去很有趣，”帕梅拉说，怀尔德惊讶地看着她。他以为她会觉得那听上去很糟糕呢。

“这一切会发生在哪里呢？”芒琴问，“在纽约吗？”

“大部分。我还没有完全想好。如果你想改变一下场景，他可以带那个姑娘去别的地方。随便什么地方。”

大家热情地和杰克·海因斯道别（“以后再和你谈，杰克，”芒琴说。），然后他坐进了一辆灰尘满布的白色大众开走了，那车看上去实在太小了，简直放不下他的腿。

“你的真实想法是怎样的，帕梅拉？”怀尔德问。

“我告诉过你了，我觉得它听上去很有趣。这还是头一次，我真的可以在脑子里想象出卡尔将故事分成三部分的主张。”

“噢，行啊，”芒琴说，“但要记住，海因斯也不是不可取代的。我对海因斯的全部了解只是他在几年前出版了两本不出名的小说，以及他有一份参与制作的电视节目清单，其长度大概和你的手臂差不多。我们可以做得更好。今天早晨我在电影报上看到切斯特·普拉特也在这里。他也许有许多事要忙，但我打算去问一下。找到一个那种水平的作家，你也许就能看到一件真正具有想象力的作品。”

“不，这个不行，卡尔，”怀尔德说。他担心自己脸上涌起的红潮会被他们看出来。“我们不要切斯特·普拉特。”

“看在上帝的分上，为什么不要？”

“我跟他见过一面。我听说他这个人不值得信赖。他是个酒鬼。”

帕梅拉在审视着自己的指甲。

“他戒酒很长时间了，这才写出了一本相当杰出的书，”芒琴说。

“哦，我不知道，”怀尔德说，“我觉得对它的评价有点言过其实了。”

“你看过这本书了？”帕梅拉问，“我不知道你已经看过了。”

在他们开车回家时，她说：“为什么你对普拉特的态度这么滑稽？如果芒琴能够把他拉进来，事情就会有转机的。”

“我不想和他搅在一起，仅此而已。我必须说我很吃惊，你居然想和他搅在一起。”

“哦，约翰，他不会和我们搅在一起的。他会一门心思写剧本的，等到电影一拍成，我们也许就再也不会见到他了。而且，不管我们怎么看这个人，他都是一个杰出的——”

“好吧，”他说，一边双手紧紧地握住方向盘，以此表明自己并没有生气。“好吧。”

“不管怎么说，就连考虑这种事情都是很傻的。我不认为芒琴有本事拉他入伙。”

那天晚上，在吃完晚饭回家途中，她停下来买了两份电影报。

“你干吗呢？”他问。

“我只是想看看报上对普拉特的报道。我想看看报上是怎么说他的。”

“不，不行。”他在人行道上停住了脚步。“你不可以把这两张他妈的报纸带回家。”

“你疯了吗？”

这不是他们在好莱坞的第一次争吵，但这是最突然的一次，而且以前也从没在大街上吵过。

“行啊，你看吧！”他吼道，“看吧——上面不会有你要找的东西。报纸上不会登他的电话号码。”

“约翰，你这么说毫无意义，荒唐透顶——如果你不住口，我发誓我要——”

“你要干吗？拿上你老爸的钱搬出去住吗？好啊！再去和切

斯特·普拉特同居好了！让他和芒琴合作，你们仨可以拍一部关于我的电影！哦，我是一个黑暗的角色，对的，宝贝；我在劫难逃；我身体里埋着自我毁灭的种子……”

她飞快地走掉了，几个穿着色彩鲜艳的T恤衫的小青年——两个小伙子，一个小姑娘——停下脚步目瞪口呆地看着他们。他没有别的办法，只得飞快地往相反方向走，去找一家酒吧躲起来。

他找到了一家俗气、喧嚣、拥挤的酒吧，显然这里是青年演员们常来光顾之地。在一排排的酒瓶后面，不是一面镜子，而是一块被充分使用了的公告板。他好不容易挤到吧台前，喝掉两杯烈酒一杯啤酒后就匆匆离开了。第二家酒吧比第一家好，第三家最好——幽暗、宁静，他舒服得想永远待在那里。他对侍者打了个手势，示意再来一杯，一边听着托尼·班奈特[①]倾诉他如何把自己的心留在了旧金山。

不用多久，他就会回家去赔礼道歉的——他会把她叫醒，如果有必要这么做的话——但不是立刻。此刻，他必须把事情琢磨明白，这一点很重要。

“先生？”

“是的，请再给我来一杯双份的。”

等到他回到家时，他已经醉得磕磕绊绊、踉踉跄跄。他一开始以为自己不会去叫醒她向她道歉，而会直接爬到她的旁边昏睡

---

① Tony Bennett（1926— ），美国爵士乐歌手，这里指他演唱的著名歌曲《我把心留在了旧金山》。

过去，但他甚至连这个都无法做到。他毫无睡意。

他坐在客厅的沙发里，用啤酒来慢慢醒酒，等待着睡魔的到来。当阳光透过百叶帘照进来时，他仍在沙发里，仍然醒着，对自己嘀咕着什么。

“……好消息，”几天后，芒琴在电话里说，“虽说还没有最终搞定，但我觉得我们有希望把普拉特拉进来。”

“噢，”怀尔德说。

“他的代理人昨天问我要了剧本，普拉特今天在看。听我说，假设他喜欢上了这部作品，你觉得你们俩哪天能上我这儿来呢？来和他当面详谈？”

“呃，别指望我来，卡尔。”他说，电话筒抓在他手里微微颤抖。“我一点都不想见他。你别挂，我去问一下帕梅拉。”

她坐在房间另一端的一把扶手椅上。她在看《声音与图像》杂志，但电话铃响起来时她丢下了杂志。他把卡尔的话转告给她，她卷起下唇，用牙齿咬住。她睁大了眼睛。“上帝，”她说，“我不知道。”

“她不知道，卡尔。”他说，“她过一会儿会给你回电的，等她打定了主意，好吗？”他挂掉了电话，对她说：“好了，宝贝，你决定好了。”

“如果你不想让我去，我就不去，”她说，“你知道的。”

他不知道，而且，这句话让他的心情一下子好了起来，但他不想喜形于色。“不，你还是去吧，”他说，“你也是制片人之一呀。”

“呃，你也是呀。如果你一个人去，他甚至可能永远都不会知道我和这部片子也有关系。”

“他已经知道了，你的名字写在剧本里呢。”

“哦，我没想到这点。”

最后，她给芒琴打了电话，告诉他只要他方便她随时都可以去。

在他们约好的那天下午，她在着装上比平时花了更多的时间，连试了几条连衣裙，直到他说：“人家会以为你对自己的打扮十分在意呢。”

“哦，你说的对，”她说，“我真傻。我就穿一件衬衫和一条旧裤子好了。你确定不想去吗？”

“我确定。”

但在她走后，他用拳头抵住嘴在房间里走来走去。他为什么不一起去呢？让普拉特看到她还有另外一个男人不是更好吗？他喝了一杯酒——只喝一杯，他向自己保证，因为他想保持清醒和敏锐——然后坐下来静静地等她。

她回来后，他仔细地观察着她，研究她的每一句话和每一个表情，想要从中找出口是心非的痕迹。但他不得不承认，他找不到任何痕迹。

“情况怎样？”

“哦，挺——愉快的。至少他没有喝醉。”

“他看见你什么反应？”

“他很谨慎。芒琴为我们做介绍时，他只说了句‘我们以前见过’，之后就全都是——你知道——一本正经地谈这部电影。我觉得他有一些很有趣的想法。你要是一起去就好了。”

切斯特·普拉特接受了剧本创作的聘请，因为他要花几个月时间才能写完，所以在此期间他们几乎无事可做。他们在芒琴家打发时间，见了几个导演，他们去房产中介打发时间，徒劳地寻找着“位于贝弗利山的一幢舒适的小房子”，但大部分时间他们都过得很无聊。

“这段时间我们也许可以去做点什么，”她说，“你想北上旧金山去待几天，还是南下墨西哥？”

但他们哪里也没去。

第九章

“你有什么问题吗，怀尔德先生？”加州大学洛杉矶分校的伯顿·L. 罗斯医生说。

“没有真正的问题，医生，但我觉得你也许会说有的。我真的只是来配药的——在这儿，你看，我把药瓶也带来了——然后，在来这儿的途中，我想起了几件事想和你谈一谈。”

他话刚一出口，就立刻后悔了。罗斯医生是个矮小、瘦弱、苍白的人，年龄不会超过三十，一双严肃的眼睛一眨不眨地瞪着这位来访者。他的办公室在医疗中心那座迷宫般的建筑的最深处，其大小勉强摆得下一张桌子、两把椅子，还有一张让精神病患者躺在上面的长椅，它看上去尤其和这个地方格格不入。在这间容易让人患上幽闭恐怖症的密室里，谁会愿意和这个一脸严肃的、眼睛直瞪着你的小伙子谈心呢？

医生皱起眉头看着药瓶上的标签，然后伸手去拿处方前笺。“你这些药吃了多久啦？”

“你的意思是指这四种，还是全部？”

“先就说这四种好了。”

“噢，让我想想，大概三个月吧。在此之前，我吃别的药，另外一种药物的搭配。布林克医生以前经常给我换药，你知道。在两年半的时间里，我服用了各种药物。”

“那你想跟我谈什么呢？”

怀尔德的手不由自主地爬上了额头，眼角边上的一小块皮肤也开始抽搐。“我不知道，这个很复杂。如果我要把一切都告诉你，那得花上一整天的时间。”

“你是不是感觉特别焦虑？”

“我不确定‘焦虑’这个词是不是合适。不过是的，我估计是的。我只是有许多事情必须来听一听你的解释——哪怕是初步的解释。比如说，我最近一直睡不好，还有我觉得自己酒喝得太多了。”

“布林克医生没跟你说过在服用这些药物期间是不可以喝酒的吗？”

“他说过喝一杯就基本上相当于喝了两杯。你看，也许我不想跟任何人谈。也许我只需要再换点药试试。你能帮助我吗？你能给我开点药性更强的抗抑郁剂或者强心剂什么的吗？”

“我不是魔术师，怀尔德先生。不管怎么说，在我对你了解还不多的情况下，我是没办法给你换药的。如果你愿意在病历公开表上签字，我可以给布林克医生写一封信，让他把你的病历梗概寄给我。”

“好的。”

医生打开桌子下的一只抽屉，寻找病历公开表。此时，没有了医生的监视，怀尔德的眼睛开始在这间小小的办公室里转悠起来。在桌子上的吸墨纸上杂乱地放着五六块用银箔纸包的花花绿绿的薄荷巧克力，就是收银台上卖两美分一块的那种，凑近身仔细看，他还看见在马口铁的垃圾桶的底部有许多揉皱了的银箔包装纸。也许罗斯医生是想戒烟。也许他是个糖果狂；在没有病人可以让他瞪着的时候，他就一个人坐在这里，瞪着墙壁，嚼着巧克力，廉价的奶油吃下去，也许可以强制性地安抚住他自己的黑暗的、不为人知的神经衰弱症。

“如果你想预约一个疗程的心理治疗，”他说，“告诉我就可以了。与此同时，我强烈建议你戒酒。”

在回家的路上，怀尔德好几次用拳头猛击方向盘，同时嘴里嚷着：“该死！……该死！……”

“他是怎样的一个人？”帕梅拉问。

“他是个怪胎。他的年龄不比你大多少，他有一间和电话亭差不多大的办公室，他喜欢一刻不停地大嚼薄荷巧克力。让他见鬼去吧。至少我的药又续上了。”

“你没让他给你配更强一点的药吗？”

“他说不行，他要先给布林克医生写一封信。”

“噢。”她在看一本《新闻周刊》，多数是“电影”专栏。

他给自己倒了一杯酒，没有问她要不要，因为他有理由相信她一定会说现在喝是不是太早了点。

“我有一个主意，”过了一会他说，“我们去拉西埃内加大街[①] 上找一家又大又豪华的饭店吧，要有喷泉和漫步的小提琴手什么的那种。我要好好地透一口气。”

“不，”她说，“我们在外面吃得太多了。今晚我要在这里自己做晚饭。你愿意和我一起去超市吗，去帮帮忙？”

他向来讨厌超市，而她带他去的又是一家巨型超市——更多走道、更多收银台，让他数都数不过来，头顶上连片的明亮灯光照着鸡蛋、胡萝卜和草纸。她推着一辆双层购物车轻快地走过一条过道，寻找着她要买的肉类，他跟在她后面，一会看着琳琅满目的货品，一会看着逛超市的人们那一张张任性的、困惑的脸。他想自己应该为她推车——她所谓的“帮帮忙”是这个意思吗？——但在他提出来后她却说：“不用，这样更方便。我知道要往哪儿走，要在哪里多停留一会。”但并不是她想停的地方都能停，在购物车和人流挡道的地方，她不得不绕圈子。

“借过，”她无奈地说，“借过。”

“老天啊，”他说，“照这个样子我们这辈子都别想走出这里了。”

“我只要买一点点东西，你耐心点。”

他跟在她后面穿行在巨大的超市里，他想喝一杯，连续抽烟也没能缓解他的干渴。背景音乐里在播放着《我再也不会笑了》，这首歌播完是《你是我的一切》。

“你快好了吗？”他问。

---

① La Cienega，洛杉矶著名的餐饮一条街。

"还没呢。我还要买面包、餐巾纸、做色拉的材料，另外还要买点 Comet 牌清洁剂、牙膏，还有一些别的东西。你要么到门口去等我?"

"不用，没事。"

"你去吧。"她说，"我不想让你跟在我后面受这份罪，你就像个小孩子。"

他走向店门口("借过……借过……")，一路穿过 Duz 和 Oxydol 牌洗衣粉、Brillo 牌钢丝绒布、Grape Nuts 牌麦片、Post Toasties 牌玉米卷、Cheerios 牌燕麦圈，还有其他各种包装鲜艳的货品，直到最后他突然看见了自己一向害怕的东西：一个高大的旋转货架上展示着玛乔莉·怀尔德牌巧克力。这是一个六面体的货架，内部有某种神秘的电动马达装置，上面放着几百包糖果，它似乎在随着背景音乐那缓慢的节奏旋转。"自己享用……馈赠礼品，"广告牌上写着，"精品糖果中的贵族。"

如果他把这该死的货架推倒，会发生什么呢？会有女人尖叫吗？会有男人赶紧逃跑吗？会有人报警吗？他把两只拳头紧紧地拽在口袋里，来压制住这种冲动。每排都有几盒糖果打开着，来展示里面那丰富的、美味的内容：牛轧糖、椰酱巧克力、英国太妃糖、坚果软糖。他还记得在很久前自己坐在一家批发商的办公室里，有个销售员对他说："尝一块吧，就尝一块。我们请客。"把这么精致的一个机械装置推倒在地，看着包装盒被摔瘪掉，巧克力在人们脚下的尘土里翻滚打转，是多么美妙的一幕啊。

"我一会就好了。"帕梅拉把车推到他旁边，说道，"你在瞧什么呢？哦。”

“嘿，听我说，”他说着从货架上取下一盒巧克力把它扔进购物车。“我们买点精品糖果给罗斯吃吧。”

“我们什么？给谁吃？”

“罗斯。我那个在加州大学洛杉矶分校的小伙伴。这个也蛮好，我们给他买两盒吧。”

事情就是在此时发生的。他一只手放在购物车的边框上，另一只手伸出去拿第二盒糖果，当购物车在他的重力作用下往前走时，他的身体笨重地撞向那个货架，把它撞倒了，一盒盒的糖果、一粒粒散装的巧克力壮观地倾倒、翻滚在漆布地面上。果然有个女人发出了尖叫，收银台上的一个姑娘和两三个穿着白制服的男人从各个方向飞奔而来。

“快走，”他抓住她的胳膊说，“我们快点离开这儿。”他拉着她穿过人群，绕过最后一个收银台，走出了上面写着“出口”的一扇巨大的自动门。

“约翰，这太疯狂了。”她在人行道上气喘吁吁地说。

“快点，快。上车。那些废物会报警的。”

“他们干吗要那么做？这只是一场意外呀。”

“这是一场故意的意外。我早就想把那些该死的货架撞倒了。只是一直没那个胆而已。”他发动了轿车，飞快地驶离了停车场，在这一过程中还擦到了另一辆车的挡泥板。

“你开车小心点好吗？约翰，我把要买的东西都留在了超市里。”

“真糟糕。可我不想花三个小时对某个超市经理讲述自己的人生故事，边上还有警察做记录，仅此而已。如果你对我还有一点他妈的关心，你就会明白我的意思。”

穿过拥挤的车流，开得又快又笨，他终于把她带到了拉西埃内加。他们进了一家他之前建议的那种饭店：装潢豪华，门厅里有汩汩作响的喷泉，一队小提琴手穿梭在一张张价格不菲的餐桌间。

“要来点什么喝的吗，先生？”

“好的。”

“哦，不要啊。我们就点些吃的，不好吗？”

“不好。我要来一杯加冰块的双份波旁酒。”

“我这辈子从没干过这么傻的事，”她说，“像两个小偷一样从超市里逃出来。我以后怎么还能再去那里买东西啊？”

“没人会认出你的。这是一座大城市。”

“我为你担心，约翰，”她说，“不仅仅因为喝酒，尽管天晓得你喝得实在太多了。还有别的事情。更糟的事情。我觉得你——我觉得你的状态不好。”

“谢谢提醒，”他说，“我觉得我还要再来一杯。”

然后，在她的坚持下，他们点了“纽约嫩牛脊”，结果上来一块他这辈子见过的最厚的肉。他呆呆地看着眼前的这块肉，他知道如果自己把它切开，吃下肚去，那么当晚他就会恢复某种平衡，也许还会做出某些自我拯救的行为，但是这块肉的样子让他觉得恶心。还有那堆巨大的烤土豆，淹没在一团酸奶油和细洋葱里，那盘亮晶晶、实墩墩的色拉也是如此。帕梅拉坐在他旁边，胃口很好地扒拉着食物，他也不想看她的这副样子。桌子上唯一吸引他的东西就是那杯喝掉了一半的威士忌。他拿起酒杯，搅动冰块，喝了一口。然后，他切下一小块肉，用力地嚼着，但它几乎无法下咽。

“你觉得好吃？”他问她。

“是啊，很好吃。”

“很好。我一点也不饿，就是这么回事。你继续吃好了。我只是觉得我不想看你的这副吃相，就是这么回事。老实说，看你吃饭让我觉得有点恶心。”

她放下了刀叉，嘴里还在嚼着，然后咽了下去。“行了，告诉我，”她说，“出啥事啦？”

“他们又在那样了。”

“谁，在哪样了？”

“在这里的每个人。他们都在瞪着我。你看坐在那边的那个穿丝质西服的大胖子。现在别看。还有坐在角落里的那两个打扮得花枝招展的老婊子。还有坐在门口的那一帮打得火热的同性恋。”

“约翰，没人在瞪着你。是你的幻觉。”

“‘幻觉’，哈？你喜欢这个词？你预备让切斯特·普拉特把它写进剧本里去？现在可以看了。看那个穿丝质西服的胖子。看每一个人，在这个——”

“约翰，你这样很荒唐。你表现出了——”

"'神经衰弱'，对吗？这是不是另一个你特别喜欢的字眼？"

"我根本没想说这个词。"

"好吧，如果你不相信我，现在好好看一看吧。在这个他妈的饭店里的每一个人都在——"

"他们没有。"

"不，他们在瞪着呢。你去死吧，你他妈的觉得我是谁呢，疯子吗？"他从眼角瞄到一名侍者正踩着小碎步急匆匆地向他们跑来。

"先生，我不得不请你把说话声放轻一点。"这名侍者是一个上了年纪的、和气的意大利人。

"好的，"他说。在餐厅的另一头，小提琴手们似乎加快了节奏。

"你想离开这里吗，约翰？"

不，我不想离开。我想坐在这里，喝完我的这杯酒。操他们的。你继续，吃吧。吃呀你，该死的。"

但她没有继续吃，而是用双手捂住了脸。

"哦，我的天，"他说，"你这样太难看了。听我说，我警告你：如果你在这里哭，我们会有麻烦的。快别哭了。我叫你别哭了，真他妈的。听着，你想让人家把我扔出去吗？他们会这么做的，你知道。如果你继续哭，我就会冲你吼，他们就会把我从这个该死的同性恋聚集地扔出去。别哭了，我说……"

那位年长的意大利侍者又回来了，他举着双手请求怀尔德，但这次在他身后有三名更年轻更强壮的侍者在随时准备行动。

“先生，”他说，“我刚才跟你说过了。我**必须**请你把说话声放低一点。”

怀尔德在桌子上放下一张十元的纸币，然后又放了第二张第三张。这样应该就没事了。“够了吧，”他说，“现在你可以去操你自己了吧？”

“哦，约翰，”帕梅拉说。

年长侍者目瞪口呆地站在那里，嘴巴一张一合的，另外那三个年轻人一下子围住了他，其中一个把他们的桌子抽掉了。“到此为止了，先生，”他说。

怀尔德站了起来，身体略微后退，以便向说这句话的人猛扑过去，但他那狂野、迂回的右勾拳彻底被那人的上臂给封死了。然后，在刹那间三名侍者一起行动了，一人以摔跤手的肩下握颈式夹住了他的脖颈，看上去把他弄疼了。他们把他架了起来，他手舞足蹈地挣扎着；他们拖着他从一桌桌惊讶的食客们身边走过，与此同时小提琴手们仍在继续演奏。“到此为止了。”一名侍者咬牙切齿地反复说着这句，直到怀尔德在空中挥舞的一只手碰到了他的喉咙，他使出吃奶的力气用拇指紧紧扣住那人的喉结。他听见帕梅拉在他身后的某个地方喊道：“哦，不要！等一下！别这样！……”

他们拖着他穿过黑暗的走道和汩汩的喷泉；他觉得只要他抓住了那个说“到此为止了”的人的气管，他就能维持住某种类似于尊严的东西。然后，沉重的前门打开了，他们把他四仰八叉地扔在了大街上；他站起来，踉跄地走了几步，然后又跌倒了，直到他最后找回了平衡。

帕梅拉出来后，他问道：“车呢——该死的车在哪里呀?”

“服务员去取了，”她说，“等一下，我去——”

不过，那个服务员已经飞奔着去给他们取车了，不一会儿他们就把车开走了。他们沿着拉西埃内加大道行驶，车子开得实在太快了。

“我希望你停车。”她这句话说得很响，对于一个刚刚还在哭鼻子的人来说这一点着实让人惊讶。“换我来驾驶，你这样开下去我们俩都会没命的。”

但他坚持自己开，她吓得在副驾驶席的门边上缩成一团。他拐错了几个弯，之后的突然变道又害得别的驾驶员对他猛按喇叭，还有一次擦到了另一辆车的挡泥板。

等他们终于回到家，他给自己倒了一杯酒。她也喝了一杯，然后就对他发话了。

“我要搬出去住，约翰。”她手里拿着酒杯在地毯上踱着步。“我再也受不了了。我今天找到了一间公寓，在你去看医生的时候，我已经交了定金。明天一早我就准备搬。”

他受到了打击——“哦，宝贝，不要那么做；请不要那么做”——但与此同时他也觉得松了一口气：她不在这里他就可以在任何时间喝酒了，哪怕是在一大清早。况且，她还必须和他保持紧密联系，这样才不会误了和芒琴的会面。她会回来的。

“那里没有电话，”她说，“但我一装好就会通知你的。那样我们才不会错过芒琴那边的任何消息。我很抱歉，约翰，但我不能再这样生活下去了。”

“听我说，”他说，“我去拿我的急救包。”

“你的什么？”

“布林克给过我一套应急用的特别药物——在我觉得有必要服用时——我现在就去吃。”

“哦，约翰，你太天真了。你真的以为吃药能解决所有问题吗？吃药并不能完全改变你的性格。”

“我不想改变我的性格。我只是想吃药后你就能和我继续生活在一起了。”

“呃，你最好打消这个主意。没有一种药能解决这个问题的。今晚是你睡沙发呢，还是我？”

“我睡，”他说。至少睡沙发可以让他更轻松地拿到老酒。“听我说，帕梅拉，请重新考虑一下。”

“我已经反复考虑了几个礼拜。现在我下定决心了。”

已经连着四个晚上——或者是五个？——他几乎无法入睡。不管喝多少威士忌，都不能引发他的睡意，他坐在或趴在沙发上，不停地琢磨着解决问题的方法，直到晨光从拉上的百叶帘中透进来。

“我去煮点咖啡，只弄咖啡。”帕梅拉一边说，一边迷迷糊糊地从卧室里走出来。“我不想在我走之前再经历一场吃早饭时会发生的不开心。”于是，他们之间什么也没发生。他们决定那辆车归她——他可以再去租一辆——然后，他帮她拿行李箱，她走掉了。他甚至没有机会考虑是否应该和她吻别。

房间里剩下他一个人后，他做的第一件事是拿出了他自己的行李箱，找出了布林克医生给他的急救包：三小瓶药，他在卫生间的水槽那里吞下那些药，随即就忘了药名。然后，他在冰箱里找到了一只白煮蛋，匆匆吞下去后，他坐在沙发上，手里拿着一杯掺水的淡威士忌，脑子里想着要做一番计划。

到了第三天，危机终于爆发了。他的手表已经停了，不过百叶窗显示时间一定已过了正午，他决定出去走走。他出去了，走在圣莫妮卡大道上，他觉得自己最好吃点东西。自从帕梅拉离开后，他只吃了冰箱里剩下的一点零碎和街边摊头上便宜的汉堡包。在步行距离内，有一家全天开的餐馆，他和帕梅拉之前经常去光顾，他决定去那儿填饱他的肚子：他准备来一份有牛排和鸡蛋的西部早点全餐。

“要来点什么喝的吗，先生？”

“不用，谢谢。哦，等一下——好吧，给我来一杯血腥玛丽。”

在喝第二杯血腥玛丽时，他的脑子里在想着要鼓起勇气对已经凉掉的食物发起进攻，他意识到饭店里的每个人都在注视着他。这次是真的，不过这些人不像上次，他们的目光里似乎没有敌意。他们似乎都在可怜他。当他看向他们时，他们迅速地移开了目光，但他们脸上的表情清楚地表示出他们是在看他，就像在说看那个可怜的家伙呀。

他在椅子上坐得更直了，他把双手放到桌上来保持镇定，同时想着在别人的眼睛里自己是个怎样的形象。他穿得够好了——一件干净的衬衫，干净的灯芯绒外套，干净的长裤——除了他今天早晨没有刮脸以外，他觉得自己的脸上无懈可击。可事实是，他每次抬头看都证实了这一点：某人避开了他的目光，同时几乎无法察觉地微微摇了摇头，或发出了一声几乎听不见的叹息——这个可怜虫真的在受罪啊。

尤其是一个男的，秃顶、肥胖，独自坐在桌前，假装在看一份颤抖的报纸，不时向他投来同情的目光。还有别人：两个长头发的小青年，穿着T恤和牛仔，似乎在低声地议论他，似乎在讨论是否应该走到他的那张桌子前和他说话；一个贤妻良母型的女人，染着蓝色的头发，穿着粉色的裤套装，仿佛为了他的缘故想哭出来。

女侍者拿来了他的账单，但似乎不愿意靠近他，她那双化了浓妆的眼睛仿佛在说："你没事吧，先生？"他想向她保证自己没事，或至少说如果大家不盯着他看的话他就会没事，不过他没有那么做，而是把目光死死地盯住面前的盘子。

"有什么事吗，先生？"

"没有，没有，我很好。只是不太饿而已。"

她走掉后，他在盘子里放了一大把揉皱的餐巾纸，来掩盖他吃得多么少这一事实。他在桌上留了过多的硬币作为小费，然后再次抬头张望。他们还是老样子，全都迅速地转过脸去。他站起来，逃了出去。他觉得有无数双眼睛在盯着自己的后背。

室外，午后的阳光令人目眩。他慢吞吞地往前走，仿佛是走在沙尘暴里，一只手遮住眯缝着的眼睛。

一个满头银色鬈发的男子等在他门前的台阶那里，在眨了几次眼睛后，他终于认出了此人正是租给他这间公寓的大楼管理人。

“你没事吧，怀尔德先生？”他问。

“你什么意思？”

大楼管理人看上去有点尴尬。“我只是想问，你觉得身体舒服吗？住在你隔壁的女士们认为你也许身体不太舒服。”

“她们为什么会这么想呢？”

“她们说昨晚听见你发出呻吟声什么的。她们说你的声音听上去非常痛苦。”

“哦。”

“我的意思是说我知道你初来乍到这座城市。我们这里所有的公寓都有一名专门医生来照顾每一个租房客，查德威克医生，我可以打电话叫他来，如果你——”

“不用了，没事。我很好，谢谢你。”

他终于又一个人待着了，安安稳稳地待在他自己家里，房门已经锁好了。必须打一个电话，喝下一杯酒让他的手止住颤抖后，他在放着电话机的桌前坐下，拨出了一通号码。

“神经精神病科。”

“请给我接罗斯医生。”

“是怀尔德先生吗？”

“你以为是谁呢？”

“请稍等。”

“我是罗斯医生。”

“医生，我是约翰·怀尔德。听着，我觉得你最好帮帮我，如果可以的话。问题是我刚才出去吃饭了，饭店里的每个人都奇怪地看着我，等我回来，大楼的管理人又对我说——听着。你能不能过来一次，给我打一针什么的？”

“怀尔德先生，你打来的这些电话变得越来越古怪了。”

“你什么意思？这是我第一次——”

“昨天你给我打了四次电话，三次打到我办公室，一次直接打我家。前天你给我打了两次。你对我说了一大通‘急救包’、‘打针’什么的，你说的话全都前后不连贯，而我每次都给你同样的建议：戒酒。如果你想过来在单位里住几天，我们可以在明天约定的时间里谈一谈。”

“‘单位’？‘单位’是什么鬼？”

“病房。我可以给你安排一个床位，如果你想——”

“哦，老天，不，我不想住院。”

“那好，戒酒吧，怀尔德先生。我们明天见。”

他坐在那里，对着电话机吐了几口粗气，然后说道：“好吧，罗斯——谢谢你出的馊主意。”接着，就把听筒重重地搁回了电话架上。

之后，他肯定是小睡了一会，因为等他再次抬起头来时，百叶窗上已映照出夕阳的颜色。

“……接线员，我想打一个叫人电话，找纽约市的迈伦·T.

布林克医生。我没有他的电话号码，但知道他在曼哈顿，在东区。”

“布林克医生办公室。”

“长途呼叫迈伦·T. 布林克医生。”

“谁打来的，接线员？”

“你别管了，接线员。我来跟这位女士说。你好。”

“是怀尔德先生吗？”

“我昨天跟你通过话吗？”

“是的，先生。通了几次。我告诉过你布林克医生出国了，要到六月的第二周才能回来。”

“是吗？那好，听我说，我有要求你另外给我介绍一个医生吗？”

“先生，我告诉过你格雷迪医生接手了布林克医生的病人，可你说你不想和他说话。”

“是吗？就算我没说过那句话，好吗？现在我们重新开始，让他听电话吧。”

“我是格雷迪医生。”一个带爱尔兰口音的人说道，怀尔德费了九牛二虎之力才向他解释清楚了问题所在。当他说到急救包这一部分时，医生让他停一下，让他去把那些药瓶拿来，在电话里把瓶上的标签大声地念给他听。然后，他说：“你的意思是说你把这些药和着酒精一起吞下肚了？这是个很糟糕的做法，怀尔德先生。我只能对你说你必须立刻戒酒。除此以外，以我们之间现在的距离来说，我什么也帮不了你……”

在他打下一通电话时，或者至少说他觉得是下一通电话，百叶窗外的天空已经黢黑。“叫人电话找纽约市的保尔·R. 博格先生，接线员。我没有他的电话号码，以前我把电话号码背得滚瓜烂熟，可现在我太健忘了。”

“……约翰！你在哪儿？”

“我在洛杉矶。听着，我这里的情况不太好，保尔。一点都不好。”

“你觉得很难搞定拍电影的事情吗？”

“我发现这个十分容易，可问题是拍电影的事快要把我给搞定了。我是这部电影的联合制片人，我觉得它快要把我整个人给撕裂了。[①]”

“我不懂你的意思，约翰。”

“是吗？真有意思。每个人都像狗一样跟在我后面。[②] 还有一件事：我的女朋友离开我了。如果我想要她，我多数可以把她争取回来的，但她现在走掉了。她搬出去住了。听我说，我刚才说了‘如果我想要她’吗？”

“好像是这么说的。”

“我真该死，估计我确实是这么说的。我以为自己疯狂地爱上了那个姑娘——她以前离我而去时，我觉得自己都他妈的生不

① 这里的“撕裂”和上文的“搞定”在原文中是同一个词 crack，中文无法表现这种一词多义的诙谐手法。

② 又是一句一词多义的诙谐说法。follow 一词上文表示“懂你的意思”，而下文表示“跟在你后面”。按照第二个意思，上文也可理解为“我不会跟在你后面，约翰。”怀尔德故意按这个意思去理解。

如死了——但现在我真的不知道自己到底希不希望她回来。真有趣。问题是她太他妈的野心勃勃了，她就想吸我的血。她的欲望无边无际。我不是指在性方面的欲望，尽管我觉得她在那方面也欲望强烈；我是指没有任何东西能阻挡住她成为——成为第一个女性版的塞缪尔·戈德温[①]的前进步伐。听着，我要告诉你我为什么要打这个电话，保尔。我想问你一个问题。我现在想给詹妮丝打电话，你觉得好不好？”

“呃，约翰，我觉得这完全取决于你要说些什么。以及你的说话方式。如果你正在喝酒，我觉得这不是一个好主意。你干吗不等一等，先好好地睡上一觉，然后再——”

“你在开玩笑吗？当一个人精神万分紧张的时候，谁他妈的睡得着呢？听着，你还记得你把我送进贝尔维尤的那次吗？我现在听上去是不是跟当时很像？”

“你听上去很激动，约翰，而且很——怎么说呢，很烦躁。你在那边有跟医生联系过吗？”

“哦，该死，联系过的。我联系的医生之多你数都数不过来。反正你觉得我现在最好不要给詹妮丝打电话，对吗？”

“今晚别打，我建议。如果你想听我的意见的话。”

“好吧。你知道吗，保尔，你也许是我最要好的朋友，但我从来都不是非常喜欢你。代我向娜塔莉问好。”

他挂断了电话。他不会再打电话了。“帕梅拉，”他对着威士

---

① Samuel Goldwyn（1879—1974），著名的波兰裔美国电影制片人。

忌酒杯说，“我也不是非常喜欢你。”他站了起来，瞄准房间里远处的一面墙，使出浑身力气把玻璃杯摔了过去。玻璃碎裂的声音很好听，威士忌在墙上淌下了一道长长的湿痕。“抱歉，宝贝。”他拿起最后一瓶波旁酒，里面大概还剩三分之二。“抱歉，宝贝，但现在是时候了。让下水道去喝吧。”他一开始慢慢地，然后逐渐加快地把老酒倒入了卫生间的水槽。“让下水道去喝吧。”他看着老酒在水槽里汩汩地流走。“一切都完了，[①]我亲爱的帕梅拉。我也许爱你爱得死去活来，但我从来也没有真正**喜欢**过你。”剩下的空瓶子除了砸碎外别无用处，又是一记好听的爆裂声。然后，他向那张放着电话机的桌子折回去，他的脸撞上了客厅的地板。他手表上的水晶玻璃也裂开了，那是他看见的最后一件东西。

等他再次睁开眼睛，周围的一切全成了白色和绿色的。他赤身露体，在一张病床上挣扎，三四个穿着白大褂的人弯腰对着他，紧紧地按住他，想要往他的手臂上扎什么东西。其中有一个是年轻的护士，她的左乳刚巧盘旋在他的嘴巴附近。他一口咬上去，她克制地叫了一声“哦”，好像她的护理训练压制住了本能反应。他觉得这太有趣了，以至于再次失去意识时仍在哈哈大笑。

然后，一切的挣扎都宣告结束。他一个人住在病房里，只有一个护工在为他换挂在头顶上的输液瓶。

---

① 再次玩文字游戏，“让下水道去喝吧”和“一切都完了”是同一个短语：down the drain。

“对不起，”怀尔德说，“您能告诉我这是哪里吗？”

“这里是好莱坞基督教长老会医院，先生。”

“这里是精神科病房还是内科病房？”

“噢，是内科病房，先生。”

“太好了，谢谢您。”

内科病房。也许他在摔倒时不光弄坏了手表，还弄伤了自己，也或许他只是被当成一个疲劳过度的人在接受治疗，反正不需要精神护理。不管怎么说，这是个内科病房。这里没人会来折磨他的大脑，房门也没有上锁。

“……怀尔德先生？”

那个护工走掉了，伯顿·L. 罗斯医生站在他的病床旁，看上去十分矮小。

“你怎么知道我在这里的？”

“查德威克医生给我打的电话。显然，他是在你的电话机旁边发现了我的电话号码。”

“哪个医生？”

“把你送来这里的那个医生。他的名字叫查德威克。我知道他是你们那幢公寓楼里专门照顾租房客的医生。”

“哦，好吧，你想让我做什么呢？”

“我想我们应该尽快重新约个时间，当然要等你——好转的时候。”

“好的，我会给你电话的。”他闭上了眼睛，不想再看见这个人。

等他再次醒来，他感觉好多了——完全恢复了健康与体力，好像是接受了一场神奇的治疗——他想立即起床，穿好衣服，离开这里。

“对不起，”他对护工说——不是此前的那位护工。“我仍旧住在好莱坞基督教长老会医院里吗?”

“是的，先生。”

“我在这里住了多久了?”

“从前天晚上开始，我想。”

“这里仍旧是一间内科病房，对吗?这是不是意味着我可以随时签字出院呢?”

“我相信是的，先生。但你病得很——”

“我知道自己病得很重，但关键是我现在完全好了。你帮我把床摇起来好吗?”

“当然可以。”

“你可以把那根管子从我手臂上拔掉了，我不需要那个。”

“这个我得先问一下护士，先生。我不可以——”

“行啊，那你去把护士叫来吧。”

没过多少时间，他就穿戴整齐地下了楼，来到结账处，签了一张支票，就算办妥了出院手续。这简直和宾馆退房一样容易。

“哪里可以叫到出租车呢?”

“我们可以为你叫，先生。”

“谢谢。”坐在出租车里，他感觉整个洛杉矶都是他的，感觉他拥有全世界。不知道什么原因，他的皮夹子里有不少钱——足足超过两百美元——他想用掉一点。

“看见花店就停一下。”他对出租车司机说。“随便哪家花店。”

他买了一束各种春花插在一起的昂贵的花束，后来转念一想又买了一束。然后他让司机把他载回家，他在那里按响了大楼管理人的门铃。

“你好，怀尔德先生，你看上去好多了。你感觉怎么样？”

“感觉好极了，谢谢。我很抱歉那天晚上给你们造成的麻烦。”

“没有什么麻烦。我估计你需要医疗服务，仅此而已，于是我给查德威克医生打了电话。”

“你做得对。给，这是送给你妻子的。”

“哦，太好了。呃，你真是——考虑周到，怀尔德先生。你愿意进来坐会儿吗？”

“不了，谢谢，改天吧。你知道那些女士们在家吗？住我隔壁的女士们？我也想向她们表示歉意。”

“哦，太好了。我估计她们在家的，是的，你直接去按门铃好了。”

他以为出来开门的会是位老妇人，结果这位老妇人原来只有五十来岁，一个乐呵呵的、看上去很聪明的女人，染了一头红发，另一位显然是她的女儿，一位二十多岁的美丽的金发女郎。也许她们来好莱坞是为了想办法让女儿进入电影圈。

“打搅了，”他说，“我是约翰·怀尔德。我住在隔壁。我只是来对你们道歉的，我很抱歉给你们带来的噪声和麻烦——给，我为你们带来了这个。”

中年夫人的眼睛上上下下仔细地打量了他一番，这才露出了一张愉快的笑容。“呃，你太好了。乔伊？过来看看呀，多可爱啊！”

最后，他一个人回到了自己家，心里怀着终于还清了债务的感觉。地上有一些碎玻璃要打扫，有几把倒下的椅子要扶正，墙上的威士忌黄渍以后也要想办法清除，但总体来说，一切还算井井有条。他已经有好多年没有这么好的感觉了。把那瓶老酒倒进水槽是他这辈子做过的最明智的事。

但是，这么美好的一个早晨，或者下午，待在家里实在是浪费啊。没过多久，他只穿了一件衬衫就出门了，在圣莫妮卡大道上闲逛着，想要对每一个路人微笑、挥手。他来到了一个阳光特别充沛的街角，在那儿站了很久，然后慢慢地转过去，一边抬头望着给人注入健康的太阳。接着，他来到了一个鲜榨果汁摊，买了一纸杯果汁。味道很甜，价格便宜，但甜橙的芬芳让他想起了在这么多年酗酒期间被他忽略了的那些美味的、有营养的食物。他在一家街区小型超市门口停住脚步——其实就是一个杂货店，跟帕梅拉带他去的那家完全不是一回事——决定把凡是能吸引他的东西都买下来。等到他出来的时候，他一只手里拿着一袋十二只装的香喷喷的桃子，另一只手里是一包十二小瓶装的汽水。这样一种食物与饮料的搭配正合适，有了它们他就可以过一天了。

回到公寓里，他拿出一只桃子，咬了一大口，然后敲好冰块，给自己倒了一高脚杯的普通的汽水。“一切都完了，”他光着脚坐在一把安乐椅里说道，“我很抱歉，帕梅拉，但你我之间的一切都结束了。”

电话铃响了，他以为是帕梅拉，或者是芒琴，他故意慢吞吞地站起来去接电话，不管是谁打来的，他都想做好心理准备。

“怀尔德先生？我是查德威克医生。”

“哦，你好。我估计我们还没有正式见过面，但我还是想对你表示感谢。我现在感觉好得像是中了百万大奖。”

“太好了。我听到你出院的消息，觉得很吃惊。”

“我觉得再住下去没什么意义了，仅此而已。感觉全好了，不用再住下去了。”

“明白了。你现在有什么打算呢？”

“我在忙什么？①我在吃桃子。”

“很好。”

“我还在喝一大杯的苏打。”

“你在喝什么？”

“汽水。”

“哦，很好。”医生笑了起来。“我明早顺便过去看你，好吗？”

“如果你愿意，好的。再次谢谢你，医生。”

他需要的正是这种医生——他这辈子需要的唯一一种医生：一个体贴周到的全科医生，当你昏过去时，他会把你送去内科病房，当你康复时，他会在电话里发出表示赞许的笑声。让精神治

---

① 再次利用一词多义。原文是：what are you up to? 在这里，正确的理解应该是“你有什么打算？”，而怀尔德却理解成“你在忙什么？”。

疗见鬼去吧！原则上说，约翰·怀尔德是个知道如何照顾好自己的人。

电话变得有点烦人了，你看它威猛地、安稳地坐在小台子上。它随时都可能响起来，或者，更有甚者，它也许会引诱你去打一通电话，就像它曾引诱怀尔德给保尔打了一通电话。他也许会给卡尔·芒琴打电话，也许会给罗斯医生打电话，除非他特别小心，他甚至可能会给詹妮丝和汤米打电话。

到了晚上，他发觉自己很累，但毫无睡意。他那健康的火苗开始一点点熄灭了。唯一能让他入睡的办法就是喝一杯酒——只喝一两杯，就像喝药一般——于是他出门去了烟酒商店，买了五分之一加仑瓶装的威士忌。

“嘿，你忘了找头。”收银台里有个声音在他身后喊道，“嘿，先生，你的找头。”但约翰·怀尔德是不会将这种琐事放在心上的，他心里有更重要的事。他不仅要琢磨从芒琴和帕梅拉的电影里脱身而出的方法，还要琢磨怎样才能让它拍不成——另外还有更重要的事，现在还讲不清楚的事，明天早晨他将不得不应付此事。

他脱掉了所有衣服，把那只酒瓶放到床边，过了一会，他钻进了被子里，像僵尸一般躺着，直到睡魔将他俘虏。

时间似乎只过去了几分钟，他醒过来感觉全世界都分崩离析了。事情不能等到明天早晨。在他还没有确定自己要干什么时，他就从床上跳了下来，然后，他想清楚了，但他发现自己已没有时间穿衣服了。他光着身子跑进了厨房间，拿起一把切肉刀，然后他奔向电话机，割断了电话线。他做得正及时，如果他再犹豫那么一小会，电话铃就会响的，一个听上去像马洛学院的爱泼斯坦先生的声音会对他说他是再临的救世主。

他听见了屋外的夜街上传来一个小孩的尖叫声，然后是一辆警车的警笛声，突然间，他意识到了自己做下的那件事的严重性。全国——全世界——的联系都被切断了，他必须迅速行动。他穿上裤子，拉上前门襟，但已经没时间穿别的衣服了。他奔出去，走在阒寂无声、空无一人的街道上，赤着脚往圣莫妮卡大道方向走，耳朵里只听见呼呼的风声和他自己急促的喘气声。过两条马路有一间路边的电话亭，他冲过去，钻进去，把听筒从电话架上摘下来。

“听着，接线员，就是我，是我割断了电话线，是我，是我，是我。我的名字叫约翰·怀尔德，我只是一个凡人，你明白吗？我只是一个凡人……”

他几乎不敢朝外面看，但街道上似乎在一点点地恢复生机。人们出来活动了，甚至还有人交谈、微笑，就好像啥也没发生。

“嘿，哥们……”一个穿牛仔服的长发小青年，皱着眉头朝他笑，他从电话亭里出来后小伙子还急匆匆地跟在他后面。“哥们，你刚才说的被我听见了，我不能放你走。”

怀尔德往后退，并打手势示意他保持距离。“不，你能的，哥们。”他说，“你能的。”

因为他必须一个人待着，时间越长越好，这一点非常重要。如果这不是真的，就让他们放开他吧。如果这是真的，就让他们来找他吧。让他们都来听听那个小伙子听到的一切。那好，让他们来找他吧。他渐渐离家越来越远，沿着圣莫妮卡往西走，低着头，看着踩在街道上的赤脚。他突然绊了一下，一只手着了地，大拇指沾上了一团狗屎。他把狗屎擦在裤子上，但手上留有那种气味，很快，这气味就成了能够证明他是一个植根于大地的凡人——只是一个凡人——的唯一证据。一个再临的救世主的拇指上是不会沾到狗屎的。

“……据说此人身在洛杉矶，”沃尔特·克朗凯特在全美国的电视屏幕上说着。“据说他正独自在大街上溜达。洛杉矶警察已经接到提醒，不要被冒名顶替者误导……”

把这个声音压制下去的唯一办法就是闻一闻他拇指上的味道。一个十来岁的男孩坐在一扇门前弹吉他，怀尔德在他旁边坐了下来。男孩也光着脚，他在弹着植根于大地的、凡人的音乐。

“不要因为我分心，”怀尔德说，“你弹得很好听。你继续做你该做的，我也继续做我该做的。”

“你要做什么？”

“闻一闻我的大拇指。”

男孩跳起来逃掉了。

如果这不是真的，那他就是在出自己的洋相。但万一是真的呢？此时，他正朝着日落大道前进，爬上了一座狭长的小丘。一个戴着头盔的警察满脸严肃地跨坐在路边的一辆摩托车上，他的对讲机在噼啪作响。怀尔德向他走去，面带微笑，挥舞双手，以此表示自己并无歹意，然后指着自己赤裸的胸膛。“是我，警官，”

他说。

“别碰我，先生。别再靠近了。”警察的手放到了别在腰带上的枪套上。

“不，不，你没听懂。是我。我就是那个人。”

“离开这里，先生……我说了，离开这里。”

于是，他继续前进，朝着日落大道的灯火走。如果警察都害怕被冒名顶替者误导，他又该如何来证明自己的身份呢？他把钥匙圈扔在了大街上，然后又掏出皮夹子，一边走一边把能够证明他身份的东西扔在地上：他的驾驶证，他的信用卡，他的社保卡。等到这些东西统统扔掉了，他又开始扔纸币，他以一定的间隔往地上扔钱：一块钱，然后是五块钱，十块钱，二十块钱。他走到了日落大道，然后向东往回家的方向走。人们聚集在深夜咖啡馆的露天座上，或者是漫步在明亮的街灯下，似乎没人注意到他在干什么。

“洛杉矶方面还是没有任何消息。”沃尔特·克朗凯特的声音说道。“这个人依然逍遥法外……”

等到他转上他家所在的那条街时，他是通过本能而非那条街的样子来认识到的，他身上已经空无一文了。公寓的房门开着，他走进去，关上门，上好了锁。他已经给了他们大把的机会，现在就让他们来这儿找他吧。

“……如果这件事不是有史以来的最大事件，”沃尔特·克朗凯特说，“那就是一场最蹩脚的骗局。我们只能等待真相被揭示的那一刻……”

他两只手捂住耳朵在房间里走来走去，但当他闭上眼睛后，他看见了一张小报上的标题：

是救世主

还是骗子？

无事可干，除了在房间里踱步，除了等待。“来吧，”他一边走一边嘀咕，“来吧，来吧。”

破晓时分，他听见一架警用直升机在房顶上盘旋的呼啸声，他只得闻他的大拇指，闻了很长时间那声音才消失，不过直等到第一道晨曦照进来，他才扒开两片百叶帘往外面偷看是否已经有人群聚集。还没有——至少现在还没有——他继续在房间里踱步，窗户上的颜色渐渐地由蓝转黄。

“……搜查范围已缩小到洛杉矶的一幢独栋的公寓楼。”沃尔特·克朗凯特说，“但警察尚未公布其具体地点，因为担心有大量民众会涌向那里而无法收拾局面。CBS 摄制组整装待发，要拍下这个有史以来最伟大的时刻……”

他会主动现身吗？

“不，等等，”怀尔德说，“听我说，我只是一个凡人。”要不是他害怕开门，他就会再次出门，走上街去证明这一点。

要不了多久，他就会听见人群的嘈杂声——如大海般汹涌、广阔的声音——他再次扒开百叶帘，看见警察已经在街上拉好了警戒线。他走向门口，打开门，眨着眼睛朝外面瞥了一眼，随即又砰地一声把门关上，然后继续在房间里踱步。

看见一眼了！

他一边走，一边在心里对自己强调那不是真的。如果它是真的，这间破败不堪的公寓就不会是现在这个样子：这几只烟灰缸里就不会烟头多得要满出来，墙上就不会有威士忌的黄渍。衣柜里的衣服是属于约翰·C. 怀尔德的——随便谁都能看出来——踩在地毯上的这双脏兮兮的脚也是属于约翰·C. 怀尔德的。约翰·C. 怀尔德是个小矮子，今年三十九岁，来自纽约，他在那里为《美国科学家》杂志推销广告位，他的大拇指上还有隐隐的狗屎味。

然而，是什么逼他在昨天晚上走出门去的呢？是什么逼他走了那么一大段路，还在路上扔掉了身上所有的钱呢？如果他没有割断电话线，那通会打来的电话又会是什么内容呢？

前门对他的诱惑力实在太强了。他再次走过去，把门打开，这次他让人们看见了他那张腼腆的、眨着眼睛的脸，让人们看了足足一秒钟，甚至更久。

人们惊讶地倒抽了一口冷气——声音犹如惊涛拍岸——在他关门前，他听见了无数照相机的稀里哗啦和咔嚓咔嚓。

是他抑或不是他？

他双手抱头，再次在地毯上踱步。

“……到目前为止我们已经两次在极短暂的瞬间看见了这个

人，已足以推翻那些持怀疑论者们的论调：这个不可思议的故事整个就是一场骗局……”

“不！”怀尔德说，“我的意思是是的！我的意思是等一下，只要等一下。”他站在那儿，手握住球形门把，喘着粗气。然后，他第三次打开门，往外面瞧，接着又迅速地退了回去。

事情变得越来越傻了

此时，他在房间里蹦来跳去，哽咽抽泣，他还把房门打开一小条缝。他的身体紧靠着上面有威士忌黄渍的那面墙，似乎在那里站了很长时间，想要鼓起勇气，直到最后，听见自己心里发出一个冷静的声音：往前冲啊，约翰。

等待……

他走过地毯时的姿势不止是高贵，简直可说是壮观。他把门完全打开了，走进了屋外的阳光里，让人们尽情地看他，让照相机尽情地拍他。他双手垂在身体两侧，静静地站了一会，接着，伸出两根手指，摆出一个送人祝福的造型，然后，为了彻底消除人们的怀疑，他高高举起两只裸露的胳膊，脑袋向一侧下垂，就好像他真的被吊在了一个十字架上。

千禧年！

他把这个上十字架的造型拗了一段时间，然后把胳膊放下来，慢慢地把头转向左边，然后又转向右边。没有欢呼声，只有一片辽阔的、严肃的寂静，除了照相机的咔嚓声以外。

一个中年黑人提着一只小小的黑色提包从前面向他走来，后面跟着一个人高马大的黑人女子，穿着女仆装，一只手捂住了嘴。“怀尔德先生？”那人说，“我是查德威克医生。我们现在能进去一下吗？”

这很自然，他们是想鉴定一下这个奇迹的真伪：医生多半会给他测一下脉搏和别的生命体征，女仆是来做现场证人的。他们进门后做的第一件事就是，让所有的房间都沐浴在阳光里。

“你遭了很多罪，怀尔德先生。”查德威克医生说道，“你已精疲力竭，现在最需要的是好好休息。”他把那只黑提包放在茶几上，打开后取出了一支皮下注射用的针筒。

“你要给我打镇静剂吗？”

“我只是想让你更舒服一点而已。”他眯着眼看了一下针尖，然后把它扎入了怀尔德的上臂。“他会没事的，”他对女仆说，她仍然用手捂着嘴巴。然后，他拎起电话，随即发现电话线给割断了，叫了一声“哦”。“我必须到办公室去打一通电话。”女仆说了些什么，怀尔德听不清。然后，医生说：“好，行了，我们会弄好那个的。怀尔德先生？请你走到这儿来，好吗？”他们扶着他走到放电话机的那张桌子前，他的身体猛地撞了上去，那只失声的电话机哐当一声掉在了洒满阳光的地上。“你只要签个名，”医生说，“其余的都由我们来填。”一开始怀尔德还以为医生把那支针筒递给他让他签名，随后才意识到这是一支圆珠笔。

“我明白了，”他说，“这是为了证明我还活着，对吗？”

“是证明你活着，活得好好的，而且具有完全行为能力。”

他第一次尝试签名，把大写字母写得东倒西歪，像小学生的字。“写得不好，”他说，“让我再试一次吧。”第二次努力看上去更像是签名了，但第三次签得还要好。他一边写，一边来了灵感：也许他不是在证明自己那基督再临的身份，也许他是在证明自己是有史以来不通过精神治疗就把疯病给治好了的第一个人。也许这两者是同一回事。

在四五个签名之后，他才意识到他在签的这一张张小纸片原来是他自己的支票簿，那个女仆非常耐心地为他翻页，帮他按住。

“他会没事的。”查德威克先生边说边合上了那只手提包。“你在这里陪他一小会，我去去就来。”他走掉了。

“你想坐下来轻松轻松吗，怀尔德先生？”女仆问。

“不要。”他仍在专心地来回踱步，她扶住了他的胳膊，令他放慢了速度。

“你想穿上衣服吗？穿一件漂亮干净的衬衫？”

“不要。”他们站在打开的门口。“那些人都跑到哪里去了？”他问。“人群怎么没了？”

“什么人群呀，怀尔德先生？在大清早的这个时间，没有什么人群的呀。”

“有很多——有大量的——还有照相机——哦，我的上帝！”

“行了，你只要放松下来就会好的，怀尔德先生。我了解像你这样的人。”

“哦，我的上帝！”

“我知道什么对你有好处，”她说，“我了解你们这种人。”她扶着他跌跌撞撞地走向卫生间，低着头转进去，把浴缸上的两只龙头开到最大。他搞不清——是他自己脱的裤子，还是她帮他脱的？——他只知道接下来他已经趴在浴缸里了，他舞动着四肢，把热水都泼到浴缸外面了。

“哦，我的上帝！”他说了一遍又一遍，因为现在已经很清楚了，他犯下了什么极可怕的罪行。昨晚他去了哪里，干了什么？还有前天晚上呢？还有大前天晚上呢？

“……在今天早些时候，这个嘲弄了整个犹太教、基督教世界里的几百万教众们的信仰的人，”沃尔特·克朗凯特说，“原来不仅是个冒牌货，而且是个罪犯，很有可能是个杀人犯……”

对于要查明他究竟干了什么，女仆是不会有多大帮助的。她甚至可能都不知道，即便她知道，她也只会和他打哈哈，等待查德威克医生打完电话报完警后回来。他使出吃奶的力气，终于从浴缸里爬了出来。

“不要出来，洗个热水澡会让你感觉好起来的。”

“哦，我的上帝！”

他没有擦干身体，就直接穿上了裤子，他想冲向房门口，但她挡住了他的去路，在他们撞在一起时，她伸出巨大的手臂抱住了他。她的身体很柔软，但力气很大。

“我不是要逃，”他对她说，“我想去自首。”

他挣脱了她的束缚，跑到了门口，但她紧随其后。就在他跨过门槛时，她赶上去抓住了他，他们扭在一起，从门前的小径一路搏斗到人行道。街上有几个人停住脚步，看着他们。

“我刺杀了——我刺杀了肯尼迪，”他说。

“不，你没有，怀尔德先生。刺杀肯尼迪的是奥斯瓦尔多。”

“我杀了黑人。我杀了洛杉矶各地的黑人……”

“不，你没有……”

他一边和她扭打，一边想着自己可能干下的最恶劣的罪行。他说了出来：“哦，我的上帝。我杀了我的妻子和孩子。”

她的脸色变了。“是的，你杀了，怀尔德先生，”她说，“所以我们要帮助你呀。”

他终于挣脱了她，沿着人行道跑了起来。他不过是径直跑入了守候在那里的人们的包围圈——不是警察，而是四个穿着白大褂的年轻黑人。

“……这就对了，怀尔德先生。”其中一人说道，“你跟我们走。”他们两个抓住他的胳膊，两个抓住他的腿，在他们把他送入一辆救护车的后部时，他最后看见的一个人是查德威克医生，他正站在大楼管理人的门外，满脸严肃而赞同地看着这一幕。

“……我们上路了，怀尔德先生。”他们关上门，救护车迅速开走了。他看不见外面，只能看见这四个医务人员——两个面带微笑，因为他们成功地逮住了他，另两个看上去有点阴郁。他真的杀了詹妮丝和汤米吗？怎么杀的？

车程不是很长。很快，他们把他弄下车，他跌跌撞撞地走上了一条弯曲、倾斜的走廊，然后一扇门打开，里面看上去像一间病房，又一个黑人，瘦高个，站在一张摇起一半的病床旁。“是怀尔德先生吗？”他说，“把他带进来。欢迎来到埃尔多拉多[1]。”他们迅速地把他弄上了床，让他在床上坐着，给他穿上一件白色的病号长袍，手腕和脚踝都绑上白色的拘束带。他想起了贝尔维尤的那个瞎子，那个大叫“我有了感觉！”的人，但这里显然不是医院：这几个人脸上的微笑太邪恶了，不可能是医务人员。他是个囚犯。

“……因涉嫌残忍地杀害已和自己分居的妻子詹妮丝和他们的幼子托马斯而遭到通缉，”沃尔特·克朗凯特说着，“虽然躲过了警方的追捕，却遭到了一个称为黑人民族独立运动的地下组织的绑架，他们把他抓起来是为了勒索赎金……”

“我叫伦道夫，怀尔德先生，”那个黑人说，“我是这里的头头。”

“我必须回家，”怀尔德说，“我必须去看一下我是否——”

“你哪里也去不了，怀尔德先生。你会和我们一起待在这里。你注意到我说的是标准英语吗？”

“我杀了我老婆孩子吗？”

“别问我。问你自己的良心。你这样挣扎是没有用的；你被绑牢了。”

“多久——你们打算把我关在这里多久？”

“直到我们厌烦了你。也许更长时间。”

---

① El Dorado，西方传说中一个盛产黄金的国度，并不真实存在。

“你们准备对我做什么？”

“暂时就这么绑着你，直到你守规矩为止。然后，我们再考虑。我们可以做很多事。你想看一会电视吗？”

“不，别开电视。请不要打开电视。”

但大电视就摆在那儿，阴险地悬挂在墙上，这样就能面对着床，伦道夫在忙着调频道。图像出来了，一个幼儿的脚底板，有四五个地方标了黑线，表示在这些地方受了伤。

“关掉！关掉！”

“怀尔德先生，如果你不闭嘴，我就不得不让你闭嘴了。”

“哦，天哪，让我去死吧，就让我去死吧。”

“我正在考虑呢，怀尔德先生。我会认真考虑的。”

电视机里还是死掉的孩子的那只脚，在镜头前慢慢地旋转，但沃尔特·克朗凯特却仁慈地哑巴了。

“我弄不出声音来，”伦道夫说，“该死的。这是不是意味着我一整个下午都得听你瞎嚷嚷？”他关掉电视，汤米的小脚丫消失了。

没过多久，一个皱着眉头的、敦实的黑人走了进来，说道：“好了。”

“他是亨利，怀尔德先生。”伦道夫说，“接下来由他来照顾你一段时间。亨利，这位是怀尔德先生。他说他想死。”

“这个应该不难办。”伦道夫走掉后，亨利在床边坐下来说。“你听说过电椅吧，怀尔德先生。”他说，“那好，这张床就是一张电床。我只需要按下这个按钮。”他拿起由一根很粗的绝缘线和床连在一起的一块小小的控制板。“但我想现在我还不会按下这个按钮。首先我得问你一些问题。对黑人来说，你这个人没啥用处，对不对，怀尔德先生？”

“不对，我一向——”

“噢，你一向投票支持民主党，我知道了。你相信公民权，以及诸如此类的好东西，你崇拜金博士[①]，你为埃米特·提尔[②]的事感到气愤，但那不是我说的意思。我的意思是指内心深处，那才是关键所在。在内心深处，你希望我们这样的人全部消失。你觉得我们的嘴唇太厚，鼻子太扁，一想到我们的卷头发你就会发抖。我这样说基本上没错吧，怀尔德先生？”

“不……不……”

“哦，如果我们能说标准英语，就像你在贝尔维尤的老朋友查理，你就不会太在意了，对不对啊？好吧，查理让我把这句话转告你，他很遗憾不能亲自来行刑。他想告诉你的就是这句话。”他拿起控制板，按下了一个按钮。抬起的床在嗡嗡声中慢慢地放下去。在放到一半的时候，他松开了按钮，床停止了下降。“现在我还有一个消息要告诉你，怀尔德先生。”他说，“这条消息来自克雷·布拉多克——还记得他吗？被你骗进去，在你的艺术电影里扮个小角色的那个人？在马洛学院里的那个人？克雷·布拉

① 指马丁·路德·金。

② Emmett Till（1941—1955），十四岁的黑人男孩，他向一个白人女孩吹口哨，被白人种族主义者残暴谋杀，但全部由白人组成的陪审团却宣判杀人者无罪。

多克让我转告你这个——他是用标准英语说的。”嗡嗡声又响起来，床又开始了下降，然后再次停止。亨利俯下身来，把他那张大脸直对着怀尔德的。“你知道你是谁吗?”他说，“你是革命党人的死敌。你是自由党。现在向你宣布最后一条消息。这条消息会让你彻底消失。你准备好了吗，怀尔德先生?这是一条重大消息，是我们大家一起给你的。”

嗡嗡声再次响起，床慢慢地放平了。他无法感觉到流遍全身的电流，就像一个把枪口塞进自己嘴里的人在扣下扳机时听不见枪响一样。他没有任何感觉，既听不见，也看不见。发现自己还有呼吸，他觉得既惊讶又困惑。

“这个人怎么样了?”伦道夫回到了房间里，问道。

“你走掉的那段时间他一直说个不停，刚刚才闭嘴的。”亨利说，“说什么自由党革命党、埃米特·提尔，还有很多我听不懂的东西。现在他平静了，也许是睡着了。”

“不，”伦道夫说，“我不想让他现在睡觉，不然他晚上就睡不着了。怀尔德先生?”

“求你们了，就让我死吧。”

“没门。你不配这么简单就完了。我们想好了更厉害的手段来对付你，怀尔德先生。”嗡嗡声响起，床缓缓地升到坐直的位置。“更厉害，更更厉害的手段。你会活下去的。”

“……而好莱坞基督教长老会医院拒绝把他收回去。”查德威克医生说，“因为他们那边不收治酒精中毒者——你知道，他们对他的诊断是这样的——所以我不得不把他送到了埃尔多拉多。没别的办法。”

“埃尔多拉多是什么?”帕梅拉问。

“哦，是个很好的地方，问题只是他们没有治疗他那种病的任何设施。它是一家私人的养老院——护理院。他已经在那里住了近两周了。他在那里接受二十四小时全天候的护理，但仅限于此。而且，他们还告诉我，他的言行举止越来越放肆了:他弄出了大量的——嗯，噪声，诸如此类，他打搅到了其他正常的病人。所以你看，当务之急是把他从那里弄出来，这样对大家都有好处。”

“我明白了。”帕梅拉说，然后咬了一下嘴唇。他们坐在大楼管理人的办公室里，管理人和他老婆在隔壁房间里忙着什么。他们开着电视，但她怀疑他们没有在看，而是在偷听他们说的每一句话。

“你看，罗斯医生给了我这个。”他把一张打印的表格放在桌子上。“他只要签个字，就能在自愿的条件下被转院至加大洛杉矶分校。那里对他当然是最好的。但我把这张纸拿给他三次——不，等等——是四次，他都拒绝在上面签字。他似乎始终认为这是一张支票。那天早晨我让他签了几张支票，你知道，都是我自己和照顾他的护理员应得的费用，可现在他只要一看见我就以为我要从他的身上捞钱。总之，这就是我需要你帮助的地方。如果你去把这张纸交给他，结果可能就不一样了。”

“好的，”她说，“但要是我也没办法让他签字怎么办呢?”

“反正值得一试。那好，我们可以走了吗？”

“我必须先打一个电话，”她说。她拨了一个号码，说道：“切特？听着，事情变得有点复杂了。我必须去走一趟——呃，等我见到你的时候会向你解释的，但问题是我可能有一段时间没法和你见面了。我现在必须走了……”

她开着自己的车跟在查德威克的车后面，后备厢里放着一只行李箱，里面装着约翰·怀尔德所有的私人物品。不多一会儿，他们在埃尔多拉多高大的三层建筑前停下了车。

查德威克医生替她拿着行李箱，领着她走在一条铺着厚地毯的走廊上。他们经过几个穿白大褂的年轻黑人，他们看上去全都很忙。走廊西侧都是房间，房间的门敞着，她看见了插着鲜花的花瓶、轮椅闪亮的轮辐，偶尔还能看见满头白发的老年男女。

“天哪，”她嘀咕道，“这里一定很贵吧？”

“这是另一个缺点。”医生说，“这里确实很贵。我们到了，他就在下一个转角那里。”

隔开几扇门他们已能听见他的声音。他在唱歌，声音相当难听——完全不是她记忆中轻松幽默的艾迪·费什或更为醇厚的弗雷德·阿斯泰尔，而是嘶哑粗嗄、荒腔走板的，就像街头流浪汉的歌声。

“……给我买点花生和糖果，就算再也不回家我也不在乎……”①

---

① 出自一首经典的英文儿歌《带我去看棒球赛》，下文同。

他绑着两只手坐在床上，对着一台关着的电视机演唱。他唱得那么投入，没有注意到他们走进了房间。

“你好，伦道夫。他今天情况如何？”

“怎么说呢，就像现在这样，医生。”

“……一击、二击、三击，你出局了，在这熟悉的——棒——球——赛上。”唱完歌，他身体往前倾，好像是在对着一只麦克风说话，这样手上的绑带就绷得更紧了。“好了，汤米小子，今晚就唱到这儿为止了。你现在可以上床了，孩子。停！”他闭上了眼睛。

“他以为电视机是一台摄像机，你知道。”伦道夫说，“他在唱歌给他儿子听。不过，我们一打开电视，情况就会更糟。只要电视上出现童鞋的广告，他就以为他儿子死了。你知道那个童鞋广告吗？他们把小孩子的脚藏哪里去了？嘿，怀尔德先生？怀尔德先生，有人来探望你了。”

“你好，约翰。”帕梅拉说。

“你现在开始为查德威克和他的朋友们效劳了，对吗？就像以前为芒琴和切斯特·普拉特效劳一样？”

“当然不是。你别犯傻了。我只是来看望你的。”她转向伦道夫说：“真的有必要这样绑着他吗？”

“如果他守规矩，就没有必要。上一次我们给他松绑后，他拿起一把椅子把电视屏幕砸了。我们不得不重新又装了一台。”

“哦。不过，你现在给他松绑好了，他不会砸掉任何东西的。”怀尔德的手恢复自由后，她坐在他旁边，轻轻地按摩他发红的手腕。她希望这能使他感觉好一点，但与此同时她也无法否认在接触到他的身体时引起的微微的反感。她抬头看他的脸，但按摩显然没有效果。他干干净净，刚刚刮过胡子，但他那亮晶晶的、向外突出的眼睛看上去——好吧，像个疯子——还有，刚才起劲的唱歌使他冷漠的嘴角边淌出了一道口水。她曾经爱过这个男人，这怎么可能？

“约翰，”她问，“你愿意离开这里吗？”

“去哪里呢？”

“去一个更好的地方，在那里他们会给你吃药——你需要的那种药，那样你就不会再做噩梦了。这主意听上去难道不好吗？我把你的衣服都带来了，如果你愿意我们现在就能去那里。”

他沉默了好长一会儿。然后，他说“好的”，她能感觉到查德威克医生和伦道夫在她背后绽放出满意的微笑。

“你只要，”她说，“在这上面签个名。给，我把笔也替你准备好了。”

“不，算了吧。我不会再和你、和卡尔·芒琴、和切斯特·普拉特签任何协议的。你去拍你自己的半吊子电影好了，我一点都不想参与。听明白了吗？”

“哦，约翰，你只是在开玩笑。我知道你心里明白的。这事跟拍电影没有一毛钱关系。这只是一张纸，它能让你好起来。”

花了二十分钟，或许更久，不过最后，在那张打印出来的表格的签字栏里终于得到了一个看上去像“约翰·C. 怀尔德”的潦草签名。

“好极了，”她说，“现在我们帮你把衣服穿好。”

“我要去打一个电话。”查德威克医生说，“告诉他们我们已经在路上了。”

“他应该洗个澡，”伦道夫说，“但上次我们给他洗澡的时候，用了三个男人才把他按在了浴缸里。他以为我们想要淹死他。我从来没听过这么可怕的咆哮和怒吼，大楼里的各个地方都有人提出了投诉。”

他穿好衣服站起来，看上去好一点了，看上去基本正常了，除了从衣服的服帖程度来看明显是别人帮他穿上去的。帕梅拉挽住他的一只胳膊，伦道夫挽住另一只，他们小心翼翼地领着他走出了房间。查德威克在大厅里等他们。

伦道夫陪他们一起坐车去加大洛杉矶分校，他和怀尔德坐在后座，抓住他的胳膊。帕梅拉开车，查德威克坐在副驾驶座上。

“我们去机场吗？”怀尔德问。

“不，约翰，我跟你说过的。我们要去一个会给你吃能让你好起来的药的地方。”

“伦道夫为什么要和我们一起去？”

“因为他关心你。我们都关心你，约翰。”

“关心个屁。”

“跟女士这么说话可不礼貌。”伦道夫说。

她以为自己说什么也找不到穿过韦斯特伍德到达大学校园的那条路，之后她又觉得自己找不到那幢楼，但查德威克医生镇定自若：他指引她开进了合适的停车场，并在计时器里放入了合适的零钱。然后，他们四个都上了电梯，再后来，他们就来到了神经精神病科。

“罗斯，”怀尔德说，“罗斯他妈的在这里做什么？”

“你们跟我来，”罗斯医生说，“我带他去他的房间。”但他看上去很紧张，在他领着他们穿过一间敞开的病房时。在那间病房里，他们看见一个头上戴着卷发夹的女人在和一个体重肯定足足有四百磅的小男孩下中国象棋。等到他们四个都进入了为怀尔德准备好的那间病房，一名护士拿着皮下注射针筒走了进来。

“好了，怀尔德先生，”罗斯说，“你可以脱掉大衣，把袖子卷起——”

“操你的，罗斯。去吃你的薄荷巧克力吧。要给我打针你还不够高大，也不够聪明。也操你，查德威克，你这个傻笑的黑鬼。把你脸上吃屎的傻笑关掉，叫你的朋友把他的黑爪子从我的胳膊拿开。操你妈的！操你妈的！你知道你是什么东西吗？”他将疯狂的眼神和湿答答的嘴巴转向帕梅拉。“你是个婊子，你是个婊子，你是个婊子……”

最后，伦道夫只得把他按在了地上。护士拿来了一件拘束衣；伦道夫和查德威克把他的胳膊塞进拘束衣的衣袖，把他的身体翻转过来，把他的胳膊绑在了他的背后。给他穿好拘束衣后，他们都退回了大厅，罗斯关上了门，并且迅速地上好了锁。

“他接下来会老实的。”查德威克说。

“不一定哦，医生。”伦道夫说，“就我对他的了解，他会一连几天都像这个样子的。”

“不管怎么说，”罗斯说，一边用颤抖的手整了整大衣，“我不知道我们能把他留在这里多久。”

从锁上的房门的震动和哐当声里，你很难判断怀尔德是在用肩膀还是用脑袋撞门。

通过朋友的介绍——他居然还有那么多朋友，连他自己都觉得惊讶——切斯特·普拉特在贝弗利山找到了一幢舒适的小房子。它俯瞰着一座雾蒙蒙的峡谷，棕榈的树冠就在门廊下沙沙作响，这里对他来说简直再合适也没有了：一个可以在此工作、休息、手里拿杯柠檬可乐坐观日落的好地方。

如今，他身上所有的毒气都已排出来了。他工作顺利，如果你能把写电影剧本称为“工作”的话，一旦这份工作结束，他就会去接着写他的第二部小说。他不得不抛弃他在纽约写的大部分内容以及在华盛顿写的几乎全部——写得太糟糕，太糟糕——但如果他勤勤恳恳，如果他运气好，他也许可以在一年内完成这部作品。这将是一部杰作，甚至有可能超过《焚毁你的每一座城》。

有时候，厌倦了芒琴的剧本，他会抛下所有的事情来琢磨那部作品，直到把自己的想法都以笔记的形式记录下来，然后把笔记收好，正面朝下，放在桌角一堆别的笔记的上面，上面再压上一块镇纸。他在搜集这些笔记中获得了一种类似守财奴式的喜悦：他喜欢把它们拿起来，用拇指衡量它们的厚度。他正在干这事的时候，电话铃响了。

“嗨，宝贝，”他说，“……见鬼，那好吧，你慢慢弄。等我们下次见面再说吧……好的。”

他几乎无法在办公桌前定下心来，直到电话铃再次响起。

“……哦，嗨，比尔，”他说，“……今晚？好的，我们当然愿意。我只是不知道帕姆什么时候能回来。她刚刚打电话来说她会晚点到。呃，听着，我们这么办吧：如果你到六点钟还没有收到我的消息，那就表示我们来得及。七点半，在贝弗利棕色圆顶帽[①]……好的，比尔，谢谢你的电话。我们期待着和你见面……对的。好的，比尔……”

最后，电话铃终于消停了，他继续动手写芒琴的剧本。一个和善的中产阶级广告人怎么会发疯呢？简单：他在一百二十五页的剧本里对此进行了描述，开头的三分之一是对杰瑞·波特写的风格浮夸的贝尔维尤片段进行的简单改写。

一开始他计划住在好莱坞，等到他赚足了钱就回东部去，但最近他改变了主意。他要一直住在这儿。毕竟，这里是他转运的地方：温和的气候，舒适的住房，和芒琴合伙的赚钱的买卖，最佳的奇遇（再次遇见了他的新边疆姑娘，并把她争取了回来）。他不是很信任她——她以前把他甩掉过，今后也许会再次把他甩掉，可即便如此这事对他还是有利的，他不太喜欢她对待那个可怜的混蛋怀尔德的方式——但现在能够拥有她总是好事。她就像他每天上午十一点喝的一杯冰牛奶：她使他感觉年轻、强壮，精力充沛。船到桥头自会直。他在匿名戒酒者协会里学到了万事不

---

① Brown Derby，一家连锁饭店的名字，其标志即为一顶棕色的圆顶礼帽。

可急于求成。

他连续工作了两到三个小时，然后听见了她在外面停车的声音，于是从桌前站起身来。

“天哪，这个下午多累啊。”她说，“我不知道自己是否能跟你说得清楚。”

“你先喝杯酒，”他说，“然后就一定讲得清楚了。”

他调好了酒——给她加冰块的波旁，给自己柠檬可乐——她则在门廊边的一把帆布椅上坐下来。

“哦，太美了。”她呷了一口后说，“天，我太需要这个了。”然后，她把一切都告诉了他。查德威克，埃尔多拉多，加大洛杉矶分校，还有罗斯的那句话：“我不知道我们能把他留在这里多久。”

“那么，他们会把他转送到哪里去呢？”

“我不知道。”她闭上眼睛，用拇指和食指揉着鼻梁骨。“哦，切特，我不知道。我知道我不该这么说，但我已经不太在乎了。他们是医生，他们会想出办法来的。至少，他会受到很好的照顾。”

“对的。”切斯特·普拉特说。他估计她说得没错——她多半没什么忙可以帮上的——但他必须先好好地看一下她的脸，才能确定自己是否还喜欢她。

“……我情不自禁地感觉到了一种巨大的解放感，”她说，“他的问题是——超越我的能力的，就是这么一回事。我帮助不了他。他需要的是专业的照顾，他会得到的。”

太阳落下去了。门廊上的光线呈干苦艾酒的颜色，使得她的脸看上去更美了。谁会不爱有这样的脸颊和睫毛的一个姑娘呢？

“我们今晚在家吃还是去外面吃？”她问。

“外面吃。我们七点半和比尔·科斯特洛会面。”

“你说的是那个糟糕的电视人吗？‘有事问爸爸’那个人？”

“得了，帕姆，这么说不公平。他是一个好朋友。如果他不做我的赞助人，不管是以前在纽约还是现在在这里，天晓得我现在会在哪里呢。他为我做了那么多，我这辈子都——”

“哦，这是废话。你是凭自己的本事做到的。”

“没有他的帮助，我永远都不可能做到的。况且，他越来越老了，而且很孤独。我们至少可以——”

“好吧，既然你感恩之情这么强烈，我就没什么好说的了。我还有时间洗个澡吗？”

“当然。”

“我穿什么好呢？”

“随便，你穿什么都好看。”

但是，当她穿了一条下摆很短、露背的晚礼服从卧室里走出来，他还是被她的美惊呆了。她看上去美艳绝伦。他真想把她的晚礼服扒下来，把她抱起来放回床上去。但他没有，他只是礼节性地在她的脖子上轻轻地吻了一下。

“哦，切特，”她说着踮起脚尖来迎接他的吻，“你真好，还这么高大。”

第十章

詹妮丝·博格同意她丈夫的看法：南加州不像北加州那么有趣，那么刺激。在旧金山，他们住在费尔蒙酒店；他们去坐了铛铛车，游览了北滩，他们逛了北滩的城市之光书店，在一家意大利咖啡馆里喝了特浓咖啡，那家店里还放了卡鲁索[①]的背景音乐。然后，为了配合这个悠闲的、漫长而幸福的夏日度假，他们笃悠悠地驾车开往海岸边。詹妮丝宣称大瑟尔是她这辈子见过的最美丽的一个地方，保尔对她说最好看仔细了然后好好记住，因为等他们到了洛杉矶后她看见的就只有塑料垃圾和成片的棕榈树了，这句话逗得她哈哈大笑。

他们两个都没提起的是，她在洛杉矶需要一段单独的时间，去探望她的前夫，因为他们在离开纽约前已就这个问题进行过充分的讨论。

当时是一九七〇年，这一年从各个方面来说都是困难重重的一年，但对詹妮丝·博格来说，却可以说是一个幸运年。水深火热的越南战争仍在继续，但她却为了汤米的推迟开学而感谢上帝。理查德·尼克松当选为总统——如果罗伯特·肯尼迪还活着，这件事情是几乎不可能发生的——但保尔说他也许会在工作中成熟起来。

当他们的车子驶离海岸公路开上日落大道后，保尔沉默了好长一段时间，他的侧脸看上去有点阴郁，但詹妮丝知道最好不要去打搅他的沉默。他的沉默通常意味着他在想念娜塔莉，这是可以理解的：有时候她也会沉默，虽然频率没他那么高，那是因为她在想念约翰。不过，这种在对话途中的小小停顿从来不会持续多久，这也算是他们婚姻生活中的美妙插曲之一。

“哪一个听上去更好些？”他终于开口了。“是贝弗利威尔希尔，还是贝弗利希尔顿？”

“你决定吧。宾馆的事你总是最清楚的。”

无论对什么事，他总是最清楚的。她没有把这个想法大声说出来，因为担心听上去很傻，但这是真的。在她认识的人中，从来没有一个像他那样对事物的判断那么值得信赖的。

“哦，我想这宾馆应该不错。”当一排排的棕榈树在他们的汽车旁飞驰而过时，她这么说。而当他们在希尔顿门口把车停好时，她说的则是“这里太可爱了”。

他们的房间也很可爱，晚餐也是，一切都很可爱，直到第二天下午，到了她该离开保尔独自开车去卡马里奥[②]的时候了。

“如果你不想让我去我就不去，”她说，“他不会知道我们在这里的。”

---

① Enrico Caruso（1873—1921），意大利著名男高音歌唱家。

② 指卡马里奥州立精神病院。

“不，”保尔对她说，“你最好还是去一次。这样做才是对的。”

她驾车驶离了高速路，开上了单调乏味的当地道路，一边在心里琢磨着，这不是因为她怕见他，而是因为她不知道会遇见什么情况。这么想着想着，她的头上和腋窝里就渗出了汗珠。

从远处看，州立医院看上去挺喜气洋洋的，但到近处一看，你就知道它是哪一种医院了。在约翰住的那幢楼的大门周围，穿着灰色或绿色的斜纹布工作服的病人们在阳光下闲荡。停车场边的草坪上，一对肥胖的、动作迟缓的父母在给他们已成年的儿子洗澡。他们已脱掉了他的斜纹布衬衫，用一块涂了肥皂的毛巾和一塑料桶的热水给他洗上半身，然后，在他父亲把他转过身去面朝大楼之后，他母亲脱掉了他的裤子，在他的两腿间仔细地擦拭着。

“嘿，女士，给我一毛钱喝杯咖啡好吗？”一个牙齿落光了的老头子在门口问她。在她走进电梯前，又有一个老头子拉住了她的衣袖。

“嘿，女士，给我一毛钱吃块蛋糕好吗？”

在约翰病房外的等候室里，一个怒气沉沉的黑人在用拖把拖油地毡，一边拖一边不停地自言自语。只有三四个探视者坐在房间里的铬合金塑料台子旁边。一个穿绿衣的白头发小矮子走了出来，她一开始没有认出他，直到他在她桌边抽出一把椅子。

“你好，詹妮丝，”他说。

他的变化不仅仅是头发的颜色，他的脸变得松弛了，眼神变得漠然了。他看上去像个生活一成不变的中年人。

“看见你很高兴，约翰。”她说，“你看上去气色很好。”

“你也是。你来加利福尼亚做什么？”

“只是来度假的。”短暂的停顿。“汤姆让我向你转达他爱你。等等——你瞧。”她在手提包里翻找着什么，这让她觉得放松了一点。“给，我给你带了几张他的照片。”她在桌子上放下三张快照。“我在哈佛给他拍的。他长成了一个英俊的小伙子，对吗？我知道他的头发看上去有点奇怪，但现在的小青年都流行这种发式。”

“是啊，是啊，他看上去很好。他看上去很高。”

“五英尺十一英寸[①]。接近六英尺。”

“哇哦，真是了不起。”

“再过一年他就可以进法学院了。是不是很棒啊？”

“是啊。这些照片要还给你吗？”

“不用，是给你的。我想让你留着。”

“谢谢。”他把照片放进衬衫口袋里。“保尔好吗？”

“呃，保尔很好。他让我向你转达他的——祝福。”

“你们两个相处得好吗？”

“非常好。”

“那就好。”

短暂的停顿，他们像在一家便宜的咖啡馆里坐在同一张桌前

---

① 五英尺十一英寸，约合一百七十八厘米。

的两个陌生人。然后，她说："约翰？你需要什么东西吗？趁我在这儿的时候，要给你带点什么需要的东西来吗？"

"不用，谢谢。"

"香烟够抽吗？"

"嗯，当然够。反正，我已经减量了。我现在一天连一包都抽不完。"

"噢，那太好了。你们这里——你知道——有什么活动吗？"

"呃，他们让我们忙个不停。每天早晨，我们原则上都要做 OT。"

"OT 是什么意思？"

"劳动治疗法。我在木制品加工组。做桌子、椅子之类的东西。"

"我明白了。"

"然后，每天下午我们有运动。我参加了垒球队。"

"是吗？这是不是意味着你们可以出去和别的——医院垒球队什么的进行比赛？"

"不是。只在院内。"

"噢。"

"要是下雨，我们就做别的事情。有时候，我们还有舞蹈治疗法。"

"呃，我猜你肯定很喜欢这个运动吧。你跳舞一向跳得很好。"

"哦，不是跳交谊舞，是现代舞。"

“我明白了。”

她知道她的下一个问题是很难问出口的，但她决心还是要问。她也许再也不会来加利福尼亚了；她也许再也不会和他见面了。她必须先等喉咙里的肿胀感消停下来，这样她才能相信自己的嗓音。“约翰，”她说，“等你离开这里，你会去做什么呢？你有什么计划或者——你知道——什么想法吗？”

他看上去一脸茫然，就好像她给他出了一道谜语。“离开这里？”他说。

就在此时，一个护工走进来宣布说，探视时间结束了。